와일드 펀치

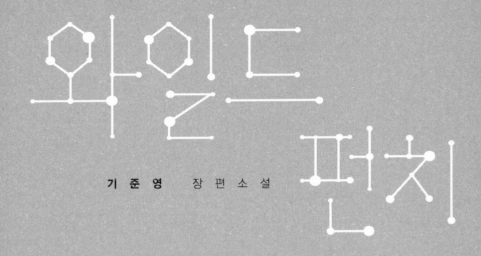

기준영 장편소설

창비

차 례

1부

내게 중요한 사람은 둘이다. 남편 강수와 아들 완주. 난 그외에
더 값진 것을 갖기에 역량이 부족한 사람이다. 물건을 고를 때는
신중하고, 버릴 때는 신속하다. 사람에 관해서는, 복잡한 생각을 오
래하기 싫어하는 타입이다. 남편이 운영하는 까페는 처음에 내가
목을 보러 다니고, 주 고객을 분석하고, 인테리어를 제안하고, 이름
을 짓고, 거래처를 선별했지만, 그다음은 모두 남편에게 떠맡겼다.
남편은 그전엔 남들에게 내세워 말하기 좋을 만한 직장에서 일했
는데, 회사의 경영진이 바뀌면서 인사이동, 부서 통폐합이 시작되
자 사무실의 개인 짐을 하나둘씩 빼서 집으로 가져오기 시작했다.
난 정리가 빠른 그의 태도를 믿었다. '나는 누구인가' 하는 질문에
매달려 거리를 헤매거나, 포기할 수 없는 야망이 따로 있다거나, 부

인 수완으로 대안을 찾았다는 것에 필요 이상의 자의식을 가질 만한 남자는 아니었다. 남편은 까페 운영을 잘했다.

장사 밑천과 새로 장만한 이층집. 거기엔 남편과 나의 노동력, 시댁 식구들의 원조와 내 어머니의 유산이 함께한다. 사실 이런 이야긴 누구에게 자세히 하고 싶지도, 할 만하지도 않다. 내 어머니와 아버지는 지금은 다 죽고 없다. 아버지의 다른 자식들은 나와 이복인데다 나와는 다른 환경에서 자랐다. 나는 형제자매의 우애에 대해서는 그다지 알지 못한다. 하여간 이복 형제자매들은 삼년 전, 아버지의 유언에 따라 나를 아버지 장례식장에 불렀다. 향나무 관이 차가운 땅속으로 내려가던 때, 나는 두해 전에 사고로 유명을 달리한 어머니를 떠올렸다. 그 순간 어떤 사람들이 내게서 짐작할 만한 표정을 읽어내리려는 듯 다가와 말을 걸었다. 나는 아침드라마에 나오는 비운의 여주인공처럼 가슴을 치며 지난날과 앞날을 싸잡아 저주하는 그런 비참한 행동은 하지 않았다. 내가 차마 제어할 수 없는 내 인간성의 심연은 다른 방식으로 드러났다. 나는 그것 때문에 누군가의 삶에 발을 들여놓게 될 거라고는 생각해본 적 없었다.

초대받지 않은 손님들

천둥번개가 내리치는 6월 말, 오후 네시를 막 넘긴 시각이었다. 은은한 조명을 밝혀놓은 호프집의 스피커에서는 엘비스 프레슬리의 노래가 흘러나오고 있었다. 현명한 사람들은 말하죠. 어리석은 자만이 사랑에 뛰어든다고. 하지만 난 당신과 사랑에 빠지지 않을 수가 없네요. 쏟아지는 비 때문에 창밖은 낮인데도 어둑어둑했다.

"저 여자, 입술이 툭 튀어나온 게, 한번 빨아달라는 거 같네."

둥그런 나무탁자에 둘러앉은 사내 넷 중 하나가 벽에 걸린 캘린더 속 비키니 걸을 보며 주절거렸다. 비키니 걸은 그들을 향해 공평한 미소를 보내고 있었지만, 그들 중 누구라도 다가가 손가락 끝이라도 빨아볼 수 있는 여자는 아니었다.

네명이 둘러앉은 원형탁자에서 남자 하나가 일어나 휴대폰을 들고 밖으로 나갔다. 그러자 그 옆에 앉아 있던 또 한 남자가 손목시계로 시각을 확인하고는 우산을 들고 뒤따라 일어섰다. 실내에는 이제 일곱명의 손님이 남았다. 둘이 떠난 자리에 남은 사내 둘, 신문을 펴들고 혼자 스낵을 씹는 중년 남자, 구석진 자리에서 뺨을 비빌 듯 다가앉아 있는 중년 여자와 그녀의 막내동생뻘 되는 애송이 남자애, 그리고 그 반대편 탁자에 앉아 있는 강수와 태경.

"헤이, 어이."

강수가 손가락으로 탁자를 두드리며 맞은편 의자에 앉은 태경을 불렀다. 태경이 고개를 들었다. 그는 삼십대 후반의 사내로 콧날이 반듯하고 우수 어린 눈매를 지녔지만, 면도를 제대로 하지 않아 턱이 지저분했다. 긴 갈색 앞머리칼이 미간 사이로 흘러내려 얼굴에 그림자를 한줄기 드리웠다. 강수가 그를 보고 말했다.

"이젠 좋은 꿈을 꿔. 넌 좀 쉬어야 돼."

"담배 있어요?"

태경이 바지 주머니에 찔러넣고 있던 양손을 탁자에 올려놓으며 말했다. 태경의 왼손은 손목부터 손바닥까지 붕대로 칭칭 감겨 있었다. 강수가 주머니를 뒤적여 반짝이는 청록색 철제 담뱃갑을 꺼내 건넸다. 태경이 뚜껑을 열자 사탕과 젤리가 쏟아져나왔다. 태경이 눈을 살짝 치켜뜨며 강수를 쳐다봤다. 강수가 말했다.

"끊었어."

"독하시기도."

태경이 대꾸하며 가볍게 고개를 저었다.

"어디 너만하려고."

강수가 붕대를 감은 태경의 왼손을 내려다보며 말했다. 태경이 오른손으로 노란색 젤리를 집어 입속에 넣고 턱을 손바닥으로 쓱 쓱 문질렀다.

"난 너한테 빚이 있어. 갚으려면 오래 살아야지."

강수는 그 말을 하며 오른손을 펴들어 '오래'에 해당하는 긴 선을 허공에 긋는 시늉을 했다. 태경이 멍한 눈길로 바라보다가 이내 시선을 비껴뒀다. 그의 눈길이 비껴간 곳에서 캘린더 속 비키니 걸이 그를 향해 미소를 보냈다.

그때 호프집의 출입문이 열리는 소리가 났고, 이어 빗소리가 실내로 쏟아져들었다. 강수가 눈썹을 씰룩거리며 휘파람을 불듯 입술을 작게 오므렸다. 태경이 뒤를 돌아봤다. 문 앞에서 하얀 레인코트를 입은 여자가 작은 여행가방을 바닥에 내려놓고 안을 둘러봤다. 문이 닫히며 비냄새 실린 공기가 안쪽으로 살짝 밀려들었다. 태경이 시선을 다시 탁자 쪽으로 돌렸다.

"다 젖었군."

강수가 말했다. 여자가 옷자락에서 빗방울을 털어냈다.

"갈데없이 다 젖은 여자야. 내기를 해도 좋아."

다 젖은 여자가 다 젖은 여행가방을 들고 실내로 들어섰다. 엘비스가 마지막 후렴구를 노래하는 동안, 실내를 훑던 여자의 시선이 잠깐 태경의 눈과 마주쳤다.

여자가 여행가방을 끌고 창가 자리로 갔다. 엘비스가 떠나간 자리에서, 여자는 레인코트를 벗어 맞은편 의자에 걸쳐두고 젖은 손을 냅킨으로 닦은 뒤, 병맥주를 주문했다. 여자가 담배에 불을 붙이고 점원에게 말했다.

"음악 좀 키워줄래요?"

태경이 보기에, 여자는 이제 막 삼십대에 접어들었거나 아니면 그렇게 보이는 삼십대 중반일 듯했다. 엘비스의 팬이라기에는 젊었고, 갈데없이 다 젖어 혼자 술병을 들고 홀짝거리기에는 어려 보였다. 동시에 남자들의 시선을 맞받으며 담배를 집어든 모습에는 늙은 여자들처럼 무심한 데가 있었다.

"죄송하지만, 텔레비전을 보겠다는 손님이 있네요."

점원이 술을 가져와서는 중년 남자가 앉아 있는 탁자 쪽을 턱짓으로 가리키며 말했다. 여자는 별말 없이 병맥주를 받아들었다. 점원이 리모컨으로 텔레비전을 켜자 어두운 축사에서 소들이 우는 모습이 나타났고, 장면은 이내 빗길 교통상황 안내방송으로 바뀌었다.

"네가 결정해."

강수가 말했다. 태경은 대답 없이 텔레비전을 쳐다봤다.

"내 집이 불편하면 호텔에 방을 잡아줄게. 하지만 그땐 사람을 하나 붙일 거야."

"에, 농담은."

태경이 그렇게 말하고는 고개를 저었다.

"내가 형 브이아이피가 아닌 건 알아요. 어쨌든 고마워. 떠날 땐 떠난다고 말할게. 정말이야. 약속해요."

　강수와 태경은 마주앉은 채 서로의 눈을 응시했다. 그러다 강수가 먼저, 태경이 나중에 자리에서 일어섰다. 강수가 카운터로 가 술값을 지불했고, 태경은 우산을 들고 바깥으로 나갔다. 강수가 출입문 쪽으로 걸어가다가 잠깐 뒤를 돌아 창가 자리의 여자를 바라봤다. 여자는 창밖을 향해 고개를 돌린 채 담배 연기를 길게 내뿜었다. 강수는 호프집 밖으로 나가서 태경이 든 우산 속으로 몸을 들여놓았다. 두 사람은 물웅덩이를 피해 함께 껑충 뛰었다.

　강수가 집 문을 열고 들어서자, 칫솔을 입에 문 그의 아내 현자가 눈을 동그랗게 뜨고 강수와 태경을 쳐다봤다. 세안용 헤어밴드로 머리칼을 바짝 당기고 있어서 이마의 피부가 팽팽했다. 매끄럽게 빗어넘긴 갈색 머리칼 사이로 분홍색 헤어밴드의 매듭이 살짝 삐져나와 있었다.

　"이렇다니까. 내가 귀신이 다 돼가. 엉뚱한 예감은 틀린 적이 없지."

　현자는 하고 싶은 말을 굳이 다 내뱉느라 치약 거품을 바닥으로 흘렸다. 태경이 우산을 바닥에 내려놓고 현자를 와락 부둥켜안으며 말했다.

　"사랑해."

　"어이고, 들었어?"

　현자는 태경의 품에 안긴 채 칫솔 든 손을 뻗치고서, 아직 신발장 앞에서 어정대는 강수를 보고 물었다. 그리고 푸념했다.

"이놈의 인기는 식을 줄 몰라. 근데 남편이란 작자는 날 얕잡아 보고 있다니까."

강수가 태경의 등뒤로 다가와 그 자리에서 그대로 현자를 가볍게 껴안았다. 태경을 사이에 두고 부부가 서로의 머리칼과 어깨를 쓰다듬다가 이내 포옹을 풀었다. 부부의 포옹에서 풀려난 태경이 처음으로 미소를 띠었다.

"여전하네."

태경이 말했다.

"너도 여전하네."

현자가 고개를 가볍게 흔들며 주방 쪽으로 걸어갔다. 그녀는 개수대에 물을 틀어 입을 헹구고, 마른 수건을 태경과 강수의 발밑에 던졌다. 강수와 태경은 양말을 벗고 젖은 발을 닦았다. 현자가 바닥에 얼룩져 있는 치약 거품을 이제 막 두 남자의 발밑에서 끌어낸 수건으로 훔친 뒤 칫솔을 든 채 화장실로 들어갔다. 빈 욕조에 물 쏟아지는 소리가 들렸다. 현자가 빤 수건을 들고 화장실에서 나왔다. 그녀가 태경에게 고갯짓을 했다.

"들어가."

"응."

태경이 짧게 대답하고는 화장실로 들어가 문을 닫았다. 강수가 거실로 들어서자 현자가 속삭였다.

"여보, 내 팔자엔 손님이 끓나봐."

"왜, 자기 태경이 좋아하잖아?"

강수가 심통 부리는 목소리로 대꾸했다.

"아니, 난 지금 팔자 얘길 하잖아."

"당신 팔잔 늘어진 팔자지. 내가 머슴처럼 일을 하니까."

"자기 지금 오버야. 오늘은 내 손님도 있다고 말하려던 참이었어."

현자가 두어발자국 뒷걸음질 치더니 들고 있던 수건을 강수에게 던졌다. 강수가 그걸 큼지막한 손으로 잡았다.

"그래, 알았어. 당신 손님이 있고, 내 손님도 있고, 밖엔 비가 내리지. 우리 집은 비좁지 않아. 하여간 걸레를 집어던질 일은 아니라고."

강수가 화장실의 닫힌 문 앞에 그가 걸레라고 말해버린 젖은 수건을 던져놓고는 거실을 가로질러 주방으로 갔다. 그가 개수대에서 손과 팔을 씻은 뒤 냉장고 문을 열고 생수병을 꺼내들자 현자가 곁에 따라붙어 그의 귀에 대고 속삭였다.

"당신 갑자기 처제가 생겼어."

현자는 마치 우리한테 아이가 생겼어,라는 듯 은근하게 말했다.

"그래애?"

강수가 괜한 농담인 걸 다 안다는 듯이 천연덕스럽게 받았다.

"그래, 처제가 생겼어."

"잘됐네."

"진짜야. 코 흘리며 다닐 때 걔랑 나랑 의자매를 맺었어."

"그런 얘긴 처음 듣는데."

"나도 처음 하는 얘기야. 이게 꼭 뭐 같은 줄 알아?"

그때 강수와 현자의 일곱살 먹은 아들 완주가 제 방에서 걸어나와 부모 앞에 다가섰다. 완주가 입은 잠옷 상의의 미키마우스 왼쪽 눈에는 하트가 그려져 있었다. 누가 봐도 어린애 솜씨란 걸 알 만한 하트였다.

"뭐 하는 거예요?"

완주가 현자의 치마를 잡아당기며 물었다. 현자가 별 반응을 보이지 않자 완주는 고개를 돌리고 신발장 쪽으로 걸어가서 진갈색 캐주얼화를 내려다봤다.

"남자예요?"

완주가 질문을 중얼거리는 동안, 현자는 물을 마시는 강수를 바라다보며 말했다.

"에코로 내 옛날 목소리 듣는 기분이야."

완주가 낯선 신발에 한쪽 발을 들여놓았다가 빼내고는 제 방으로 도로 들어갔다. 현자가 상체를 구부리고 서서 냉장고 안을 들여다보더니 말을 이어갔다.

"김치는 다 시어빠졌고, 결혼기념일에 당신 얼굴 보는 기분도 시들시들해."

강수가 "아차!" 하고 생수병을 내려놓았다. 그때 현자의 휴대폰 벨이 울렸다. 현자가 거실 소파 쪽으로 가 휴대폰을 집었다. 강수는 현자가 휴대폰을 들고 안방으로 걸어가면서 '어디까지?' 혹은 '어디쯤' '거긴 여기서' 등등의 지시어를 반복적으로 나긋나긋한 목소리로 내뱉는 데 귀기울였다. 현자의 목소리는 점점 희미해졌다. 화장실에서 물소리가 멈췄다. 강수가 고개 돌려 소리쳤다.

"거기 수납장에 있는 거 아무거나 써도 돼!"

태경은 대답이 없었고, 대신 현자가 안방 문을 열고 나왔다. 모자 달린 남색 비닐점퍼에 청바지로 갈아입은 현자는 차 열쇠를 오른손으로 높이 쳐들고 강수에게 종처럼 흔들어 보였다.

"여보, 나 당신 처제 마중 나가."

"같이 가줘?"

강수가 미안한 듯 부드러운 목소리로 물었다.

"아니, 우린 한잔하고 들어올 거야."

"나랑 태경일 여기 내버려두고?"

"당신이 결혼기념일에 아내를 버려둔 댓가치곤 너무 상냥하지."

"아, 내가 음식 해놓을게. 술은 사와서 같이 푸자고."

"태경이한테 나도 사랑한다고 전해줘."

"아이, 우라질."

현자가 우산을 챙겨들고 밖으로 나갔다. 강수는 화장실 쪽으로 다가갔다. 수납장 열리는 소리와 함께 나지막하게 태경의 웃음소리가 흘러나왔다. 수납장 안에 오늘의 유머라도 적혀 있는 것은 아니었다. 타월과 민트향의 애프터셰이브, 바디미스트, 헤어 캡, 흰색 샤워가운 들. 딸깍, 하고 수납장 닫히는 소리가 났다. 화장실 문이 열리고, 샤워가운을 걸친 태경이 나왔다.

"현자가 우리 사이가 시들시들하다며 나갔는데, 어떠냐? 너 보기엔."

태경이 대꾸 없이 그를 스치고 창가로 다가섰다. 현자의 모습은 이미 거기 없었다. 강수가 개수대 쪽으로 자리를 옮기며 다시 물었다.

"아, 어때 보이냐고!"

"글쎄, 내 쪽에선 안 보여요."

태경이 창밖 풍경을 바라보며 대답했다. 그러자 강수가 뜨악한 표정으로 고개를 들어 태경의 뒷모습을 바라보다가 이내 다시 고개를 수그렸다. 그는 어깨를 으쓱하고는 전기주전자에 물을 올린 뒤 커피콩을 갈았다. 시들시들한 부부의 결혼기념일에 비는 쏟아지고, 선물 대신 온 손님 둘이 하나는 문밖에, 하나는 문 안쪽에 서 있다. 커피콩 갈리는 소리와 함께 진한 커피향이 퍼졌다. 물이 끓었다.

다음날 정오 무렵 태경이 이층에서 내려왔다. 냉장고에서 물을 꺼내 마시고, 개수대에 찬물을 틀어 손을 적셨다. 개수대 위쪽의 작은 유리창으로 햇살이 쏟아져 들어왔다. 태경은 허리를 약간 구부리고 자기 키보다 낮은 유리창을 통해 하늘을 올려다봤다. 비 갠 뒤의 푸른 하늘로부터 시선을 거두어들이고 몸을 틀었을 때, 거실 풍경은 낯설었고 물건들은 검은 얼룩처럼 보였다. 태경은 눈을 세 번 깜박였다. 거실 창가에서 어른거리던 씰루엣이 본래 제 색깔과

형태를 찾아갔다. 태경과 똑같은 흰색 가운을 걸친 여자였다. 여자가 먼저 말을 걸었다.

"이 집은 채광이 좋네요."

태경은 대꾸하지 않았다. 그 여자가 왜 거기 있는지 알 수 없었다. 비 내리던 어제 오후, 다 젖은 채 호프집에서 병맥주를 홀짝이던 여자였다. 태경은 또 한번 눈을 감았다 떴다. 여자가 웃었다. 태경은 이층으로 돌아가려 했다.

"집주인들은 나갔어요. 손님들만 남았네요."

태경이 계단의 난간을 붙잡고 선 채로 창가 쪽을 다시 바라봤다. 여자가 슬리퍼를 끌며 다가왔다. 태경은 입을 조금 벌렸다가 다물었다.

"난 미라, 지미라. 이름이 좀 욕 같죠."

여자가 손을 내밀었다. 태경이 망설이다 그 손을 잡았다. 여자의 손은 차가웠다.

"오태경."

태경은 자기 이름을 말하며 손을 빼냈다.

"이름 같은 건 뭐 아무래도 좋으니까요."

여자가 그렇게 말하고는 잠깐 생각에 잠긴 듯 고개를 갸웃하더니 말을 이었다.

"통조림 좀 따줄래요? 왼손에 왜 붕댈 감았는지 같이 점심 먹으면서 얘기해보면 좋을 거 같네요."

여자는 강수가 틀어놓고 잊은 개수대의 수도꼭지를 잠갔다. 물소리가 멈추었다. 그녀는 냉장고를 열어 꽁치 통조림과 김치를 꺼내더니 식탁에 올려놓고 팔짱을 꼈다.

"자신있는 요리가 별로 없어요. 이 집 김치 맛을 기대해야겠죠."

여자는 김치가 든 스테인리스 통을 들고 가스레인지 쪽으로 걸어갔다. 태경이 통조림을 들고 원터치 뚜껑의 고리를 잡아당겼다. 고리만 달랑 떨어져나왔다. 그는 고리를 쓰레기통에 던지고는 두리번거리다가 여자의 가운을 스치며 걸어가 주방 벽에 걸려 있는 국자와 집게 들 사이에서 통조림 따개를 찾아냈다. 태경은 식탁 쪽으로 다시 다가와 통조림 따개로 꽁치 통조림을 땄다. 뚜껑을 열어 젖히자 비릿한 생선냄새가 올라왔다. 태경은 그걸 들고 여자 곁을 서성였다.

"꽁치 김치찌개 끓는 동안 나한테서도 궁금한 걸 하나 찾아두지 그래요. 그 이상은 안되고요. 난 식탁에 오래 앉아 있는 게 익숙지 않아서요."

여자가 통조림을 받아 개수대 위에 두고 가스레인지를 켰다. 불꽃이 올라왔다. 태경은 그걸 보다가 이층으로 올라갔다. 어젯밤 자기가 잠들었던 자리에 이불이 둥그렇게 말려 있었다. 흰 벽지에 난 볼록 무늬들을 바라보고 섰다가, 태경은 자리에 도로 누웠다.

태경이 다시 눈을 떴을 때, 시계는 여전히 정오 무렵을 가리키고 있었다. 현자가 벽에 기대서서 혀를 찼다.

"자다가 굶어 죽기로 한 건가 했어."

현자가 고개를 저으며 말했다. 현자는 흰색 티셔츠 위에 베이지색 앞치마를 걸치고 있었다. 앞치마 가슴팍의 주머니 위쪽에는 반짝이는 보라색 단추가 두개 달려 있었는데, 그 때문에 반달형 주머니는 웃는 입처럼 보였다.

"얼마나?"

태경이 눈을 비비며 잠긴 목소리로 물었다.

"이틀하고 반나절. 여보!"

현자가 아래층을 향해 소리치자, 곧이어 강수가 올라왔다.

"우리 송장 치진 않겠어."

현자는 아래층으로 내려갔다. 강수가 태경에게 옷가지를 던져줬다. 푸른색 체크무늬 셔츠는 강수의 것이었고, 그레이 진은 태경의 것이었다. 진은 깨끗이 세탁돼 돌아왔다. 세제의 인공 레몬향을 풍기며.

"입고 내려와. 뭘 좀 먹어야 할 거야."

태경이 손을 더듬어 바닥에 떨어진 옷들을 그러잡고 상체를 일으켰다. 허리의 통증 때문에 그는 잠시 벽에 기대앉았다. 옷을 다시 방 한쪽에 내려놓고 방 옆에 딸린 화장실로 들어가 면도를 했다. 잘 닦인 타일들이 거울 속에서 하얗게 빛났다. 그 가운데서 턱을 들고 선 자신의 모습이 어느 양아치처럼 낯설었다. 태경은 저도 모르게 "아냐" 하고 혼잣소리를 내고는 턱을 당기고 입술을 일그러뜨리며 거울 속 양아치를 응시하다가, 고개를 옆으로 틀고는 면도를 했다. 그는 면도와 샤워를 마친 뒤, 강수가 던져준 푸른 체크무늬 셔츠와 그레이 진을 입고 아래층으로 내려갔다. 계단을 밟을 때마다 허벅지를 감싼 빳빳한 진이 팽팽해지면서 레몬냄새를 풍겼다.

식탁에 둘러앉은 사람은 모두 넷이었다. 강수, 현자, 완주, 그리고 미라. 태경이 빈 의자에 앉자 다섯이 됐다.

"이쪽은 현자 아는 동생 미라씨. 이쪽은 내 아는 동생 오태경."

강수가 식탁 사이로 손짓을 하며 유머있는 호스트라도 된 것처럼 뿌듯하게 웃음 지었다.

"우리 세번째 보네요."

미라가 젓가락질을 멈추고 미소 지었다. 태경이 무표정하게 눈을 깜박였다. 현자가 두 사람을 번갈아봤다.

"나 안 본 사이에 둘이 뭐 한 사이야?"

현자의 질문에 대꾸하는 사람은 없었지만, 태경과 미라는 눈으로 나눌 대화가 있는 사람들처럼 서로를 바라봤다.

"하긴 뭘 했다고 그래."

강수가 비에 흠뻑 젖어 있던 여자의 이미지를 순간 떠올렸다가 지우고, 메이크업이 깨끗하게 씻겨나간 해말간 처제의 이미지를 서둘러 덧씌우며 말했다. 그 말은 무엇을 거드는 것처럼 들렸지만, 거들 만한 상황이 따로 있던 것은 아니었기에 변명처럼 들리기도 했다. 현자는 남편 강수와 그 옆에서 프랑크쏘시지를 포크에 찍어 들고 있는 아들 완주, 그리고 태경의 눈빛이 모두 미라를 향한 것을 보고 고개를 내저었다.

"남자들이란."

"남자들이 왜요?"

완주가 프랑크쏘시지를 한입에 다 넣고는 우물거리며 물었다.

"눈치도 없는 주제에 눈 밝은 데가 따로 있다고 말하려던 참이다. 먹어들, 어서."

완주가 그 말 중 '눈치가 없다'는 말만을 낚아챘다. 완주는 눈을 가늘게 뜨고서 태경을 보며 말했다.

"나 아는데."

"뭐? 나?"

태경이 완주를 바라보며 어색하게 미소 지었다.

"비행기 태워준다고 나 방석에 앉히고 돌리다가 바닥에 머리 찧게 한 삼촌이잖아요."

완주가 그렇게 말하고는 고개를 설레설레 흔들었다. 아이의 나쁜 버릇을 고쳐주려는 어른처럼.

"꿈이라도 꿨나보네."

강수가 참견하자 완주가 눈을 깜박이며 대꾸했다.

"내가 그때 짱구가 된 건데, 아빠."

"그런 걸 다 기억하네."

태경이 비로소 수저질을 하며 중얼거렸다.

"되게 아팠나보다. 이젠 아무도 비행기 안 태워. 다 옛날 얘기야, 정말."

태경이 눈앞으로 쏟아져내린 머리칼을 뒤로 넘기고는 다시 고개를 수그렸다. 물기가 적은 밥알이 목구멍으로 매끄럽게 넘어가지는 않았지만 오랜만에 맛보는 따뜻한 점심식사였다. 그는 식탁에 남은 마지막 사람이 되어 천천히 밥을 다 먹었고, 그동안 사람들은 무덤덤하게 거실로, 방으로 흩어졌다. 그들 사이에 대화가 아주 없었던 것은 아니지만 특별히 새겨두어야 할 내용이 오간 것도 아니었다.

식사 후 한시간 정도 지나 태경과 미라, 현자가 거실의 소파로 모여들었다. 강수가 까페로 완주를 데리고 나간 뒤였다. 현자가 가운데서 리모컨을 들고 텔레비전의 전원 버튼을 눌렀고, 태경과 미라가 그 양옆에 앉았다. 케이블 채널에서 언젠가 방송되었던 오락물을 다시 내보내고 있었다. 게임에 진 벌칙으로 긴 코털 분장을 한 다섯 남자가 흐느적흐느적 춤을 추기 시작했다. 코털을 휘날리며 춤추던 다섯 남자 중 하나는 웃음보가 터져서 코털 분장이 콧구멍 밖으로 튀어나왔다. 나머지 네 남자가 박수를 치며 깔깔거렸다. 태경과 미라, 현자는 웃지 않았다. 그들은 화면 너머 거실 벽 안쪽의 다른 무언가를 보고 있는 사람들처럼, 그리고 자기가 보고 있는 그것을 무엇이라고 말할 필요가 없는 사람들처럼 고요한 얼굴이었다.

"이렇게 있으니까 가족 같아."

미라가 말했다. 그리고 다시 중얼거렸다.

"난 잃어버린 걸 정말로 잃어버리기 위해 노력할 거야."

현자가 자리에서 슬그머니 일어났다. 커피콩을 진공포장에서 덜어내고는, 거실에 남은 두 사람을 바라봤다. 오락물의 시끌벅적한 소음 속에서 아무런 표정 없이 독백을 하거나 듣는 그 두 사람은 그녀에게 잊었던 노래를 기억나게 했다. 그건 너른 들판, 쏟아지는 햇살, 뜨거워진 이마 위로 손을 들어올린 소녀들이 자기 그림자를 밟고 서 있는 풍경에 어울릴 만한 노래였다. 아니, 그건 이글거리는 아스팔트, 길 잃은 개, 신발을 벗은 채 불타는 바닥을 딛고 선 목석 같은 남자가 자기 폐부에 손을 얹고 노곤하게 다음 버스를 기다리는 풍경에 어울릴 법한 노래였다. 노래 가사는 떠오르지 않았다.

현자에게 용광로처럼 타오르던 사랑의 기억은 없다. 목욕물처럼 미지근하고 안온한, 나른한 유대 같은 건 있었다. 현자는 자기들 부부가 신도시 자유공원 인공폭포 아래서 쌘드위치를 먹으며, 풍선 든 아이들과 개가 지나가는 걸 바라보는 아파트 광고 사진 같은 데서 상상의 안식일을 맞는 부류의 사람들이라고 생각했다. 그런 그녀가 결혼기념일을 기념하지 않으면 무엇을 기념할 수 있을까. 그녀는 남편이 까맣게 잊어버린 것에 대해 좀더 섭섭해하기로 했다. 게다가 느닷없는 방문객은 그녀에게 어떤 향수를 불러일으켰다. 그녀는 향기로운 입욕제와 남편의 뜨거운 숨결, 그 정도면 충만해지는 표정을 꾸며낼 수 있는 여자였다. 그런데 여기 이곳, 자기 집에서 느닷없는 향수에 시달려야 하다니 그건 어딘가 구리다고 생각했다. 하필이면 결혼을 기념하며 구질구질해질 이유가 없지 않은가. 그녀는 남편에게 전화를 걸었다.

"여보, 나 홍콩 여행 코스 봐뒀어. 우리 크루즈도 타고, 야시장에도 가봐."

"미쳤어?"

"안 미쳤어. 집 봐줄 사람도 저절로 굴러들어왔잖아."

"당신 지금 갑자기 낙천적인 척하잖아. 게 미친 거지 뭐야."

"설마. 난 계산적이지. 즉흥적으로도 계산을 한다고. 내 장점이
라고 칭찬해주면 좋겠어."

"난 매장 정릴 좀 해야 해. 이따 더 얘기해."

"좋은 대답 들려줘. 안 그럼 나가서 춤바람 날지도 몰라."

"춤 같은 소리 하네. 춤 못 추는 거 다 알아."

"하여간. 사람은 실망하면 자기를 망친다고."

강수는 다른 남자들과 마찬가지로 아내와 말씨름하는 것을 질색
하는 편이었다. 그러나 그는 여자가 이렇게까지 집요하게 물고 늘
어지며 뭔가를 요구한다면, 받아들인 후 그다음 단계를 생각하는
남자이기도 했다. 현자에게 남자다운 게 뭐냐고 묻는다면, 그녀는
바로 그런 거라고 대답할 것이다. 그녀가 남편과의 연애에서 가장
좋아했던 그의 장점이었다. 강수는 결국, 아내의 갑작스럽고 변덕
스러운 제안을 '남자답게' 받아줬다. '이따 더 얘기하자'. 그건 많
은 경우에 눈앞에 벌어진 일을 최선의 노력으로 긍정하고 수용하
려는 그의 태도를 의미했다. 그는 적어도 무언가 더 이야기할 것이
남아 있다고 생각하는 일을 무작정 반대하지는 않았다.

일단 홍콩으로든 어디로든 떠나 자기에게 찾아온 난감한 감정들
을 현대인의 휴가 패턴으로 보내기로 한 뒤에, 현자는 좀더 여유로

워질 수 있었다. 그녀는 미라와 태경에게 쇼핑을 나가자고 호들갑을 떨었다. 미라는 더 살 게 없다고 말했다. 태경은 여자들과의 쇼핑은 사양한다고 내뺐다. 그러나 결국 그는 오랜 잠에서 깨어난 사람답게 멍청해진 얼굴로 현자를 올려다보고는, 고개를 저으면서도 따라나섰다. 미라는 집에 남았다. 현자는 여행에 필요한 옷가지와 가방, 손님들이 편안히 머물기에 적당한 정도의 식료품, 그밖에 벽걸이형 메모판과 포스트잇, 압정 한통을 구입했다. 집주인으로서 그녀가 손님들에게 알려주어야 할 정보들, 이를테면 배달이 가능한 가까운 마트와 인터넷싸이트, 패스트푸드점 전화번호, 남편이 운영하는 까페 매니저의 휴대폰 번호, 제때 물을 주어야 하는 화분과 그렇지 않은 화분에 대한 설명이나 세탁기 사용법 같은 것들을 적어둘 수 있도록. 덧붙여 태경과 미라가 손님으로서 이 집 부부에게 전화로 확인시켜주어야 할 것들, 예컨대 전화해온 사람들과 우편물의 발신인 등도 잊지 않고 표시해둘 수 있도록.

"내가 그런 걸 다 할 거라고 생각해?"

태경이 마트의 채소 코너 앞을 지나칠 때쯤 카트를 멈추고 물었다. 현자는 대답하지 않았다. 그러자 태경이 스스로 대답했다.

"사실 난 내가 그런 걸 다 할 거라고 생각해."

태경은 그들 앞에 진열된 새파란 채소들을 훑어보고는 가장 싱싱해 보이는 대파를 골라 담고 다시 카트를 밀며 걸었다. 태경과 현자는 그렇게 아무렇지도 않아 보이는 주말 풍경 속으로 섞여들었다.

주인 없는 집

집주인 부부가 홍콩으로 떠나고, 빈집의 시간은 이제 오롯이 손님들의 것으로 남았다. 미라와 태경에게 이 시간은 이러했다. 밤길에 지갑을 털리고 진탕 두들겨맞은 후 눈을 떴는데 어디로 가는 길인지 알 수 없는 도로 위에 건물 하나가 빛을 뿜으며 나타난다. 그들이 그곳에 들어서자 천장에서 카운트다운을 알리는 공이 울린다. 이곳이 천국인지, 지옥인지 그들은 아직 알지 못한다.

"난 좀 떠돌았어요."

미라가 말했다.

"어디 먼 데 가본 적은 없고요. 그러니까, 홍콩 같은 데도요."

태경이 아무 말 않자, 미라가 더 말했다.

"현자 언니랑 난 거의 칠년 만인데, 앞으로 칠년 뒤에나 다시 보게 된대도 둘 다 놀라지 않을걸요."

태경이 또 아무 말이 없자, 이번에는 질문을 했다.

"자긴 어때요?"

그러자 태경이 미라를 바라봤다.

"난 그쪽 자기가 아니에요. 이 집 부부가 우리 소개팅 시키려고 집을 통째로 내준 줄 알아요? 쉬운 길 헷갈리며 갈 거 없어요. 난 내 그걸 못 세워요. 불능이에요. 전반적으론 구제불능이고요."

태경은 자기 불행을 전시하려는 사람처럼 굴었다. 잘 아는 여자든, 모르는 여자든, 여자한테 그렇게 구는 건 그에게 흔한 일은 아니었다.

"그렇게 웃기는 농담은 첨 들어요. 차라리 내가 무섭다고 하세요."

미라가 피식 웃었다. 태경은 그저 한 손으로 턱을 한번 쓸어내렸다.

"손모가진 왜 그래요?"

"담뱃불로 지졌어요. 내가 원래 지루한 걸 못 참아서 그렇게 좀 지랄을 해요."

그는 입술을 약간 비죽거렸다. 뒷주머니에 잭나이프라도 꽂고 있는 터프한 남자처럼.

"진짜 이윤 훨씬 시시할걸요. 난 삼층에서 뛰어내려 도망쳤는데 다친 데가 없어요. 뭐가 그렇게, 그런 데선 운이 되게 좋아. 좀 피곤한 스타일이죠."

"현자가 나한테 이 집하고 그쪽을 같이 떠넘기고 간 거 같네요."

"음, 그런가요?"

미라가 고개를 꺾어 쳐들고는 한숨을 쉬었다.

그녀가 일어나 거실 창문을 활짝 열었다. 태경은 이제 여자가 자기에게 시들해졌다고 느끼며 이층으로 향했다. 계단을 오르려다 그는 잠깐 멈춰서서 미라의 뒷모습을 돌아다봤다. 삼층에서 뛰어내렸다는 건 정말일지도 모른다. 피곤한 스타일. 그것도 웬만큼 일리있는 자기성찰일지 몰랐다. 운이 되게 좋은 '그런 데'가 어떤 데인지, 그건 좀더 알고 싶다는 마음이 생겼다. 욕 같은 이름이죠. 미라의 첫 인사말이 그 비슷했다는 걸 떠올렸다. 그는 이층 쪽으로 고개를 돌렸고, 자기 방을 향해 걸어갔다.

그날 저녁 집주인 부부에게서 전화가 왔다. 쇼핑센터에서 태경과 미라의 선물을 하나씩 샀다는 거였다. 현자는 미라에게 뭔지 맞혀보라고 퀴즈를 내듯 말했지만, 미라는 신통치 않은 반응을 보였다. 완주가 전화기를 뺏어들고 썬글라스라고 알려줬다. 미라는 고맙다고 대답하고는 고개를 한번 가로저었다.

"집엔 별일없어."

미라는 그 말을 마지막으로 전화를 끊었다. 고요한 남의 집 거실의 정적 속에서 미라는 천천히 움직였다. 전시회장을 혼자 돌아다니는 말 없는 여행객처럼. 그녀는 거실 장식장 안에서 몇개의 반짝이는 장식품을 봤다. 눈에 보석이 박혀 있는 작은 고양이상들이었다. 미라는 장식장 유리에 손가락으로 가로로 긴 선을 그었다가 손을 떨어뜨렸다. 위층에선 아무 소리도 들리지 않았다.

다음날 늦은 아침, 태경이 강수의 정장을 찾아 입고 이층에서 내려오다 계단에 멈춰섰다. 어제까지는 없던 긴 거울이 벽에 걸려 있었다. 미라가 빨랫감을 들고 거실을 가로지르는 모습이 보였다.

"여기다 거울 걸었어요?"

태경이 소리높여 물었다.

"아까요. 망치질 소리 들은 줄 알았는데."

미라가 걸음을 멈추고 뒤돌아섰다.

"남의 집에 막 못질을 해요?"

태경의 질문에 미라가 계단 밑까지 빨랫감을 들고 걸어와 그를 올려다봤다.

"내가 집 잘 꾸미는 거 언니도 알아야죠."

미라가 대수롭지 않게 대꾸했다.

"나 어때요?"

태경이 양손으로 슈트 칼라를 매만지며 서툴게 물었다.

"얻어 입은 거 같아요."

"그래요?"

태경이 거울 가까이 다가서서 자기 모습을 비춰봤다. 거울 위치가 왜 하필 여기인지 궁금했지만, 질문은 다른 걸 했다.

"이건 언제 사왔어요?"

"애 방에서 떼왔어요."

"애는 어쩌라고요?"

"재밌어할 텐데요."

"애 좋아해요?"

"한시간 정돈 좋아해요."

태경이 시선은 비껴둔 채 조심스레 다시 물었다.

"그럼 나랑 점심 어때요?"

태경은 제자리에서 대답을 기다리고 서 있었다. 너무 진지하게 물었나. 그는 얼굴이 조금 붉어졌지만, 미라가 고개를 갸웃하자 다리를 건들거리며 한번 더 물었다.

"어때요?"

태경과 미라는 차이니즈 레스또랑에 들어갔다. 메뉴판이 세장을 넘지 않는 곳이었다. 젊은 사람부터 나이 든 사람까지, 탁자는 심심하지 않을 정도로 채워져 있었다. 태경이 입구에서부터 미라의 손을 잡아끌고 홀을 가로질러 들어갔다.

두 사람이 멈춰선 룸은 이름이 '매화'였다. 조악한 물결무늬 장식이 룸 이름을 새겨넣은 팻말의 테두리를 따라 돌았다. 그 장식은 룸 안쪽의 천장 테두리까지 이어졌다. 벽지는 붉고 커다란 꽃으로 채워져 있었다. 탁자는 넓고 길었고, 의자는 여섯개가 마련되어 있었다. 미라가 출입문이 마주 보이는 쪽의 가운데 자리를 택해 의자를 빼고 앉았다. 그녀가 고개를 의미없이 끄덕이고는 허공에 대고 말했다.

"그래, 이제 애가 오나요?"

애는 오지 않고 메뉴판이 먼저 왔다.

"조금 있다가 시킬게요."

태경이 종업원을 보고 퉁명스레 말했다. 태경과 미라는 한동안 말없이 앉아 있었다. 미라는 태경을 바라보았고, 태경은 벽지의 꽃무늬와 자기 시계, 그리고 벽시계를 번갈아보더니 휴대폰을 들고 룸 밖으로 나갔다 들어왔다. 그렇게 이십분 정도가 지나고 나서 태경의 휴대폰으로 전화가 한통 걸려왔다. 태경이 휴대폰에 대고 작게 읊조리면서 고개를 끄덕였다.

"그래, 알았어, 그럼."

태경은 전화를 끊고 벌떡 일어섰다. 미라가 눈치껏 자리에서 따라 일어서며 중얼거렸다.

"바람맞을 자리에 사람 데리고 다니는구나."

태경은 미안해하지 않았다. 미라가 물었다.

"애들이에요?"

"딸 하나요."

"딸이 싫어하나보죠."

"걔 엄마가 싫어하죠."

"애 생각도 있잖아요."

"애 생각도 그래요."

"뭐 이런 중국집은, 여자애가 아빠 만나는 장소로는 좀 그렇죠."

미라가 먼저, 그뒤를 이어 태경이 룸 밖으로 나왔다. 홀을 가로질러 출입구로 가는데 커다란 쟁반을 든 종업원이 두 사람을 쳐다보고 얼굴을 찡그렸다. 미라가 돌아보니 종업원은 쌩하니 뒤돌아섰다.

"원, 별."

종업원의 그다음 말은 두 사람 다 알아듣지 못했다.

미라가 밖으로 나와 양산을 썼다. 태경은 좀 떨어져 어정거렸다.

"그래도 올 것처럼 그랬을 땐 오려고 했었겠죠."

미라가 태경을 바라보지 않은 채로 말했다.

"위로하는 건가요, 지금?"

태경이 갑자기 우뚝 멈춰서서 땅바닥을 굽어보고는 약간 날선 목소리로 따지듯 물었다.

"자기 지금 친구처럼 구는데요."

미라는 그를 지나쳐 앞서 걸어나가며 대꾸했다.

둘은 좀더 떨어져 걸었다. 그러다 미라가 달려오는 오토바이를 피해 태경 옆으로 성큼 다가섰다. 양산 살 끝이 태경의 눈 위를 찔렀다. 태경이 놀라 소리를 질렀지만, 미라는 양산 그늘 속에서 입만 살짝 벌린 채로 태경을 올려다봤다. 태경의 휴대폰이 주머니 속에서 진동했다. 그는 몸을 틀어 전화를 받았다.

"어디니? 어디야?"

태경이 제자리에서 종종걸음을 쳤다. 그게 그다지 봐줄 만한 꼴은 아니어서 미라는 고개를 딴 데로 돌렸다. 횡단보도 건너편에서 머리칼을 양 갈래로 묶은 여자애 하나가 손을 흔들고 있는 게 눈에 들어왔다.

"저긴가 본데요."

미라가 태경의 옷자락을 잡아끌며 횡단보도 저쪽을 가리켰다.

세 사람은 멀티플렉스 입구께 위치한 아이스크림 체인점에서 아르바이트생이 바닐라 아이스크림에 딸기 시럽 토핑하는 것을 지켜보았다. 이내 아르바이트생이 솜씨 좋게 쌓아올린 아이스크림 컵 두개를 내밀었다. 미라와 태경의 딸이 그걸 받아 자리로 돌아왔고, 태경이 계산을 하고서 합석했다.

"아이스크림은 잘 먹네."

태경이 겨우 꺼낸 한마디였다.

"엄마가 밥은 집에 와서 먹으라고 했어."

결과적으로 만난 지 사십여분쯤 됐을 때 딸이 주어와 서술어를 갖춰 내뱉은 말이었다.

"난 끌려왔어요."

미라가 어울리지도 않는 존댓말을 쓰느라 미간을 살짝 찡그리고 덧붙인 말은 어쩐지 변명 같았다. 영화관 입구는 단체 관람객들로 붐볐고, 아이스크림 가게도 마찬가지였다. 주변이 시끄러운 게 오히려 다행스러웠다. 부녀는 별말이 없었고, 태경은 게다가 뭘 먹지도 않았다. 미라가 화장실에 다녀오겠다고 말했다. 그녀는 말을 채 맺기도 전에 인파를 헤치고 나갔다.

"미인이네."

태경의 딸이 미라의 뒤태를 바라보며 말했다.

"정미야."

"내 이름 그렇게 부르지 마."

"내가 어떻게 부르는데."

"다정한 척하잖아."

"그럼 안돼?"

"하여간 뭐든 척하지 마."

"알았어."

태경이 힘줘서 말했다.

"이 악물고 말하지 말고."

"그래."

태경이 이번에는 풀죽은 것처럼 말했다.

"착한 척하지도 말고."

"어이 씨."

"응, 이제 답네."

정미가 스푼을 탁자에 내려놓더니 가방에서 비닐 쇼핑백을 꺼냈다.

"엄마가 아빠 바지 사면서 하나 더 샀어."

정미는 친아빠와 의붓아버지를 모두 공평하게 아빠라고 불렀다. 그 공평함은 태경에게 안도감을 주었다. 그리고 곧 가슴 한쪽이 싸해지는 아픔이 찾아왔다. 그는 그걸 들키지 않으려고 쇼핑백을 받아들고 바지의 감촉을 느껴보는 체했다.

"엄마한테 아빠 살 빠졌다는 말 안했어. 좀 클 거 같아."

"네가 남자 바지 싸이즈에 조예가 깊은 줄은 몰랐는데."

"지금 내가 기분 좋은 줄 아나봐."

"왜 안 좋은데?"

정미가 화장실 쪽을 돌아봤다. 미라는 아직 나오지 않았다.

"어떤 사람인데?"

정미가 물었다.

"좋은 사람이야."

태경이 대답했다. 정미가 고개를 끄덕였다.

"이제 걱정 안하지?"

"젊은 아빠가 필요하면 전화할게."

"긍정적이구나."

"노력하는 중이야."

"엄마한텐 뭐라고 할 거니?"

"뭐라고 안할 거야."

태경은 그 말을 듣고서 입을 다물었다. 정미가 다리를 꼬고 앉아 오른발을 허공에 까딱거렸다. 그애가 아기였을 때, 그애의 작고 귀여운 발에 코와 입술을 비비며 아이를 웃게 만들 수 있었을 때, 그때가 어떤 종류의 기적이었던 것처럼 생각됐다. 외로운 삶에 찾아드는 잠깐씩의 환희. 그 순간순간의 힘으로 여기까지 왔다고 생각했다. 아이는 이제 사춘기에 접어들었고, 아버지는 나이를 먹었고, 그게 꼭 슬픈 이야기는 아니지만, 그렇다고 그냥 그런대로 좋다는 식으로 웃을 수만도 없다. 태경은 손바닥으로 이마를 문지르며 정미를 힐끗거렸다. 이야기할 때 고개를 살짝 기울이고 잔머리칼을 쓸어넘기는 모습, 어색할 때 입술을 쫑긋거리는 모양이 제 엄마와 닮았다.

정미가 아이스크림 컵을 한 손에 들고, 하얀 플라스틱 스푼을 입에 문 채로 주변을 둘러봤다. 연인들, 친구들, 아이들. 다음 상영작과 입장을 알리는 문자가 전광판에 떠올랐다. 사람들이 하나둘씩 상영관으로 들어갔다. 그러다 대열이 길어졌고, 이내 한꺼번에 사라졌다. 어느새 미라가 그들 옆으로 다가와 있었다. 그녀는 야릇한 침묵이 도는 탁자에 비스듬히 기대서, 일부러 꾸며낸 듯한 경망스러운 목소리로 말했다.

"저기, 난 이만 풀려날까 하는데요."

그들의 헤어짐은 만남과 마찬가지로 서투른 방식으로 상투적이었다. 태경은 정미를 위해 택시를 잡느라 허둥거렸고, 미라는 그동안 정미와 눈을 맞추며 간단한 문답을 주고받았다.

"아빠가 손목에 안 어울리는 스포츠 밴드를 했어요. 미치는 줄 알았네. 야광이잖아요. 저런 남자가 좋아요?"

사춘기 소녀의 깜찍한 테스트라는 걸, 미라는 금세 알아챘다. 그리고 그게 상처난 손목을 가리기 위해 붕대 대신 두르고 나온, 태경의 딸을 위한 배려였다는 걸 그제야 뒤늦게 눈치챘다.

"택시 잡을 때 유용하거든."

미라가 턱짓으로 태경을 가리키며 말했다. 태경이 택시를 잡아 세우고 그들에게 손을 흔들어 보였다. 정미는 눈썹을 찡긋거리고는 택시에 올라탔다.

"몇살이에요?"

미라가 정미를 싣고 떠나가는 택시를 바라보며 태경에게 물었다.

"열세살."

태경이 먼저 돌아서서 걸으며 대답했다.

"일찍 사고를 쳤나봐."

"빨리도 물어보시네."

미라는 태경과 집으로 가는 버스에 올라탔다. 뒤쪽 2인석에 어깨를 맞대고 앉았지만 별다른 질문과 응답은 하지 않았다. 미라는 창가, 태경은 통로 쪽이었다. 미라는 이제 막 한글을 깨우친 어린아이처럼 도로를 따라 늘어선 상점들의 간판을 마음속으로 읽었다. 태광부동산. 한아름마트. 유림서점. 엄지문구. 태경은 꾸벅꾸벅 졸더니 미라의 어깨에 머리를 기댔다. 미라는 태경의 양복 소매 밖으로 반쯤 나온 야광 밴드를 내려다보고는, 다시 창 쪽으로 고개를 돌렸다. 바하피아노학원. 미미동물병원. 키사스키사스노래방.

미라는 집에 돌아와 아래층 화장실에서 흰 운동화를 빨았다. 위층에서 음악소리가 흘러나왔다. 세제를 묻힌 솔을 든 채로, 미라는 음악을 듣다 말다 했다. 부드럽고 나른한 음악이었다. 피아노가 울먹이면, 첼로가 받아준다. 첼로가 떨면, 바이올린이 피아노와 함께 종종거린다. 그런 식이었다. 그녀는 운동화에 솔질을 하며 첼로를 따라갔다가, 피아노를 따라갔다. 그러고는 아무데서나 멈췄다가 숨을 내쉬고 다시 움직였다. 회색 거품을 마른 헝겊으로 살살 닦아내고는 조용히 웃었다.

다음날 늦은 오후, 태경은 강수 옷장을 뒤적여 주머니가 많이 달린 카키색 배낭을 하나 골라 짐을 쌌다. 딸애가 전해준 새 바지, 강수가 준 옷 몇벌과 강수 책장에서 집어든 책 한권. 집주인 내외가 오자마자 그는 안녕을 고할 것이다. 그동안 즐거웠어. 고마웠어요. 난 은혜 입을 재수는 아니지만, 가끔 은인을 만나는 재주가 있거든. 태경은 농담처럼 웃고 돌아서길 원했지만, 자기가 짧고 무뚝뚝한 인사를 건넨 뒤 등판을 보일 것이란 사실을 알고 있었다.

첫번째 결혼에 실패한 뒤, 무리해서 뛰어든 사업마저 잘 풀리지 않자 그는 상황이 안 좋다며 하소연할 수 있었다. 형편이 안 좋을 때 가족과 헤어졌던, 그와 비슷한 경험이 있는 사람들이 그의 술친구가 돼줬다. 두번째 결혼을 앞두었을 때는 약혼녀가 다른 사람 애를 가졌다며 헤어지자고 했다. 운명은 그에게 친절하지 않았다. 일 년을 알았으면 사람을 많이 알았다고 생각했지만, 그건 그의 오만이었다.

태경은 이십대의 이년 반을 스턴트맨으로 살았다. 애인이 그 일을 그만두지 않으면 아이를 지우겠다고 선전포고해 곧 일을 그만두겠다고 결심했고, 그때 자기 열정이 동료들에 비해 모자란다는 것을 느꼈다. 딸애가 태어난 후, 몸으로 뛸 수 있는 일을 닥치는 대로 했다. 사는 일에, 살아내야 하는 모든 일에, 자기가 할 수 있는 것 이상으로 과욕이 있는 사람처럼 굴었다. 그렇게 모은 돈을 레저

용품 파는 사업에 투자했다. 오년지기 친구가 호언장담하며 끌어들인 일이었다. 경기가 좋지 않았고, 사람을 가려 믿는 수완도 없었고, 경쟁업체에 밀리는 자본과 써비스, 인력을 아이디어로 극복할 만큼의 노하우도 마련하지 못한 채 허둥대다 코너에 몰렸다. 간신히 질질 끌어오던 일은 결국 잘되지 않았다. 이제는 피곤하고 지친 육신만 남았다. 그는 최근에야 미련을 버리고 자기가 맨주먹의 원점으로 돌아왔다는 것을 받아들였다. 손목은 유리병들을 깨다가 다쳤다. 다시 위험에 처한 누군가의 대역이 돼 뛸 수 있을까. 콜라병은 그 질문에 동맥 근처를 긋는 걸로 피 나는 답을 준 셈이었다. 그는 홧김에 저지른 단순한 사고였다고 말했지만, 강수는 복잡한 심리적 문제로 봤다. 죽을 셈이었다면 죽을 각오로 다시 한번 시작해야 한다고, 그는 타이르듯 말했다. 감동적인 충고는 아니었지만, 생각해보고는 싶었다. 이제 다시 시작해야 한다면 무엇을 위해서여야 할까. 딸애를 만나보긴 했지만 그게 대답이 되진 않았다.

같은 시각 미라는 다른 방에서 자기 짐을 제대로 푸는 일을 시작했다. 물기를 말리려 베란다에 내놓은 여행가방을 방 안으로 가져왔다. 가방은 다려진 옷감처럼 판판하게 잘 말랐다. 지퍼를 열자 텅 빈 안쪽이 드러났다. 밑판을 들어내고 그 아래 길쭉한 보조가방을 꺼냈다. 똑딱단추를 열자 검은 비닐이 있었다. 그 안에 뭔가를 둘둘 감은, 분홍색과 은색이 섞인 실크 스카프를 풀자 오만원권 지폐 네 묶음, 심플한 금반지 하나가 나왔다. 그녀는 오만원권 묶음에서 몇 장을 꺼내 지갑에 넣고 거실로 향했다. 장식장에 놓인 고양이상을 바라보면서 그쪽으로 가까이 다가갔다.

"쫄지 마. 마음 굳세게 먹어."

그녀는 고개를 흔들며 고양이상을 향해 중얼거렸다. 그리고 시선을 떨어뜨리고 아랫단의 서랍을 열었다. 정돈된 위쪽에 비하면 두서없었다. 잡동사니 수납함인 듯했는데, 장식장 안에 그런 게 있다니 의외였다. 가위와 드라이버, 손톱깎이와 구두약과 연고제가 같이 뒹굴고 있는 걸 보니 설치미술품 같기도 했다. 제목. 의지의 승리. 그녀는 방에서 금반지를 들고 나와, 서랍 안 탈지면 비닐봉지 속에 넣었다. 그녀는 탈지면과 반지가 담긴 비닐 지퍼백의 윗부분을 손가락으로 꾹꾹 눌렀다. 그리고 서랍과 장식장 유리문을 닫았다. 팔짱을 끼고 몇발자국 뒤로 물러서 전체적인 모양새를 음미하듯 눈을 가늘게 떴다. 고양이상은 아직 마음을 정하지 못해 심란한 것처럼 보였다. 그녀는 방으로 돌아왔다. 스카프를 목에 두어번 두르고 지폐는 비닐에 넣어 다시 가방 밑단에 감췄다. 그녀는 창문 곁에 걸어놓은 흰색 레인코트 주머니에서 빨간색 머리핀을 꺼내 꽂고 거울을 본 뒤 숨을 몰아쉬고는 방을 빠져나왔다.

태경은 거실 소파에 앉아 텔레비전을 보고 있었다. 표정은 진지했지만 오른손에 변색된 바나나를 든 채라 궁색해 보였다. 미라가 그 옆에 앉았다. 어느새 아홉시 뉴스 방송 시각인가보았다. 화면에 어떤 공장의 내부 모습이 나왔다. 상자 포장된 제품들이 벨트 위에 일정한 간격으로 툭툭 떨어져 다른 라인으로 흘러갔다. 노동자들이 서서 상자에 스티커를 붙인 후 한쪽에 쌓아두었고, 쌓인 그것을 밀대에 실어 다른 곳으로 가져갔다. 미라가 화면을 지켜보다 고개를 돌려 태경에게 말했다.

"키스할래요?"

태경은 대꾸하지 않고 바나나를 우물거리다 껍질을 소파 팔걸이에 던져놓았다.

"내 말은, 그러니까 뭐라도 해요. 지금 죽을 건 아니잖아요."

미라가 다시 말했고, 태경은 바나나를 꿀꺽 삼키고는 상체를 반대편 팔걸이 쪽으로 약간 뉘었다.

"그렇게 만만해요, 내가?"

태경이 화난 표정으로 말했다. 그는 그대로 말없이 미라를 노려봤고, 미라는 그 눈길을 흔들림 없는 눈빛으로 받아주었다. 그러다 두 사람이 동시에 '저기'와 '여기'란 단어를 내뱉었고, 그다음 말을 똑같이 잊어버렸다. 두 사람의 얼굴에 미소가 떠올랐다. 태경이 달려들어 그녀를 와락 끌어안고 입을 맞췄다. 미라가 몸을 틀며 태경의 머리칼 사이로 손가락을 벌려 넣었다. 태경이 미라의 목덜미에 얼굴을 비볐다. 미라가 몸을 뒤로 젖힌 채 웃었다. 태경이 문득 고개를 들고 숨을 몰아쉬며 말했다.

"저기, 목에서 돈냄새 나요."

미라가 눈을 두어번 깜박이더니 고개를 들고 "아"하며 스카프를 풀었다. 태경이 다시 미라의 목과 어깨에 키스했다. 소파에 거의 눕게 된 미라의 옆구리 한쪽에 리모컨이 깔렸다. 미라가 움직이는 대로 채널이 여기저기로 돌아갔다. 노랫소리, 대사 소리, 워킹 소리. 미라는 한 손에 든 스카프를 자기 몸 위에서 소리내며 키스에 열중하고 있는 남자의 머리통에 씌워줬다. 두 사람 다 소년 소녀처럼 웃었다.

주인 내외의 침대에 손님들이 벗은 채로 나란히 발을 뻗고 누워 있다. 부드러운 아이보리색 레이스 커튼 뒤에서 반쪽짜리 달이 빛났다. 미소를 머금은 달빛이다. 미라는 그렇게 생각했다. 두려워지는 체온이다. 태경은 그렇게 생각했다. 미라의 위장 쪽 피부를 쓰다듬는 태경의 손은 무게감 있고 투박하고 컸다. 만일 누군가 자기 목을 졸라 죽이게 된다면, 그런 손이면 만족스러울 것 같다고 그녀는 생각했다. 미라는 태경의 손을 부드럽게 잡고 밀어내면서 그의 얼굴을 바라보고는 나른하게 미소 지었다.

"남자, 있어요?"

태경이 시선을 약간 비껴두며 말했다. 섹스 뒤에 찾아온 그 질문은 고요하고 낡은 느낌이었다. 별수없네. 미라는 그렇게 생각했지만 미소를 거두지는 않았다.

"난 진지해요."

태경이 열아홉살 소년처럼 말했다.

"난 가볍고 싶은데요. 껌처럼."

미라가 눈을 깜박였다.

"껌이라고요?"

"아니, 괜찮아. 자기 잘해요."

미라는 얼른 양팔을 뻗어 태경의 얼굴을 잡아끌고 와 코끝에 짧게 입 맞췄다. 그녀의 말과 제스처가 태경의 마음을 편안히 가라앉혀주었다.

"오래전에 어떤 여자랑 침낭 안에서 별 봤던 때가 있어요. 나보다 열 살 많은 여자였는데, 난 휴가 나온 군인이고."

"뭐 하던 여자?"

"뭐 하려다 아무것도 못한 여자. 남편이 세탁소를 했지. 세탁소에 걸려 있던 옷을 내가 입고서 둘이 극장에 갔다가 남편한테 엉망으로 맞았어. 찢어진 옷은 내가 물어주기로 했지만 그 여자는 울면서 수선했어요. 난 다시 그 여잘 못 봤어요."

"간이 작았나봐."

"아니, 운동을 시작했거든. 자기도 얘기 하나 해봐요."

"난 마이애미에서 관광객 지갑 훔치다 경찰을 만났는데, 애 딸린 남자였고, 그래도 괜찮았죠. 비키닐 입고 해변에서 칵테일을 팔았어. 끝내줬는데."

"이런."

"그냥 그렇다고 쳐요. 좋았으면 됐잖아. 한꺼번에 너무 많이 가지려는 사람들 싫어."

미라가 태경의 뺨을 한 손으로 쓰다듬더니 다시 돌아누웠다. 달은 그녀와 더 가까웠고, 그는 그녀의 그림자 속에 얼굴을 반쯤 묻은 채였다. 그는 그녀의 매끈한 등을 바라보면서 이 여자는 혼자 어디로 가고 있는가, 생각했다.

일년 전, 토크쇼

그날은 대체로 흐리고 비가 흩뿌리다 말다 했다. 오후 두시경, 해가 반짝 떠올랐던 잠깐 동안의 기억이 그래서 더 선명했다. 우영은 그 무렵 주민센터 오층 체력단련실에서 낡은 러닝머신 위를 달리고 있었다. 발을 구를 때마다 기계에서 삑삑 소리가 나서 제대로 속력을 내지는 못했다. 그날따라 라디오에서는 장문의 청취자 사연을 읽어주고 있었다. 「난 괜찮아」라는 신청곡으로 이어지기까지, 굉장히 장황하게 느껴진 애청자의 편지글 내용은 주로 어머니에 관한 거였다. 어머니를 용서합니다. 살아 계셔주셔서 감사합니다. 결말 부분은 그랬다. 화해의 장으로 가기까지 사연 속 '저'는 대체로 울었다. 거리에서, 남의 집 부엌에서, 다리 위에서, 기차 안에서. 자, 이제는 괜찮다는 음악이 흘러나오고 있었다. 우영은 점점 속력을 줄여 걸으면서 저쪽 도로변 빌라의 삼층 내부를 살펴보았다. 창문이 열린 그 집에서 여자가 핫팬츠 차림으로 전화기를 붙들고 있었다. 그 여자의 이름이 미라,라는 것은 그녀가 이틀 전 길바닥에 흘린 할인마트 포인트카드 뒷면을 보고 알았다. 흘려 썼는데도 어색한 듯 정직해 보이는 필체가 인상적이었다. 미라라니 그런 이름은 만화책에서나 본 듯했다. 아니면 챙 넓은 모자를 쓰고 공항에서 첫 등장하는 드라마 속 여자의 이름 같았다.

전화기를 붙들고 있던 미라에게 남자가 다가와 머리통을 후려쳤다. 우영은 러닝머신에서 내려왔다. 그 남자도 본 적이 있다. 우영은 창밖으로 고개를 빼고 그 남자에게 집중했다. 그 사람이 맞다. 늘씬한 체형에 깨끗한 손, 옷감이 딱 맞아떨어지는 등판, 하얀 와이셔츠에 푸른빛이 감돌던 검은색 슈트 차림. 매끈한 중형차를 몰지만, 버스정류장 앞 가게에서 혼자 우동을 먹었다. 우영은 각종 분식을 팔면서도 우동전문점이란 간판을 단 그 식당에서 배달 아르바이트를 했다. 고등학교를 자퇴하고 나서부터였다. 앞으로 어떻게 살아가야 하나 막막해질 때가 종종 있었는데, 그때 그 신사를 보면서도 그런 생각을 했던 것 같다.

우영이 자퇴를 하고 나서 막막해지며 철이 든 건지, 막막하게 살다 철이 들 즈음 자퇴를 하게 된 건지는 순서가 정확지 않다. 분명한 건 우영은 좋은 대학에 들어갈 만한 성적이 되지 않았고, 운 좋게 뭔가를 더 배우게 되더라도 학비를 마련하기엔 사는 일이 벅찼으며, 이 모든 걸 찬찬히 생각해볼 만큼 철들기도 전에 아버지가 사라졌다는 것이다. 어려서부터 있다가 없기를 반복하던 아버지이므로 대단한 사건은 아닐 수도 있었지만, 어머니의 삶은 그걸로 좀 달라졌다. 우영의 엄마는 억척스러운 생활력으로 자식을 끌어안는 강인한 여자는 아니어서 길거리에 좌판을 벌이거나 건물 계단을 닦는 대신에 남자들을 집에 들였다. 오래된 소파 위에 길게 드러누운 젊은 남자들은 대개 당당했다. 당당히 밥상을 받고 우영에게 훈계를 하고 우영 엄마의 극진한 섬김을 당연하게 여기며 콧구멍이라도 후비거나 킬킬거리며 텔레비전을 봤다. 그런 남자들의 아내가 찾아와 엄마 머리채를 잡아끌 때, 우영은 엄마의 머리채를 휘어잡은 우악스러운 여자들을 밀쳐내고 욕을 하며 내가 효자인가, 아니면 피는 물보다 진한가, 이런 상투성은 인간적인 건가 생각했다. 다 틀렸다. 그냥 사는 꼴이 이따위인 게 싫었다. 그렇게 싫은 기분으로, 많은 것을 이해할 수 없는 채 달렸다. 음식을 배달하는 일이건 동네 주민센터 건물의 체력단련실에서 두어시간 지치도록 뛰는 일이건 간에, 일상에서 다른 일상으로, 상념에서 어떤 공상으로 달음질치는 것이 필요했다. 위안이 돼서라기보다는 숨쉬기 위해서. 귀가 멍멍해지도록 뛰다 어떤 한계점에 다다르면 현실의 끈을 놓쳐버릴 듯이 아득해지는 순간이 있다. 그다음은 희열이 온몸에 퍼진다. 그런 뜀박질 뒤에는 한밤을 의미없이 또 흘려보내는 일에 대해서 오래 생각하지 않아도 좋았다. 어차피. 그 단어를 입 밖에 내고 잠이 든다. 어차피 내일이 올 것이다.

우영에게는 두어가지 재주와 새로 생긴 취미가 있었다. 재주는 노래 부르는 일에 약간의 소질이 있다는 것과 현실에서 벌어질 일을 암시하는 꿈을 이따금 꾼다는 것, 취미는 사진을 찍는 데 열중하게 된 것이었다. 그런 데 취미를 붙이게 된 것은 보잘것없는 일상을 되풀이하더라도 마음을 붙잡아둘 위안거리가 한둘 정도는 있었으면 하는 바람 때문이었다. 이런 바람은 주일마다 사람들이 교회에 가거나 기념일마다 이벤트를 하거나 바겐세일 때 양말이라도 사들이는 일을 반복하는 것과 비슷했다. 비슷한 종류의 반성과 기대, 내일을 향한 약속, 오늘을 위한 기분전환, 변덕스러운 다짐 같은 것들. 그러니 이런 그의 최근 관심사나 대단치 않은 특징들은 사실 그를 말해주는 데 부족하고, 심지어 적합하지 않은 것일 수도 있었다. 몇년간 변하지 않은 한가지 사실, 사람들 속에서 그가 자리매김되는 유별난 지점, 아마도 거기 그의 궁극이 있는지도 몰랐다. 그런 관점에서라면, 그는 고독한 왕따였다.

그에게 어울리는 공간은 그가 문득 발길을 멈춰서는 그 공간이었다, 골목길. 시달리고, 추궁받고, 돈을 뺏기고 돌아오는 골목길. 또한 그가 다만 비밀스럽게 웃는다는 이유에서 그에게 마음을 쏟고 무턱대고 그를 기다리다 선물이라도 내미는 수줍은 소녀들이 서 있는 골목길. 그의 어깨를 잡아끄는 손길은 그렇게 느닷없이 달콤하거나 요령 없이 거칠었다.

비가 흩뿌리다 말다 하던 그날, 해가 잠깐 반짝 떠올랐던 두시경의 기억은 불안한 예감이 끼어들어 잘 잊히지 않는 어떤 꿈의 장면처럼 선명했다. 남자는 느닷없이 집으로 들이닥쳐 무방비상태이던 여자의 머리통을 후려쳤다. 여자는 들고 있던 전화기를 내던졌다. 남자의 무릎에 전화기가 부딪혀 남자는 상체를 수그렸고, 여자는 두 손으로 얼굴을 감싸고 쭈그려앉았다. 남자가 상체를 천천히 일으켜, 느린 걸음으로 여자에게 다가갔다. 그는 여자를 질질 끌고 방 안으로 들어갔다. 우영은 그들 사이의 모든 비명과 울음과 한숨 소리가 선명하게 들리는 것처럼 느꼈지만, 실은 그저 우영의 짐작 속에서만 울렸을 뿐이다. 「난 괜찮아」를 부르는 가수의 목소리가 웅변 소리처럼 드높이 체력단련실 벽에 부딪히며 공명하고 있었다. 뭐가 괜찮은가. 그냥 괜찮은 삶은 없다.

그날 밤 우영은 텔레비전에서 토크쇼를 봤다. 진실에 가닿는 척하면서 안전한 감상으로 빠지고 만 그 토크쇼는 가슴골이 파인 정장 원피스를 입은 진행자만큼도 인상적이지 않았다. 우영의 엄마는 몸이 아프다며 어린 애인을 전화로 불러냈다. 어린 애인은 그보다 더 어린 아내를 재우고 나서, 나이 든 우영의 엄마를 보러 왔다. 우영의 엄마는 아픈 와중에도 닭볶음탕을 만들어 애인에게 먹였다.

"너 언제 사람이 되려고 그래?"

입가에 기름진 붉은 양념을 묻힌 남자는, 무릎 나온 추리닝 바람으로 거실을 어정거리는 우영을 한심하게 쳐다보며 말했다.

"니 엄마 혼자 힘든데, 하나 있는 아들놈이 비전이 없다니."

우영은 식탁 쪽으로 다가와 물을 한컵 따라 마시고는 점잖게 대꾸했다.

"닭이나 먹어요."

그러자 남자가 대번에 버럭 화를 냈다.

"애새끼 싸가지 봐."

"난 여자가 될 거니까, 결혼할 때 아저씨가 식장에 손잡고 들어가야 돼."

그러자 남자가 사레들려 기침을 했다.

"말버릇하곤."

엄마가 근심스럽게 우영의 팔을 잡고 흔들자 우영은 히쭉 웃었다.

"내 별명이 우엉이야. 식물성이야."

"술 먹었냐?"

남자가 잔기침을 몇번 더 해가며 목을 가다듬고는 말했다. 우영은 피식피식 자꾸 웃었다. 이 정도의 대화도 여느 씨에프 속 가족의 식사 장면처럼 다정하게 느껴졌다. 마취당했나. 미친놈이 닭을 저렇게 처먹어도, 그래도 사람 아프다고 와본 놈이란 거지. 우영은 냉장고에서 맥주를 한병 꺼내 남자에게 한잔, 엄마에게 한잔 따른 후, 자기도 반잔 마시고 방으로 들어갔다.

그 밤에 우영은 꿈을 꾸었다. 사막이었다. 한번도 가본 적 없는 곳이었지만, 느낌이 선명했다. 발밑이 타들어가듯 뜨거웠고, 태양은 눈을 멀게 할 듯 이글거렸다. 땀범벅이 된 채로 긴 망또 속의 몸을 허정거리다, 더러워진 머리칼을 뺨에서 떼어내면서 그는 뒤돌아보고 소리쳤다. 더 가야 돼요? 동행이 있다는 것은 질문을 허공에 외친 뒤에야 비로소 알아챘다. 여자였다. 미라, 흘려 써도 정직해 보이는 필체. 여자는 하얀 옷을 너울거리며 그에게로 걸어왔다.

아직 멀었어. 여자의 속삭임은 달콤했다. 토크쇼가 있거든. 장면이
갑자기 바뀐다. 사막은 사라지고 스튜디오 안이다. 조명이 뜨겁다.
가슴골을 드러낸 여자 진행자가 그의 오른쪽에, 그리고 그의 바로
왼편 곁에는 미라, 그 여자가 머리칼을 헝클어뜨린 채로 나른하게
앉아 있다. 미라가 말한다. 우린 연결돼 있어.

전생의 반대편

공항버스가 집 근처에 다다르자 완주는 깨우지도 않았는데 퍼뜩 잠에서 깨어났다. 조그만 회색 배낭을 꼭 끌어안은 채 두 눈을 깜박이고 잠깐 생각에 잠긴 듯하더니 현자와 강수를 따라 버스에서 내렸다. 운전기사가 짐칸의 문을 열고 여행가방을 꺼내줬다. 강수가 가방을 받아서 끌었다. 현자는 완주의 손을 잡았다.

"엄마, 전화해봐요."

완주가 현자를 올려다보며 말했다.

"어디에?"

"집에요. 우리가 가고 있다고 해요."

그건 맞는 말 같았지만, 한편 이상한 말이기도 했다.

"그냥 갈 거야. 우리 집이니까."

현자의 대답 역시 맞는 말이었지만, 이상한 주장 같기도 했다. 하지만 완주는 알아들었다는 듯 고개를 끄덕였다.

"내가 정글에 있는데 배가 많이 고프고, 캄캄하고, 차갑고. 그 아줌마를 먹어치우려고 하니까 아줌마가 노래를 불러요. 되게 잘 불러요. 그래서 못 먹고 울었어. 난 사자거든요."

"그게 무슨 말이니? 너 홍콩에서 가이드한테 무서운 얘길 들었던가보다."

"응."

그러자 앞서 가던 강수가 고개를 돌리며 끼어들었다.

"버스에서 꿈꿨어?"

"응."

완주는 또 아무 말 없이 걷다가 다시 한번 허공에 대고 "응" 하고 대꾸했다.

"알겠어, 이 녀석. 너 장난하는 거지?"

완주는 그 말이 재미있다는 듯 키득거리며 웃었다.

"정말인데. 배고픈데. 어흥."

완주가 총총 뛰어 주택단지로 들어섰다. 이 가족이 가방을 끌고 지나가자, 강아지를 품에 안고 자기 집 벽에 기대 있던 젊은 여자가 그들에게 가볍게 목례를 했다. 완주는 강아지에게 손을 흔들었다. 젊은 여자가 강아지 발을 잡고서 흔들었다. 개가 주인에게 한쪽 발을 붙잡힌 채 몸을 틀며 왈왈 짖었다.

초인종을 누른 건 강수였다. 문을 열어준 것은 미라였다.

"안녕!"

미라가 부부를 훑어보고 곧장 시선을 떨어뜨려 완주와 눈을 맞추며 인사했다.

"아줌마, 안녕!"

완주가 소리치며 그녀를 지나쳐 집 안으로 미끄러지듯 들어갔다.

"안녕! 안녕! 안녕!"

완주는 집 안 모든 사물들에 인사하듯이 반복적인 안녕을 외치며 거실에서 콩콩 뛰었다. 장식장 속의 고양이상 중 하나가 손을 아래위로 흔들었다. 강수와 현자가 안으로 들어섰다. 집은 여전히 그들의 집이었지만, 무언가 달라진 듯했다. 자기 집에 손님으로 들어서는 듯한 이상한 기분이 부부를 조금 불안하게 했고, 한편으로는 그만큼 흥분시켰다.

"어이구, 좋은 냄새."

가방을 신발장 앞에 세워둔 채 주방 쪽으로 먼저 간 강수가 피로를 잊고 금세 노글노글해진 목소리로 말했다. 현자도 그쪽으로 다가갔다. 앞치마를 두른 태경이 생선을 굽고, 계란말이를 썰고, 김치찌개를 끓였다. 순간 현자는 태경이 혼자 지낸 지 꽤 됐다는 것을 새삼스레 떠올렸다. 그래도 낯설었다. 요리하는 그의 모습을 자기 집 주방에서 보게 될 날에 관해서는 상상해본 적이 없었다.

"안색이 좋아 보여."

현자가 명화를 감상하는 듯한 포즈로 태경에게 넌지시 말했다. 비싼 값에 그림을 사줄 마나님처럼 눈을 지그시 감았다 뜨면서.

"자기들은 미쳤고."

태경이 계란말이를 썰던 부엌칼을 허공에 흔들며 말했다.

"손님들한테 집을 통째로 내주고 놀러 다니는 주인집 내외는 당최 믿을 만하지가 않다고 뉴스에 나왔다고."

"뭔 소리야?"

강수가 계란말이 하나를 손으로 집어먹고는 우물거리며 말했다. 그는 대답을 듣기도 전에 안방으로 들어가버렸다.

"그래, 시험에 들었어?"

현자가 태경과 미라를 번갈아 바라봤다.

"언니, 내가 언니라면 옷부터 갈아입고 집 안 물건들을 살펴보겠어."

미라가 현자의 어깨를 건드리며 말했다.

"내가 너라면 선물부터 풀어보겠다."

현자가 몸을 살짝 틀어 뒤로 빼면서 대꾸했다. 현자는 가방 지퍼를 열고 하얀 비닐 쇼핑백을 꺼내 두 사람에게 건네고는 안방으로 갔다. 완주가 식탁 의자를 끌어내 거기 자리 잡았다.

"배고파?"

미라와 태경이 쇼핑백을 하나씩 든 채로 서서 동시에 완주에게 물었다.

"말도 못해요."

완주가 식탁에 턱을 괴었다. 여름은 창가에서 하얀빛으로 부서지고 있었다. 하늘색 식탁보에 기대 골똘히 미라와 태경을 바라보던 완주가 짐짓 고개를 끄덕이며 말했다. 아이다운 호기심으로 빛나는 눈을 하고서. 동시에 어른스러운 미소를 머금고.

"아줌마 노래 잘하죠?"

미라가 쇼핑백의 리본을 풀어 썬글라스를 꺼내 썼다. 잘 어울렸다.

"왜, 내가 가수 같니?"

미라는 완주를 보며 미소 지었다. 태경도 마찬가지로 쇼핑백에서 자기 선물을 꺼냈다. 그의 선물 역시 썬글라스라더니, 받아보니 모자였다. 구겨진 모자를 펴 머리에 쓰고서 태경은 요리를 마저 했다.

"홍콩에서 엄마가 점을 봤어요. 아줌마가 가수였다고 하던데요."

"내 얘길 물었니? 엄마가?"

"네."

"아닐 거야."

"진짜요."

태경은 김치찌개를 젓는 데 신경쓰고 있는 것처럼 굴었지만 그들의 대화에 귀를 열고 있었고, 그래서 찌개가 뚝배기에서 넘쳐 오르는 순간을 놓쳤다. 그는 행주를 찾으며 조금 허둥댔다.

"전생에 그랬겠지. 지금은 아냐."

미라가 썬글라스를 낀 채로 서서 완주를 내려다보며 말했다.

"나도 그런 말 알아요."

완주가 대꾸했다.

"무슨, 전생?"

"아뇨, 둘러대는 말."

현자가 잰걸음으로 거실을 가로질렀다. 그녀는 완주 방에 들러 속옷을 챙겨들고 나와서는 곧장 완주를 화장실에 떠다밀고 완주가 재빨리 벗어 내던진 빨랫감을 세탁기에 넣었다. 미라가 뒤따라가 말을 붙였다.

"언니, 홍콩에서 누구한테 내 얘기 했어?"

"거기 누가 널 안다고."

현자가 세탁기 버튼을 누르며 대꾸했다.

"언니, 내가 잊었어. 애들은 부모 닮는다는 거."

"무슨 말이니? 집에 돌아오자마자 이 무슨 스무고개야."

"완주는 언니처럼 넘겨짚는 덴 선수네. 이따 분명 전생이란 단어 뜻을 언니한테 물어볼 거야."

미라가 세탁실을 빠져나갔다. 그 뒷모습을 보며 현자는 세탁실 의자에 앉아 머리를 올려 묶었다. 집의 향기. 아늑함. 떠나갈 데가 있다는 게 해방감을 주는 건, 돌아올 데가 있다는 믿음과 안정감 때문이다. 그러나 저 두 사람, 태경과 미라는 해방감을 맛보기 위해 어딘가를 떠나와 여기에 도착해 있는 게 아니다. 그것만은 명확했다. 그렇다면 방금 전 보았던, 가스레인지 앞에서 구운 생선을 뒤집는 남자의 따뜻한 뒷모습에 대해서 조금 더 생각해봐야 할지도 모른다. 지난 며칠, 그는 완전히 회복했다. 아니, 지난 며칠, 그는 얼이 빠져 지난날을 몽땅 잊었다. 지난 며칠, 그는 긍정적인 자기계발에 관한 책을 읽었다. 지난 며칠, 그는 사랑에 빠졌다. 새 일을 구했다. 돈다발을 주웠다. 그게 무슨 모양새의 어떤 화젯거리건 간에, 현자는 알았다. 이 여름의 햇빛은 지금 그에게 잠깐 그 앞의 길을 열어 보여주었다. 말하자면 그는 지금 잠깐, 이전 생의 반대편에 서 있다.

10개월 전, 이 소파의 내력

    사람에게는 하나의 이미지가 있다. 영원히 그 이미지를 찾고, 잊고, 또다시 찾으며 늙어간다. 우영은 그것을 믿는다. 우영의 엄마에겐 삶에 대한 한가지 아름다운 상상의 이미지가 있었다. 그건 비오는 날 맨발로 걷다가 불빛이 반짝이는 어느 집에서 흘러나오는 따뜻한 음악소리를 듣는 것이다. 초월이라고 부르고 싶어지는, 쓸쓸하고도 아늑한 어떤 휴일을 만나는 것이다. 그녀에게는 종교가 없다. 그러나 쎄라믹으로 만들어진 작은 천사상은 하나 갖고 있었다. 그녀는 그걸 이웃이 이사할 때 버리고 간 몇가지 더럽고 낡은 물건 속에서 찾아내 잘 닦은 뒤 후추통 위에 세워놓았다. 우영도, 엄마도, 그녀의 남자들도 대체로 후추를 좋아하지 않았기 때문에, 천사상은 밀봉된 후추의 수호자처럼 하얀 사기 뚜껑 위에서 작은 날개를 펴고 있었다. 사실 날개 한쪽은 약간 금이 가 있었지만 손가락과 발가락, 속눈썹이 모두 섬세했다. 우영의 엄마가 머리채를 붙잡힌 채 거실 이쪽저쪽을 부딪고 다닐 때, 후추통의 천사는 좀 초조한 듯 보여 우영은 때로 담배를 권하고 싶었다. 그저 그렇게, 특별히 불행할 것도 없는 어느 저녁 무렵에, 우영은 엄마와 인스턴트 커피를 타 마시며 빈 종이에 낙서를 했다. 회개하긴 복잡한 사생활이죠. 어떤 영화를 봤어요. 너절한 죄인들이 문밖에 줄지어 기다리고, 내 기도는 하늘에서 멀어진 밤. 어떤 영화를 봤어요. 그러자 엄마가 우영의 팔을 툭툭 치며 물었다. 뭐니, 그건 내 팔자 얘기니? 우영은 웃었다. 엄마도 웃었다. 다시 태어나면 내가 엄마 언니 할게. 이년. 말 안 듣는 년. 대자를 들고 치마를 걷고서 무릎 위를 때려줄 거야. 정신이 버쩍 들게. 그러자 엄마가 대꾸했다. 그래봤자야. 난 네가 무서워서 도망치다가 나한테 처음으로 멋진 저녁을 사준 어떤 놈팡이하고 그놈 팔뚝이 굵다는 이유 하나로 결혼을 결심하고 지지리 말 안 듣는 애를 낳아서 다시 이 식탁에 앉을걸. 같은 걸 다른 식으로 되풀이하고 싶지 않아. 이 커피는 뭐랄까. 고독보다 감미롭네. 싸구려 고독보단 감미롭고 위장에는 좋지 않겠지. 내가 죽으면 화장을 해라. 차가운 땅에 묻히는 건 싫어. 우영은 그 대목에서 자리에서 들썩하며 반쯤 몸을 일으켰다가 다시 주저앉으며, 엄마 그거 알아? 그러고 갑자기 말이 없어졌다. 우영의 엄마도 뭘 알아야 하는지 골몰하지 않은 채로 창밖을 스윽 바라보며 다시 아들의 물음을 되받아쳤다. 너 그거 알아? 저 카키색 소파에서 오전에 어떤 일이 있었는지? 오늘 내가 왠지 정말 잘 알 것 같은 여자를 길거리에서 만났어. 그 여자가 자기를 좀 숨겨줄 수 없냐고 해서, 나는 더 묻지도 않고 집에 들였어. 내 집이라고 안전한 데가 아닌데 말이야. 그래서 저기서 재웠단 말이지, 그 여자를. 여자가 삼십 분쯤 눈을 붙이고 일어나더니 말을 하더라. 댁의 아드님이 저를 뒤쫓는 것 같아요. 그래서 나는 아닐 거라고 했어. 우리 애는 아직 열여덟이고, 그맘때는 연상의 동네 여자들이 다 매혹적이겠지만, 댁은 내 보기에 우리 애 취향이 딱 아니라고. 그랬더니 그 여자가 그러더라고. 자기 이름은 미라고, 괜찮다고 전해달라고. 그렇게 해서 내가 내 집 소파에서 내 아들 소개팅을 시켜줄 뻔했단 말이지. 그 여자 어디서 그렇게 맞고 도망쳐온 건지 모르지만.

우영은 엄마가 걱정스러운 생각을 몰아낼 때의 태도를 알고 있었다. 지금처럼 아무렇지 않게 상황을 열거하고, 감정들을 미끄러뜨리고, 더는 추궁하지 않고 흘러가게 두는 것. 그것이 그녀의 태도였다. 별일 아냐. 우영은 대꾸했다. 내가 엄마를 닮은 것뿐이야. 남의 불행에 방문을 열어줄 정도로 친절해. 그걸로 내 감정이 보상받는 게 아닌데 시험해보는 거지. 달리 절박한 일이라도 있는 건 아니니까.

너 꽤나 어른인 것처럼 굴어. 엄마가 커피잔을 들고 일어나며 말했다. 우영도 식은 커피잔을 들고 따라 일어섰다. 모자는 거실로 가서 소파에 앉았다. 카키색 소파에는 기하학적인 금색 무늬들이 큼직하게 박혀 있다. 우영이 리모컨으로 텔레비전을 켰다. 이 모자가 가장 좋아하는 프로그램은 「세상에 이런 일이」였다. 이날도 우리 주변의 가까운 세상에는 이런저런 일들이 있었다. 그중 하나는 고속도로에서 주인 차가 오기를 기다리며 지나치는 모든 차에 목숨 걸고 따라붙는 누렁이 두마리 이야기였다. 그 장면을 보다가 우영이 말했다. 이 낡은 소파는 너무 추억이 많지? 내다버리면 꼭 한 생애를 버린 것 같겠어. 내가 드러누워 있던 관을 통째로 거리에 내놓는 기분일 거야.

우영의 엄마는 대꾸하지 않고 화면 속 누렁이를 바라보며, 아까 어린 애인의 아내에게 끌려다니느라 마룻바닥에 쓸려 살갗이 벗어진 무릎을 쓰다듬었다.

이 소파에 길게 누워 있던 아버지. 아마도 우영은 이런 소파 위에서 만들어졌을 것이다. 이 소파에 길게 누워 거짓말을 하던 아버지. 그리고 아마도 우영은 이 소파 위에서 자기 첫 몽정을 소스라쳐했던 것 같다. 이 소파 위에 다시 길게 누워 있던 다른 남자들. 아마도 우영은 사는 게 다소 좆같지만, 다들 참고 사는 기분에 대해서도 생각해봤던 것 같다. 그리고 이 소파 위에서, 그날 오전 그 여자, 미라는 자기를 쫓는 사내아이의 시야각을 가늠하고 간 듯했다. 우영은 그렇게 생각했다. 우영은 이 소파 위에서, 저물녘 세상에 이런저런 비슷한 일들이 반복되는 걸 지켜보았다. 그리고 가까스로 죽음을 모면하고 119대원들에게 구출된 누렁이들을 우연한 기적처럼 바라보았다. 그는 이 소파의 내력과 후추통에 내려앉은 천사가, 자신의 삶에 관한 하나의 이미지인 것 같았다.

몸의 하루, 마음의 하루

태경이 집을 나가고 미라는 남았다. 강수는 태경이 누구를 만나러 어디로 가는 건지 눈으로 직접 확인하겠다고 현자에게 말하더니, 태경의 운전수 노릇을 자처해 따라나섰다. 그건 그의 미덕이었다. 선량하고, 신의가 있는 점. 현자가 태경에 대해서는 그다지 걱정하지 않아도 될 것 같지 않냐고 강수에게 물었더니, 그는 그게 무슨 소리냐며 진심으로 섭섭해했다. 그건 그의 결함이었다. 남의 애정 문제에 눈치가 없는 것. 태경은 스턴트맨을 할 때 가까이 지내던 옛 친구를 만나겠다고 했다. 오랜만이라 이야기가 길어질지도 모른다며 굳이 자기 짐을 다 싸들고서. 오래전에 떠나온 배경으로 다시 돌아갈 수 있었다면, 굳이 이 집에 먼저 들지는 않았을 것이다. 어쨌든 태경은 전보다 밝아진 모습으로 집을 나섰다. 현자는 그때 그가 곧 돌아올 것이라 짐작했다. 미라가 세안용 헤어밴드를 두른 채 태경을 배웅하자 태경은 침착한 미소를 지었다. "잘 있어요" 태경의 목소리가 조금 어색하게 다정했고, 미라는 웃을 듯 말 듯한 표정으로 손을 펴들어 허공에 난 건반이라도 두드리듯 손가락을 살짝 움직여 보였다. 「잘 가요, 내 사랑」 같은 제목을 단 영화의 한 장면이라도 찍는 것처럼.

"주선비 받아야겠어. 대신 숙박비가 무료잖아."

태경과 강수가 밖으로 나간 뒤, 현자는 미라를 힐끗 보며 농담을 했다. 미라는 그걸 농담으로 받지 않았다.

"언니가 모르는 게 있어."

미라가 헤어밴드를 풀어 머리칼을 흩뜨려내리며 말했다.

"난 실수하고 싶지 않아. 그래서 언니가 실수를 하게 될 거야."

잠깐. 이 말을 대수롭지 않게 받아넘기려면 어떤 농담이 필요하지? 현자는 고개를 살짝 틀고는 잠시 생각에 잠겼다.

칠년 전, 미라는 현자의 고등학교 동창들 틈에 섞여서 현자의 결혼식장에 왔다. 현자는 미라가 소식을 알면 와줄 거라는 생각은 했지만, 막연한 기대라 막연한 그대로만 마음에 품다 말았다. 미라 사정을 제대로 아는 사람이 없었다. 소문으로는 집안이 망해서 도망을 다닌다고도 했고, 대학을 졸업하고 애인을 따라 어디로 유학을 갔다는 말도 있었는데, 결혼식장에 나타난 미라는 굉장히 수척해진 얼굴로 평범한 회사에 다닌다고 했다.

"우린 패브릭을 다뤄."

자기 일을 그런 식으로 말하는 게 웃겼다는 후일담은 서먹해진 현자의 동창들 사이에서 잠깐 화젯거리로 떠돌았다. 그들은 이런 식으로 미라 말투와 태도를 흉내냈다. 난 자동차를 다뤄. 요새 애들은 선생을 다뤄. 난 밤마다 후끈한 프라이팬을 다뤄. 하하하. 깔깔깔.

현자만 그걸 농담으로 써먹지 못했다. 사실 그 농담은 그녀에겐 좀 괴로웠다. 현자는 미라가 알려준 전화번호로 몇번인가 메시지를 보내려다 말았다. 무소식이 희소식인 거길,이라고 썼다가 지우고 날씨 이야기를 찍어 보낼까 하다 말고 그만뒀다. 대개 자기 생활을 정신없이 비집고 누비며 다니느라 바빴다. 현자는 결혼식장의 많은 하객들 틈에서 알 수 없는 다음 만남을 기약한 게 미안해서 자기 전화번호가 바뀔 때마다 미라에게 안내 메시지를 넣었다. 딱히 정다운 답신이 온 적은 없지만, 이따금씩 자기가 미라를 생각하는 것처럼 미라도 자신에 대해 그러리라 여겼다. 이런 난데없는 방문과 접객은 그들이 서로를 떠올리고 잊어버리는 방식을 닮았다.

"언닌 항상 날 믿는 것 같은 착각을 줘."

미라가 말했다. 그리고 덧붙였다.

"그래서 내가 그런 사람들을 방심하나봐."

"방심, 그건 내 전문이지."

"아냐, 언닌 무심해."

"비난하는구나."

"아냐, 고마워하는 거야."

미라는 다시 시작하고 싶다는 말을 했다. 무엇이 시작되고 있는 건지 현자는 알지 못했다. 현자는 자기가 꾸며낼 수 있는 가장 무심한 말투로 미라에게 얼마나 더 머물 것인지 물었다. 그러자 미라가 되물었다.

"얼마나 더 머물 수 있어?"

현자는 냉정한 집주인 시늉을 하려다 망설였다. 미라의 부모가 변두리에서 여관을 하던 때, 현자는 한달간 미라네 여관에서 엄마와 지냈다. 슬픈 기억은 굳이 하지 않는 그녀지만, 그렇다고 그런대로 좋았다는 식으로 포장할 만한 시간은 못됐다.

"한달."

현자는 기어이 냉정한 집주인 시늉을 하며 말했다.

"그래, 그럼 달을 넘기면 돈을 낼게."

미라는 뻔뻔한 부랑자처럼 굴었다. 그로써 그들의 추억은 단순해졌고, 그에 대해, 그러니까 자기들의 과거 인연에 대해, 보잘 것 없는 비관과 낙관 들에 대해, 남의 말을 하는 사람들처럼 몇마디 토를 달고 웃을 수 있었다. 그들 관계의 고요한 질서는 그럭저럭 쓸모있어 보였다. 현자는 미라를 까페로 데리고 나갔다. 현자가 매장 일을 챙기는 동안, 미라는 탁자에 앉아 커피에 시나몬을 뿌려 마셨다. 손님들이 소리높여, 그러다 문득 소리 죽여 대화를 나눴다. 오후 서너시 즈음엔 아이를 학원에 데려다주고 온 주부들과, 혼자 과제를 하거나 혹은 둘이 앉아서 연애를 하거나 노트북을 들여다 보는 젊은 애들이 뒤섞였다. 그들은 대개 손님이 차서 어쩔 수 없이 옆자리에 앉게 되기 전까지는 되도록 서로에게서 멀찍이 떨어진 탁자를 골라 앉곤 했다. 미라는 길 건너를 바라보았다. 현자는 미라를 집으로 데려오던 밤을 떠올렸다. 비가 내리던 그날, 미라는 젖은 어깨를 움츠리고 담배를 입에 문 채 조금 떨었다.

강수가 현자 휴대폰으로 전화를 걸어왔다. 부부는 간단히 몇마디 주고받고는 전화를 끊었다. 현자가 태경이 잘 가고 있다는 사실을 전해주려 미라를 쳐다보니, 미라가 먼저 현자에게 말을 건넸다.

"살아볼까, 여기? 혹시 일할 사람 구해?"

미라가 왜 그런 질문을 했는지, 그게 농담인지, 진담인지, 그냥 화제를 돌리려고 한 말인지, 현자는 추측해보려 했다. 추측이 끝나기 전에 이런 대답을 했지만.

"사람 더 쓸 일은 없는데. 꼭 구해야 한다면 남자를 구해."

"힘쓸 일인가?"

"아니."

"그럼?"

"청소하고 계산하고 쌘드위치를 데워줄 어린 남자."

"알겠어. 어린 여자를 구하려는 거지?"

미라가 체념한 듯 말했다.

"왜 이러니?"

현자는 그렇게 묻고는 얼마 안 가 고쳐 물었다.

"잘 모르겠다만 여기 계산원이 되는 게 네 감동적인 새 출발이 아닌 건 알겠어. 휴먼 다큐멘터리라도 찍을 게 아니라면. 그래, 왜 이러니?"

"아, 그래, 휴먼! 그건 정말 나 같은 애가 숨어 있기 좋은 채널이지."

미라는 담뱃갑을 챙겨들고는 까페 밖으로 걸어나갔다. 그 뒷모습이 현자에겐 가깝고도 멀어 보였다.

* * *

초여름 밤 아홉시. 이십대 청년이 공중으로 떠올랐다가 커다란 나무에 부딪히고 떨어졌다. 이게 여덟번째였다. 지켜보던 태경은 고개를 돌렸지만 표정은 없었다. 옆에 섰던 강수가 문득 태경의 팔을 잡고 힘을 주었다 놓았다. 촬영 현장은 긴장감이 감돌았다. 공기가 점점 서늘해지고 사람들은 더욱 말수가 줄었다. 누군가 어둠속에서 걸어나와 태경 옆에서 몇걸음 보폭을 맞춰 걸었다.

"저기, 형. 상길이 형이 오늘 촬영 좀 길어질 거 같다고."

가로등 불빛 아래로 나와보니, 보폭을 맞춰 걷던 사람은 치마 입고 가발 쓴 키 작은 남자였다. 그는 태경에게 열쇠를 건네주며 말했다.

"오랜만에 현장 보니, 좀 그렇죠?"

"내가 괜히 여기까지 따라와 분위기 흩뜨린 거 같다."

남자는 긍정도 부정도 하지 않고 그냥 조용히 미소를 지었다. 그러자 그는 치마 입은 소년이 되었다. 치아를 드러낸 무구한 미소가 불빛 아래 빛났다. 남자를 좋아하는 남자라면 반할 만한 순간이었다. 그러나 나는 그런 사람이 아니니까…… 강수가 입을 벌리고 소리는 내지 않은 채 웃다가 이내 입을 다물고 자기 발끝을 내려다봤다.

"그래, 고맙다. 나중에 보자."

태경이 말하자 치마 입은 남자는 태경에게 눈을 맞추고는 아무 말 없이 왔던 길을 도로 뛰어갔다. 늘씬한 다리가 펄럭이는 치마 아래서 돋보였다.

"가벼워서 여자 대역을 주로 해. 여전히 저 몸매는 따라갈 사람이 없나보네."

태경이 열쇠를 주머니에 넣으며 말했다. 태경과 강수는 큰길로 나와 자동차에 오르려 했다. 태경이 운전석에 타려는 강수를 붙잡았다.

"이제부턴 내가 할게. 쉬어요, 형."

강수는 태경의 말을 듣고 조수석에 앉았다. 그리고 자기가 경험하지 못한, 또한 태경이 그에게 진득하게 이야기해준 적 없는 태경의 청춘 한도막을 상상해보려 했다. 나무나 벽에 부딪치거나 차도에 뛰어들거나 와이어에 매달려 허공을 가르는 일들로 맞이하고 보내는 어떤 밤과 낮 들에 대해. 하지만,

"형, 형이 고마운 건."

태경이 한동안 말없이 운전하다가 커브에서 핸들을 꺾으며 입을 뗐다. 강수는 고개를 수그리고 있다가 차체의 흔들림에 고개를 위로 젖혔다. 그는 입을 반쯤 벌린 채 잠들어 있었다. 이런. 태경은 고개를 젓고 어깨를 으쓱했다. 태경은 음악을 틀었다. 첫번째 음악

은 너무 빨라서, 두번째 음악은 너무 늘어져서, 세번째 음악은 가수의 독백이 길어서 패스했다. 네번째 음악은 헛, 헛, 띠비릿, 다바바, 하는 허밍을 중간중간 넣는 피아니스트의 연주였다. 태경은 그 음악을 틀어놓은 채 차를 몰았다. 지상에 그의 방 한칸 없는 삶으로 돌아왔지만 통째로 열쇠를 내주는 사람을 둘이나 됐다. 그를 안아주는 여자도 만났고. 잘 풀려온 인생이 아니기에 이런 낙관은 두려운 일의 전조처럼 조금은 불길했다. 하지만 더 망가지고 잃을 것이 없는 지금 헛헛, 디비릿, 바다다, 시간이 무심히 흘러가고 있었다.

태경은 상길의 집에 들어와 짐을 풀고 세수를 했다. 좀 전에 밖으로 나갔던 강수가 검은색 비닐봉지를 들고 왔다.

"칫솔하고 속옷하고 양말 좀 샀다."

강수가 말했다.

"괜찮은데 그냥 두지."

태경이 다가가자 강수가 봉지를 바닥에 탁 소리나게 내려놓았다.

"그냥 뒀지, 그럼 내가 뭐 했냐?"

강수가 뒤돌아서서 가다가 되돌아와 태경의 어깨를 잡았다. 그 모양새로 우두커니 서 있다가 와락 태경을 끌어당겨 품에 안았다. 강수가 태경에게 매달린 것 같은 꼴이었다.

"행복해라, 자식. 좀!"

강수가 그 말을 하고는 멋진 사내처럼 문을 열고 나가다가 문턱에 발이 걸려 넘어질 뻔했다. 그는 아무렇지 않은 척 돌아보지 않고서 차까지 갔다. 태경은 창가에서 그 모습을 지켜보았다. 행복에 관해서, 그와 이야기를 나눠본 적이 별로 없다. 태경은 강수의 차가 멀어지는 것을 보며 새삼 생각했다.

강수와 태경은 이제는 삶의 배경이 완전히 다른 사람들이지만, 종종 십대의 바닷가 풍경에서 서성이는 서로의 모습을 발견했다. 어떤 사람들은 그런 데 인생의 즐거움 절반을 놓고 온다. 물결은 멀어지고, 수심은 깊어지고, 때로 말할 수 없는 것들이 아득하게 수평선 너머로 떠나간다. 추억의 엽서처럼. 강수는 그때 열아홉살이 었고, 태경과 찬이는 열여섯이었다. 무뚝뚝하지만 유약한 강수에 비해 찬이는 곱게 생겼음에도 사교적이고 다혈질이었다. 친구들 모두 그를 좋아했고, 태경도 그랬다. 강수와 찬이가 특별한 형제애를 과시한 적은 없었다. 그래도 알 수 있었다. 누구나 알아볼 수 있는 아름다움. 찬이에겐 그런 게 있었고, 형제는 그런 걸 더 잘 알아보리라는 걸. 해질 무렵 마지막 턴, 바닷가 저쪽에서 몸을 틀 줄 알았던 찬이가 다시 떠오르지 않았을 때, 결정됐다. 나머지 생에서 어떤 아름다움은 다시 떠오르지 않을 거라는 사실이. 그걸 받아들인 후에 인생은 조금 편안하고 심심해졌다. 여자들의 미소는 짜릿했지만 오래가지는 않았다. 강수는 찬이를 구하러 바다에 뛰어들던 동생 친구 태경의 모습을 오래 기억했다. 그리고 뛰어들지 못했던 자신을 그보다 더 오래 기억했다. 태경이 새파래진 얼굴로 바닷물에서 나와 울음을 터뜨렸을 때, 그도 비로소 울음을 터뜨렸다.

태경은 얌전한 회사원이 된 강수에게 어울릴 짝은 요리를 잘하고, 키가 작고, 강수의 머리를 풍만한 가슴에 끌어안고 귓불이라도 만져줄, 이마와 말투가 모두 반듯한 그런 여자일 줄 알았다. 그래서 강수가 현자의 팔짱을 끼고 태경을 만나러 왔을 때, 그는 좀 머뭇거렸다. 현자는 태경과 동갑내기에 키가 훌쩍 크고 애교도 없었다. 그녀는 강수의 머리통보다 커다랗게 부풀린 파마머리를 한 채 나이와 체격에 어울리지 않는 토끼 모양 귀마개를 하고 있었다. 그러나 아이스링크 푸드 코트에서 같이 먹은 오므라이스와 커피 한잔, 그리고 썩 어울려 보이지 않는 나이 든 커플의 스케이팅을 바라보는 것은 왠지 모를 위안을 주었다. 사는 일에 대해서 아직 자신이 알아가야 할 것들이 있다는 게 고맙게 느껴졌다. 추억의 바다는 멀고 삶은 피로했지만 아이스링크라면 괜찮은 위안이었다.

새벽녘. 태경은 꿈을 꾸다 깨어났다. 꿈속에서 그는 강수의 짐 가방 안에 있었다. 강수는 바다를 바라보고 있었다. 햇빛이 쏟아지는 여름 바닷가였다. 짐 가방 안은 어두웠고 구멍이 난 건 아니었지만 태경에겐 바깥이 훤히 보였다. 있잖아, 형. 가방 안에서 태경이 말했다. 형은 좋은 사람이고 난 악당이야. 그래서 나도 바다로 갈 거야. 그러자 강수가 모래 위에 구두코를 세워 문지르면서 말했다. 아니야. 난 죄인이고, 넌 죄야. 그래야 이런 밀회가 재미있다고. 강수가 가방을 모래 위로 힘겹게 끌었다. 어디 가게? 태경이 소리치자 강수가 대답했다. 가게 오픈 시간이라 가게로 가. 태경이 미안한 마음으로 중얼거렸다. 형, 난 찬이가 아닌데, 헷갈렸구나. 그리고 어디선가 음악이 흘러나왔다. 엘비스 프레슬리. 비키니를 입은 캘린 더 걸. 갑자기 그들이 있는 장소가 호프집으로 바뀌었다. 이제 가방 은 강수와 태경 사이에 반쯤 젖은 채 놓여 있다. 두 사람은 맥주잔 을 든다. 헤이. 이제 좋은 꿈을 꿔.

꿈에서 깨어나 눈을 뜨자 상길이 그를 내려다보고 있었다.

"네가 악당이냐?"

상길이 와하하 크게 웃었다.

"잠꼬대 여전하네."

"잘 마쳤어?"

태경이 오른팔로 입가를 닦으며 일어나 물었다.

"재형이 머리에 두발 맞고 죽고, 만수는 차에 부딪쳐 굴렀고, 용 주는 칠층에서 떨어졌고. 난 날마다 불사조."

"잘 마쳤구나."

"용주가 풀이 죽었어. 과감하게 했어야 하는데 우물쭈물하다 좀 다쳤어."

상길이 그 말을 하고 씻으러 밖으로 나갔다. 최대한 아파 보이게, 그러나 다치지 않게. 부상이 있더라도 자기 역할을 끝내고 프레임 밖으로 걸어나온다. 다쳤다거나 아프다는 내색은 않는다. 현장에 서는 되도록 감정을 드러내지 않는다. 몸에 집중해야 하기 때문에 마음을 흩뜨리면 안되었다. 태경은 두려움과 방황, 감상, 추억과 뒤 섞인 꿈과 강박을 풀어지지 않게 묶고 숨을 가다듬었다. 그래, 이게 필요했다.

숨어 있기 좋은 채널

일요일 오후. 현자의 시누이가 머리가 희끗한 연상의 애인과 함께 찾아와 푸념을 늘어놓았다. 강수의 누나 미수는 대학 한곳과 문화센터 두군데에서 취미생활과 힐링을 접목한 강의를 했다. 그녀의 애인은 기자 출신으로, 몇년 전부터는 잘 팔리지 않는 대중문화 잡지의 고문 역할을 했으며, 수집벽이 좀 있었다. 첫 출근 때 입었던 바지의 단추나 애착을 갖고 들고 다니던 취재용 보이스레코더는 물론이고, 미수와 처음 만났을 때 미수가 했던 첫마디 같은 것도 잊지 않고 기억 속에 수집해두는 식이었다. 사람에 관해서건, 물건에 관해서건, 그저 떠도는 이야기에 관해서건, 그는 화제가 풍부한 남자였다. 다만 감정 기복이 심한 편이어서, 기분이 가라앉을 때는 며칠이고 말을 안하거나 연락을 끊은 채 잠적해서 주변 사람들을 당황시켰다. 미수의 딸 세진은 엄마 말을 듣지 않고 주로 제 외할머니와 사춘기를 보내고 있었다. 미수의 직업적 열성은 때때로 자기의 힐링 강의로 전혀 인도가 되지 않는 이러한 주변 사람들 속에서 심화되었다.

"저이는 분명 문제가 있어."

미수가 남동생 강수의 집 거실에서 약간 흥분한 어조로 미라에 대해 중얼거렸다. 그 시각 강수는 현자에게 골치 아픈 역을 떠맡겨놓고, 평소보다 부지런을 떨며 까페 일을 보는 중이었다. 이 남매는 마주보는 시간이 길어지면 항상 날 세운 대화로 서로를 할퀴었다.

"다 들려요."

미라가 식탁에 앉아 생활정보지를 살펴보다 말고 거실 소파 쪽으로 걸어왔다.

"그러니 어쩨 대화에 끼지 않을 수가 없네요."

미라가 자리에 앉았다.

"근심이 있어요. 알아볼 수 있지, 내가."

미수가 미안하지만 어쩔 수 없다는 듯한 표정을 지으며 말했다. 미수의 애인은 기분이 가라앉은 상태였지만, 자기 이름 정도 소개할 매너는 있었다.

"아까 내 소갤 제대로 못했죠. 난 윤지남이라고 합니다."

"네, 선생님. 제 문제를 얘기하자면."

그들 앞의 원목탁자에 빈 찻잔들이 놓여 있었다. 미라는 그것들을 쟁반에 옮겨놓으며 고개를 갸웃했다. 그녀는 휴지를 한장 뽑아

찻잔에 묻은 립스틱 얼룩을 닦았다. 그리고 얼룩에 대한 섬세한 자각이라도 일어난 사람처럼 한동안 말이 없다가 이내 고개를 들고 미소 지었다.

"그렇죠. 근심을 잊어야 해요. 아로마 요법이나 요가 같은 것도 시도해봤는데 저한테는 별로 소용없더라고요. 문화센터에서 꽃꽂이 강습도 듣고 '재미있는 클래식 이야기' 같은 이름을 내건 콘서트에도 가는데, 것도 삼십분 이상 제 주의를 끌지는 못하고요. 흥미로운 모임에 나가기도 했는데, 건 좀 부끄러워 말하기가 꺼려지네요."

현자는 이 아이가 무슨 소리를 하는가 싶은 듯한 얼굴로 미라를 쳐다봤다. 현자가 아는 한, 미라는 그렇게 자기 문제와 고민을 낭만적이고 문화적인 방식으로 해소하려는 사람이 아니었다. 미라의 고민은 어쩌면 그녀가 무엇을 말하든, 말하지 않는 영역에 있을 가능성이 컸다. 그러나 자신의 의아한 표정이 미수와 지남의 주의를 조금도 끌지 못하고 있다는 걸, 현자는 또한 깨달았다.

"그래요."

지남은 질문인지 수긍인지 그냥 추임새인지 모를 '그래요'를 두 번 더 반복하고는 화제를 바꾸려 했다.

"우리는 같은 병원 입원실에서 만났는데, 퇴원 후에 대체요법과 운동 정보를 찾아 그렇게 한동안 같이 뛰어다녔어요."

지남이 웃음을 흘리는데 미수가 끼어들어 여운을 가로챘다.

"모든 일에는 이유가 있어요. 나쁜 일도 좋은 일도, 결국은 일어나야 해서 일어나는 거예요. 우린 그걸 긍정해야 하고요."

그러자 미라가 그 말을 이어받아 순진한 아이처럼 대꾸했다.

"그런가요. 제게 도움을 주실 분 같아요."

"그럼요."

"제가 좋은 분들을 만난 것도 어떤 이유에서겠죠."

"말하자면, 아마도 그렇단 거지요."

"그럼 이제 두분 중에 한분이 절 고용하시게 되나요?"

"네?"

"전 남편은 언제나 저보고 아무것도 할 줄 아는 게 없는 여자라고 했어요. 자기 발밑을 기어다닐 여자를 원했기 때문에 그런 말을 했겠지만, 전 정말 그 말이 아팠기 때문에 바닥을 기는 것이라도 잘해보려고 기는 시늉을 했던 거 같아요. 이제 난 걸을 수 있고, 한걸음씩 나아가고 싶어요. 그러니까."

미라가 잠시 입을 다물고 발끝을 내려다보다가 말을 이었다.

"현자 언니는 까페에 어린 여자를 쓰겠대요."

대화는 거기서 잠깐 중단됐다. 미수와 지남은 시간이 좀 필요할 것 같다며 휴지로 입가를 닦더니 소지품을 챙겨 자리에서 일어섰다. 문밖으로 나서면서 미수가 은근슬쩍 조심스럽게 물었다.

"뭐든 괜찮아요?"

"뭘 파는 거면, 현자 언니보단 잘할걸요."

미라가 문간에서 눈웃음을 지으며 고개를 끄덕해 보이고는 대답했다. 미수가 고개를 기울이더니 미라의 손을 잡았다.

"어쩜 시간이 오래 안 걸릴지 몰라요."

미수와 지남이 갑자기 인자한 부부 같은 표정을 나누며 집을 나섰다. 기분 좋은 거래를 성사시키는 건 남녀노소 누구에게나 쓸모 있는 사람이 된 것 같은 기쁨을 준다. "그런데" 하고, 현자가 미라의 팔을 잡고서 말머리를 꺼냈다. 미라는 현자의 어깨를 툭툭 치고는 대꾸 없이 손님용 슬리퍼를 오른발로 한쪽 구석에 밀어놓으며 실내로 들어섰다. 그런데, 지금 누가 누구를 힐링한 거지? 현자는 별 할 말이 없다는 듯 다시 고요해지고 무표정해진 미라를 우두커니 바라보았다. 게다가 저 애는 결혼한 적 없잖아.

그날 저녁에 강수는 전 직장의 후배들을 만나기로 했다며 현자에게 전화를 걸더니 새벽녘이 되도록 들어오지 않았다. 완주는 고집을 부리며 거실에서 아빠를 기다리다 자정 무렵에야 겨우 제 방으로 들어갔다. 완주는 잠자리에 들면 대체로 금세 잠이 드는 편이기 때문에, 부모가 머리맡에서 책을 읽어주거나 음악을 들려주며 십분 이상 노력을 쏟을 일은 거의 없었다. 이날은 정확히 육분이 걸렸다. 현자가 아니라 미라가 완주 곁에 앉아 이야기를 읊조렸다.

"빨간 병과 노란 병과 파란 병이 있는 방에 들어가서 여자가 노란 병을 마셨어."

"으으."

"그랬더니 노란 문이 열리고 계단이 끝없이 저 아래로. 여자가 걸어내려가는데 무시무시한 소리가 나는 거야. 그래서 거기 누구

없어요? 하고 소리치고 싶었지만 목소리가 나오지 않는다는 걸 알게 됐어. 자기 발소리만 또각또각."

"으으으."

"지하에 다다르니 말하는 고양이가 한마리 나타났어. 고양이는 백살이나 먹었는데 자기 이름이 자온이라고 했어."

완주는 이불을 입술까지 끌어당긴 채 목에 힘을 바짝 주고 있었지만 고양이 자온이 여자의 호리병에 입김으로 자기 목소리를 담아주는 데서 코를 골았다. 정말 태평하고 순진한 녀석이네. 미라는 완주가 덮고 있는 이불을 가슴께까지 끌어내려주고 일어섰다. 고개를 돌렸을 때 문가에 현자가 서 있었다.

"내가 너에 대해 모르는 게 또 있니?"

현자가 조용히 읊조리듯 물었다.

"언니가 아는 것들 포함해 전부 다."

미라가 샐쭉한 표정을 지으며 일부러 짓궂게 대답했다.

"전 남편 얘긴 어떻게 된 거야?"

"뭐 어때. 나름 유용했고 나쁘진 않았잖아, 모두한테."

"그래, 내가 그런 네 태도를 존중하고 좋아하긴 한다. 완주한텐 뭘 얘기해준 거니?"

현자가 질문을 담담히 거둬들이며 거실 쪽으로 몇걸음 옮겨가 다른 걸 물었다.

"잭과 콩나무."

미라가 완주 방을 나서려다 문가에서 머리를 고쳐 묶으며 대꾸했다. 현자가 고개를 저으며 뒤를 돌아봤다. 저 애는 어디서부터 농담과 진담을 뒤섞어온 것일까. 현자는 미라의 두 눈에 말을 걸듯, 시선을 맞추고 섰다. 두 여자가 한두 걸음 정도의 거리를 두고 서로를 바라봤다. 미라의 뒤에는 완주가 잠든 방의 어둠이, 앞쪽에는 거실의 조명 불빛이, 그 빛과 어둠 사이에는 두 여자의 말 없는 유대가 있었다. 현자가 먼저 고개를 돌려 소파로 가 앉았다. 현자의 뒤통수를 바라보며 미라가 입을 뗐다.

"고마워."

현자는 대답 대신 리모컨을 들어 오디오에 전원을 넣었다. 서정적인 스페인 가요가 흘러나왔다. 하나의 약속 같은, 당신은 그런 사람. 내 모든 희망 같은, 당신은 그런 사람. 현자가 볼륨을 조금 줄이고는 안방에서 담배 한갑을 가지고 나왔다. 담배 한대를 꺼내 미라에게 건네고 불을 붙여준 뒤, 자신도 한개비 피워물었다.

"담배 안 피우잖아."

미라가 말했다.

"못 피우진 않아."

현자가 대답했다. 소파의 왼편에 현자가, 오른편에 미라가, 그리고 중앙에 스페인 남자 가수가 자리했다. 두줄기의 담배 연기 사이에서 가벼운 상념들이 뒤엉켰다.

태경이 상길의 집에서 지낸 며칠간 옛 친구들이 다녀갔다. 상길과 태경을 모두 아는, 한때 같이 반쯤 벗고 축구도 하고, 여자 이야기도 하고, 서로 야지도 놓던 친구들. 태경은 그들과 술을 마시고, 지난 경조사를 챙기지 못한 친구들에게 미안하다고 말하고, 자기의 처지를 비관하지 않으려고, 웃으려고 노력했다. 사는 모습이야 다들 엇비슷했다. 좋았다가 안 좋거나, 안 좋다가도 괜찮아지는 일상 속에서 이따금씩 작은 기쁨과 슬픔 들이 애처롭게 반짝이는 것이다. 소주에 매운탕을 먹으며 나눌 수 있는 우애는 냉정히 말하면 거기까지였다. 그러나 지금으로서는 그 정도가 태경의 마음에 들었고, 그들과 헤어지고 나서는 혼자가 됐다. 그리고 다시 새로운 한 주의 시작, 월요일 아침이었다. 상길이 두어번 방문을 열어 고개를 들이밀고는 태경이 잘 잤는지, 좀 먹었는지, 뭘 찾고 있는 건 아닌지, 불편한 데는 없는지 물었다.

"괜찮아."

태경은 괜찮다고 말했고, 정말 괜찮지 못할 것도 없다는 생각도 했다.

"됐어, 그럼."

"근데."

태경이 방문을 닫으려는 상길을 약간 목쉰 '근데'로 붙잡았다.

"내가 방해될 건 없지?"

"없지."

"내가 도움 될 건? 것도 없겠지."

"너도 알고, 나도 아는 것 외에 누가 누굴 어떻게 할 수 있겠냐."

태경이 상길의 말에 웃었다. 상길도 웃었다. 문이 닫혔다.

상길은 빈집에 그를 두고 밖으로 나섰다. 후배들이 액션 장면의 동작을 맞춰 합을 짜는 것을 지켜보거나, 체력을 다지거나 보호대 챙기는 걸 꼼꼼히 살피다가 허술한 점을 발견하면 잔소리를 했고, 촬영하다 다친 후배를 자기 방식으로 다독였다. 상길의 방식은 데면데면하고 표정은 무미건조했다. 칭찬에 인색했고, 실수에는 야박했고, 변수 앞에 냉정했고, 뒤풀이 자리에선 말없이 거나했다. 그래도 그를 좋아하는 후배들이 많았다. 죽었다 살아나는 경험을 길지 않은 세월 동안 세번이나 했고, 그를 쫓아다니던 여대생도 몇몇 있었던 반면, 그는 결혼하고 애 만드는 일은 되도록 하지 않으리라는 자기 결심을 아직 고수했다. 태경은 단 한번, 상길이 술 먹고 우는 걸 본 적이 있는데, 그때 야산 소나무 밑에서 발끝으로 땅을 파며 애처럼 흐느끼는 걸 보고 정신 차리라고 뒤통수를 두번 갈겨줬다. 그런 걸 봤다는 게, 그땐 너무 당황스러워서 그랬다.

태경은 자리에서 일어나 커튼을 젖혔다. 방을 대강 청소하고 가방도 정리했다. 몇군데 지낼 데, 돈을 융통할 데를 궁리해봤지만 떠오르지 않았다. 그래서 방바닥 끝부터 끝까지 뒹굴었다. 머리를 굴려도, 몸을 굴려도 되는 일이 없다는 사실이 분명해지자, 그는 가방을 챙겨 일어섰다. 그러다 문득 다시 쭈그려앉아 가방에서 모자를 꺼냈다. 현자가 여행길에 사다 준 거였다. 챙이 빳빳한 연베이지색 야구모자. 태경은 주변을 두리번거리다가 자기랑 함께 뒹군 것으로 보이는 두루마리 휴지를 발견했다. 휴지 두 토막을 떼어 반으로 접고, 택배회사 전화번호와 로고가 박힌 볼펜을 들어 휴지에 조심조심 썼다. '형 써. 건강해라'. 밥상을 겸하는 플라스틱 탁자 위에 모자를 내려놓고 그 아래에 메모한 휴지 끝을 살짝 집어넣었다. 거실로 나와 구석 선반 위 성모마리아 그림 액자 뒤에 손을 넣어 편지 봉투를 하나 끄집어냈다. 거기서 십만원짜리 수표를 한장 골라내고 나머지는 도로 자리에 넣어뒀다. 그는 배낭을 메고 밖으로 나섰다.

덥고 습한 날이었다. 주머니에서 휴대폰을 뒤적여 꺼냈다. 배터리가 얼마 남지 않았다. 충전을 해오는 건데. 태경은 그렇게 중얼거리며 하늘을 한번 올려다봤다. 바람 한점 없었다. 목 안은 칼칼하고, 머리칼에서는 상길이 쓰는 베이비 샴푸 냄새가 났다. 근육과 뼈대가 단단한 성인 남자가 두피는 약해 매일 머리칼을 베이비 샴푸로 적시다니. 옛 선배 덕분에 그도 아기냄새를 풍기며 친숙하지 않은 동네의 버스정류장에 앉아 있게 됐다. 버스가 몇대 지나갔다. 어디로 가는 버스인지 모르는 채 색깔이나 번호, 승객들 모양새를 멍하니 지켜보며 앉았다가 맞은편 길가에 편의점이 있다는 걸 한참 후에야 알아봤다. 그는 일어나 육교로 길을 건너 편의점으로 들어갔다. 진열대에서 초코바를 하나 골랐고, 그다음엔 냉장고에서 생수를 한병 꺼내들고 계산대로 갔다. 수표에 싸인을 해 내밀고 거스름돈을 받았다. 충전기에 휴대폰을 꽂아두고는 바깥의 파라솔 아래 앉아 초코바를 한입 베어물고, 생수를 마셨다. 편의점에서 키우는 털이 수북한 하얀 개가 그를 따라나와 곁에 앉았다. 그가 손을 뻗어 개의 머리를 만지려 하자 이빨을 드러내고 으르렁거렸다. 손

을 거두어들이니 그땐 다시 꼬리를 쳤다. 까다로운 녀석이네. 그는
두 손으로 얼굴을 비벼 쓸어내리고는 까다로워, 하고 다시 한번 중
얼거렸다.

6개월 전, 내겐 전부인 무엇

아침부터 눈발이 날려 길이 미끄러웠다. 오후가 되어 우영은 검은색 목도리를 두르고서 개천가 산책로를 걸었다. 며칠 전 천석 패거리가 우영에게 좀 보자고 말했을 때, 우영은 그 말을 농담처럼 받아쳤지만 그들 표정은 장난이 아니었다. 그들은 우영이 학생도, 직장인도, 수험생도 아니고, 그냥 자기 나이를 유영하는 십대라는 것을 잘 알고 있었다. 흠씬 두들겨주어도 뜨거운 맛을 보여주러 달려나올 아버지도 없고, 엄마는 어린 아들한테나 징징대야 할 형편처럼 보였다. 그게 얼마나 만만한가. 그들은 모든 걸 다 알고 있는 것처럼 굴었고, 실제로 그런 걸 특히 잘 알고 있었다. 그리고 그들이 뭘 생각하든 좋은 쪽은 아닐 거라는 사실을, 우영도 알고 있었다.

우영은 산책로를 달리다 멈추어섰다. 비둘기 몇마리가 개천가 근처에서 뭔가를 주워먹고 있는 게 보였다. 우영이 전날 만났던 비둘기 떼 같았다. 전날 오후, 우영은 도로에 오토바이를 멈춰 세우고서, 비둘기 떼가 개천 쪽 하늘에서부터 날아와 아스팔트로 내려앉는 모습을 봤다. 가까이 다가가 살펴보니, 끈끈한 뭔가가 다리에 붙어 도로에 발 묶인 채로 버둥거리는 어린 비둘기를 나머지 비둘기들이 주변을 에워싸며 보호하고 있는 모습이었다. 달려오던 차들이 새 떼 때문에 멈추어섰다. 저래서 「비둘기 가족」이란 노래가 있는 거라고, 회색 점퍼를 뒤집어쓴 중년 여자가 가던 걸음을 멈추고 말했다. 비둘기처럼 다정한 사람들이라면 장미꽃 넝쿨 우거진 그런 집을 지어요. 여자가 가사를 읊조리자, 옆의 나이 든 남자가 그 노래 제목은 「비둘기 가족」이 아니라 「비둘기 집」 아니냐고 지적했다. 다리 다친 비둘기는 무리의 도움으로 가까스로 끈끈이에서 다리를 떼어내 날아갔다. 다른 비둘기들도 날았다. 우영은 목도리를 한번 고쳐 두르고서 다시 뛰었다.

원래 다니던 길이 아닌, 일부러 돌아가는 길을 택해 걷다, 쉬다, 다시 걷는 것을 반복하여 그가 일하는 우동전문점에 다다랐을 때, 음식점 밖의 대로와 그 옆 골목길에서 천석 패거리가 나타났다. 그를 기다리고 있던 모양이었다. 무리 중 하나가 걸어오면서 허리띠를 끌러 땅바닥에 끌었다. 버클의 금속성 소리는 여렸지만, 그게 피부에 와닿는 감촉을 떠올리자 신경이 곤두섰다. 침을 바닥에 한번 퉤, 뱉으며 천석의 똘마니 중 하나가 다른 똘마니들의 발걸음을 멈춰 세웠다.

"너 땜에 우리가 고생하잖아, 보람 없이."

우영은 침을 뱉고 버클을 끄는 식의 위협이 마음에 들지 않았다. 어금니에 칼끝이라도 물고 있는 것처럼 발음하는 그 '보람 없음'도. 이렇게 누군가 약한 자에게 발을 거는 것도, 자기 같은 사람이 거기 걸려 넘어지는 것도, 흔하고 유서깊은 일이라는 깨달음을 얻었다. 슬픈 감정이, 가죽끈으로 맞고 버클에 긁히는 것보다 좀더 위협적으로 느껴지는 그런 서글픈 감상이 솟아났다.

"들어가 일해야 돼."

"병신새끼."

우영은 아무 말 없이 발끝으로 땅바닥에 의미없는 선들을 그었다.

"너 여기서 오래 일 못해. 병신새끼."

"내 맘이야."

"니 맘 같은 게 어디 있어. 갈 데 좆나 많은 것처럼 굴어, 꼭. 그래, 존심이라도 세워야지, 좆도 없는 새끼니까."

우동전문점으로 들어서려던 젊은 남녀가 그들을 훑어보고는 방향을 틀어 다른 음식점 쪽으로 걸어갔다. 허리띠를 땅에 끌던 남자애가 손목을 돌려 그걸 천천히 손에 감았다.

"천석이한테 가서 그래. 날 끌고 가려면 좀더 성의를 보여야 한다고."

우영이 그 말을 하고 늘어뜨린 팔을 흔들며 주먹을 쥐었다.

"애정 표현을 꼭 이렇게 구걸하는 거지? 애정 결핍이니까."

허리띠를 손에 감은 남자애가 무리에서 우영 쪽으로 두어 걸음

나왔다. 허리띠를 감은 손이 우영의 코끝까지 다가왔고, 버클 끝이 눈을 찌를 듯했지만, 우영은 피하지 않았다.

"제법."

우영은 빨리 끝내달라는 듯한 눈빛이었지만, 순순히 원하는 대로 해주는 건 그들 목적이 아니었다. 허리띠 남자애는 뒤로 물러서는 시늉을 하다 다시 한번 휙 허공을 가르며 주먹을 휘둘렀다. 우영이 재빨리 그 팔을 먼저 치고 뒤로 꺾었다. 일행이 한꺼번에 가까이 다가섰다. 우영은 팔을 풀고 그들 모두에게 한번씩은 눈길을 주면서 찬찬히 둘러봤다.

"병신새끼 겁주려고 일곱이 왔으면서 나보고 니들 존경하라는 거냐? 나 열시에 일 끝나니까 그때 와. 난 도망갈 데 좆도 없으니까."

우영이 그렇게 말하고 어깨를 두어번 털고는 고개를 수그렸다. 링에서 퇴장하는 복서처럼.

우영이 천천히 우동전문점 안으로 들어섰다. 머리가 벗어진 사장이 그를 맞았다. 유리창 너머 그를 그저 바라만 보고 섰던 중년의 우동전문점 사장. 그가 우영의 어깨를 잡고서 상체를 조금 흔들다 놓았다. 우영은 앞치마를 두르고 탁자를 정리하기 시작했다. 창밖에 선 일곱명이 그 모습을 지켜보며 담배를 돌려 피웠다. 그들은 얼마 있다가 길 건너편 도로로 사라져갔다.

그날 하루는 여느 날과 같은 속도로 저물었다. 하지만 우영의 시간은 평소보다 조금 느리게 흘러갔다. 심장도 조금 느리게 뛰었다.

평정심. 도망칠 곳이 없다는 깨달음이 이루어내는 마음의 지평. 배
달이 끝나고 식당 정리를 할 때는 열한시 이십오분 전이었다. 우영
은 뒤늦은 식사를 했다. 주방 일을 보던 중년 여자는 앞치마를 벗
어 걸어두고, 핸드백을 챙겨 나갔다. 사장이 우영의 탁자 맞은편에
앉았다.

"넌 참 속도 좋다."

사장은 반쯤 벗어진 뒤통수를 한 손으로 휙 쓸어내리고는 입을
뗐다. 우영이 밥숟갈을 입에 넣었다 빼고는 짧게 대꾸했다.

"네."

사장이 일어나 창가로 다가가더니 우영에게 들릴 만큼 한숨을
쉬었다.

"어휴, 걔들 이리 온다."

우영은 고개를 밥그릇에 처박은 채로 밥을 마저 떠먹으며 또 짧
게 대꾸했다.

"네."

우영은 코가 나오지도 않는데 한번 훌쩍이고는 숟갈을 내려놓
았다.

"죄송해요. 오늘 일 제대로 못해서."

우영이 손바닥으로 얼굴을 두번 비비고 나서 사장을 바라보았다.

"아니, 나도 뭐 널 못 도와."

우영이 점퍼를 입고 목도리를 칭칭 감고는 어깨를 으쓱하며 나
갔다. 문이 닫히기 전 우영은 조용히 읊조렸다.

"공평한 것처럼 들려요. 게 좀 억울해."

사장은 낮에 가게를 둘러쌌던 대책없는 남자애들이 이제는 셋으로 줄어든 것을 확인했다. 주머니에 손을 찔러넣고 무표정하게 서 있는 남자애들은 둘은 우영보다 작았고, 하나는 키가 컸는데, 큰 쪽이 왠지 겁을 집어먹은 얼굴이었다. 얼핏 보기에는 위협적인 도구 같은 건 없는 듯했지만, 키 크고 겁먹은 얼굴을 한 남자애의 점퍼 안에 뭔가 들어 있을지도 몰랐다. 사장이 두른 앞치마의 불룩 나온 배 부분에 커다랗게 노란색 얼룩이 져 있었다. 사장은 그 위에 손을 닦듯이 문지르고 또 문질렀다. 우영은 구부정하게 상체를 수그리고 남자애들 셋을 따라 불을 밝힌 간판들 아래로 걸어가다가 이내 그들 모두와 어둠속으로 사라졌다. 가게에 때아닌 전화벨 소리가 울렸다. 사장은 카운터 쪽으로 걸어갔지만 전화를 받지는 않았다. 그는 담배 한개비를 찾아 입에 물었다. 피곤한 하루다. 거칠 것도, 어디 걸려 있는 것도 없는 십대들. 그는 그들을 조심하게 되는 자신의 무엇들은 과연 무엇인가 생각에 잠겼다. 잠깐. 아주 잠깐.

사거리 오성상가 지하실. 의류 창고로 쓰이다 비워진 공간. 천석 패거리가 우영을 둘러싸자 우영은 제 앞에 놓인 철제의자에 힘없이 주저앉았다. 투명한 비닐로 포장된 색색의 수영복들이 종이상자들 밖으로 몇개 삐져나와 있었고, 청소를 오래 하지 않아 지저분한 바닥이 형광등 불빛 아래 희부옇게 드러났다.

"얘기 좀 할까?"

천석이 계단에서 내려오면서 말하자, 패거리 중 두명이 우영의 허벅지 안쪽을 발로 찍었다. 우영이 억, 소리를 내며 상체를 수그리자 그의 등과 머리통 쪽으로 주먹질이 시작됐다.

처음엔 숨을 못 쉴 정도로 아팠고, 이후엔 몸 여기저기로 통증이 옮겨다니는 듯 느껴졌다. 그러다 이내 맞고 있다는 의식이나 아프다는 감각 자체가 몸을 떠났다. 발길질과 주먹질 소리. 우영은 두 눈을 깜박여 바닥을 짚고 있는 자기 손을 내려다봤다. 어둠속에 쓰러진 한마리 커다란 개가 앞발을 간신히 흔들어보며 그걸 응시하듯이. 그게 죽음인지 삶인지, 내가 사람인지 개인지 모르는 상황. 몸은 무겁게 가라앉고, 멍청한 기분이 들었다.

얼마 후 천석이 우영 앞에 서서 담배를 피웠다.

"새끼, 똥고집은."

우영이 고개를 들자 천석은 우영에게 자기가 피우던 담배를 물려줬다.

"똥고집 뭔지 알아? 뭐 먹고 쌀 것도 없는 새끼가 혼자 좆나 힘쓰고 앉아 있는 게 똥고집이야."

우영은 휘청대며 일어서서는 이내 다시 철제의자에 고꾸라지듯 앉았다.

"그래, 뭔데, 얘기가?"

간신히, 우영이 그렇게 물었다.

우영은 자정이 넘어서야 집에 도착했다. 현관에 노란 등이 들어왔다. 우영은 신발장 문짝 한쪽에 붙어 있는 긴 거울을 등지고서 운동화 끈을 푼 뒤 안으로 들어섰다. 그러자 빛이 사라졌다. 엄마가 소파에 드러누운 채로 우영의 이름을 불렀다.

"우영?"

우영은 "어" 하고 짧게 대꾸하고는 어둠속을 헤쳐 방으로 들어갔다.

우영은 방문을 닫고서야 바닥에 쓰러졌다. 그는 두어번 몸을 뒤척이다가 그대로 몸을 굴려 이불을 둘둘 말아 뒤집어쓰고는 기척 없이 죽은 듯 있었다. 그의 호흡에 따라 이불이 부풀었다 가라앉았다. 그는 오른팔을 이불 밖으로 겨우 빼내서 머리맡을 더듬대며 전기장판의 전원 다이얼을 찾아 돌리고는, 몸을 더 동그랗게 웅크렸다. 그리고 눈을 몇번 깜박이고는 곧장 곯아떨어졌다.

우영이 다시 눈을 뜬 건 아침 여섯시. 한쪽 눈이 잘 떠지지 않았다. 화장실로 들어가 거울을 보니 오른쪽 눈이 부어올라 있었다. 그는 샤워기로 뜨거운 물을 틀어놓고서 옷자락을 붙잡고 잠깐 동안 망설였다. 그러다 벽에 기대서서 뜨거운 물로 머리칼을 먼저 적셨다.

"멀었니?"

이른 아침부터 시작된 아들의 부산스러움을 이상한 신호로 느낀 엄마가 화장실 문 밖에서 조바심을 냈다.

"멀었냐고?"

"아니."

우영이 짧게 대꾸하고는 마저 씻고 나왔다. 머리칼을 늘어뜨린 채여서 엄마는 우영의 얼굴에 난 상처를 보지 못했다. 우영은 방에서 속옷을 갈아입고 음악을 틀었다. 엄마가 문을 열고 들어와, 반쯤 벗은 채로 머리칼에서 물을 뚝뚝 떨어뜨리며 쭈그려앉아 있는 아들을 보았다. 컴퓨터에 연결해놓은 작은 스피커에서 노래가 흘러나왔다. 노래는 매끄럽게 이어지지 않았다. 남자 가수가 딸꾹질하듯 잠깐 멈추었다가 다시 목소리를 냈다. 그대여, 그대, 그대 아름다운 달의 여신이여.

"짝사랑에라도 빠진 거야?"

엄마가 농담을 했다. 우영은 고개를 수그린 채로 어깨를 들썩이며 웃었다. 엄마가 다시 물었다.

"웃겨?"

"에헤헤."

엄마가 우영에게 커다란 흰 타월을 던졌다. 타월은 우영의 머리 위로 떨어졌다. 우영은 그대로 타월을 뒤집어쓰고 일어나 뒤돌아서 옷을 입었다. 청바지를 입고 터틀넥의 목 부분 지퍼를 열어 수건을 두른 채로 머리를 집어넣은 다음 양팔을 소맷자락에 끼워넣었다. 오 그대여, 그대, 그대 아름다운 달의 여신이여. 우영은 거울 앞에 서서 헤어드라이어의 전원 버튼을 눌렀다. 달의 여신을 부르는 소리는 기계음에 묻혔다. 어차피. 어차피. 하루가 다시 시작되고 있었다.

우영이 아침밥을 먹다 말고 전화를 받았다. 우동전문점 사장이었다.

"괜찮냐?"

사장은 한동안 수화기 너머로 우영이 밥을 씹어 삼키는 소리를 들었다.

"괜찮나보구나."

사장이 그렇게 말하자 우영이 대꾸했다.

"예, 이따가 시간 맞춰 나가려고요."

"그러지 말고 쉬라고 전화했어. 낼까지 쉬고 모레 보자."

"나 안 죽었어요. 밥만 잘 먹고 있는데요."

"까불어. 일하다 쓰러지면 내가 골치 아파서 그러는 거야."

"에이 뭐, 이틀분 까려고요?"

"그럼 잘했다고 보너스라도 챙겨줄까?"

사장이 툭, 전화를 끊었다. 이럴 땐 자수성가한 동네 아는 형님 같기도 했다. 형님은 산전수전 다 겪어서 이런 것도 이해하신다. 그렇게 옆집에 소문이라도 내고 싶은. 우영은 밥을 마저 먹고 설거지를 했다. 우영의 엄마는 씻고 나와 토스터에 식빵을 넣고는 방에서 화장을 마친 다음 다시 식탁 쪽으로 왔다. 붓고 멍이 든 아들의 얼굴을, 그녀는 그제야 알아챘다.

"앉아."

우영의 엄마는 놀랐지만 내색하지 않았다. 그녀는 뜨거운 식빵에 잼을 바르고 가만히 아들의 얼굴을 눈길로만 더듬었다. 우영이 싸움질을 하다 다쳐 들어온 건 아주 없던 일은 아니지만, 얼굴까지 망가져 들어온 건 오랜만이었다. 그녀가 머리채를 잡히고 휘둘리는 걸 뜯어말리던 아들이건만.

그녀는 손가락을 꼼지락거리며 주먹을 쥐었다 펴고는, 식어가는 식빵을 씹었다. 후추통의 천사. 천국이든 지옥이든 그 어디에선가 모자가 지나온 삶을 아름답게 고백해야 할 운명의 시간이 다가온다면, 그건 그렇게 서툰 위로조차 없었던 아침 식탁에 대한 소소한 묘사, 그게 전부일지 몰랐다. 창밖에서는 겨울바람이 울었다. 어머니와 아들은 두어번 눈이 마주쳤다. 에이. 우영이 얼굴을 살짝 일그러뜨리며 입을 비죽거렸다.

"그러지 마. 그럴 때 꼭 니 애비 닮았어."

"애비는 내가 골랐나, 뭐."

우영은 다리를 건들거리다 고통이 느껴져 어금니를 꽉 깨물었다. 식탁에 올려놓은 두 팔에 고개를 처박았다. 슬프다고는 생각하지 않았는데 눈물이 한줄기 흘러내렸다. 그는 고개를 들지 않았다. 우영의 엄마는 일어나 냉장고에서 우유를 꺼내 따랐다.

우영은 눈두덩까지 덮을 털모자를 찾아 쓰고, 두꺼운 패딩점퍼를 걸친 뒤 밖으로 나갔다. 엄마도 옷을 껴입어 눈사람처럼 풍만해진 몸으로 아들을 따라나섰다. 둘은 대로에서 헤어졌다. 엄마는 시내로 나갔고, 우영은 근처 약국으로 향했다. 붙이는 파스와 타박상용 연고, 붕대와 반창고를 샀다. 골목으로 들어서 담배를 한대 피우고 났을 때 눈발이 날리기 시작했다. 해미가 전화를 걸어왔다. 우영은 해미를 그다지 좋아하지 않았지만, 해미는 우영을 세상에서 단 하나밖에 없는 남자처럼 쳐다보게 되는 마술에라도 걸린 듯했다. 해미는 대학을 한 학기 마치고 휴학 중이었다.

"니 말이 맞았어."

해미가 흥분해서 말했다.

"정말 내가 너 아님 어쩔 뻔했니?"

우영은 해미의 흥분이 이제 막 그림처럼 내리기 시작한 눈발 때문인지, 자기가 벨소리가 세번 울리기 전에 전화를 받은 것 때문인지, 그애 말대로 정말 자기 말이 그애에게 굉장한 도움이 되었기 때문인지 그다지 알고 싶지 않았다.

"누구라도 그렇게 말했을걸."

우영은 특별하지 않은 누군가가 특별하지 않은 무언가에 대해 말하는 기분을 너도 알지 않느냐는 식으로 감흥 없이 대꾸했다. 그러나 그렇더라도, 이내 자기가 오늘 쉬는 날이라는 것을 순순히 실토할 만큼은 충분히 외로웠다.

"알았어. 조금만 기다려, 조금만."

해미. 착한 해미. 햇살 속에서 모든 것을 아름답게 바라보는 소녀 같은 이름. 우영은 자기가 해미를 그다지 좋아할 수 없는 이유가 어쩌면 거기 있을지도 모른다고 생각하며 골목길을 빠져나왔다. 까페로 가 해미를 기다리기 위해서였다. 길가의 상점들을 지나쳐 갈 때, 한 옷가게의 쇼윈도우 안쪽에서 마네킹을 안고 선 상점 주인과 눈이 마주쳤다. 우영은 잠깐 발걸음을 멈추고 쇼윈도우에 비친 자기 모습을 바라보았다. 플레어스커트를 입은 중년의 옷가게 주인은 마네킹의 옷을 벗기다 말고, 그 마네킹의 헐벗은 어깨 뒤에서 이마를 살짝 찡그리며 우영에게 고개를 흔들어 보였다. 우영이 얼른 주변을 둘러보니 그의 뒤쪽에서 자동차 한대가 미끄러져나오는 참이었다. 우영은 점퍼를 여미고 고개를 숙이고서 다시 서둘러 길을 걸었다.

"난 니가 공부 더 했으면 좋겠어."

해미가 그렇게 말하고는 눈 내리는 창밖으로 시선을 돌렸다. 해미와 우영이 마주앉아 있는 까페의 탁자 중앙에는 커다란 커피콩 모양이 프린트되어 있었다.

"너 좋으라고 싫은 공부를 어떻게 해. 말이 되게 좀 우겨."

우영이 커피를 한모금 마시고는 잔을 내려놓았다.

"공부하면 최소한 길거리에서 맞고 다니는 일은 없겠지."

"누가 그래?"

"내가 그러잖아, 지금."

"너 믿고 싶은 대로 다 나한테 갖다 붙이고 그러지 좀 마. 그러니까 니가 불편해지려고 해."

해미가 우영의 멍든 눈두덩에 손바닥을 가져다 댔다. 우영은 손길을 피하지는 않았다.

"울었니?"

"울면 좋겠냐?"

"응, 내 앞에서 울면 내가 안아주지."

"어우, 유치해."

"그럼 누나라고 부르든가. 누나처럼 굴게."

"누나, 나 집에 데려다줘."

"그래."

해미가 우영에게 얼굴을 들이밀고 짧게 입을 맞췄다. 우영은 약이 담긴 비닐봉지를 흔들면서 까페 밖으로 나갔다. 해미가 그의 왼쪽 팔을 붙잡고 보폭을 맞춰 걸었다. 우영은 해미를 지난해 처음만났다. 해미는 같은 반이던 재혁의 누나였다. 그녀는 수다스러운남동생의 얘기를 죄다 받아주는 편이었고, 덕분에 우영은 별말 없이도 그들 틈에 섞일 수 있었다. 괜찮게 어울리는 조합이었다. 재혁은 제 누나보다 여성스러운데다 연예인 가십이나 패션에 관심이많았다. 오지랖도 넓은 편이어서 남의 안된 일을 보고 그냥 지나치지 못했다. 사람뿐만 아니라 동물에게도 그랬다. 버려진 개를 집에데려갔다가 팔뚝과 얼굴에 벌겋게 발진이 나도, 개를 끌어안고 동물병원부터 달려가는 애였다. 수의사에게 개 이름을 고민 중이라며 수다를 떨던 스키니 진의 그 십대는, 그러니까「세상에 이런 일이」같은 프로그램에서 찾을 만한 미담의 주인공이었다. 개 이름을왈리라고 지은 재혁은 다리 다친 개 수술비를 마련하기 위해서 최신 노트북을 팔았다. 해미는 재혁이 자기 동생만 아니라면 진지하게 사귀었을 거라고, 농담을 꼭 진담처럼 말했다. 근친상간의 비극은 신화적인 거라 자기한테는 어울리지 않는다면서, 자기한테 어울리는 것은 동생의 친구와 사귀는 만화 같은 일이라고도 했다. 어쨌든 재혁이 천석 패거리한테 왈리 수술비를 뺏기고 길에 쓰러져 있던 걸 본 날, 우영은 술도 마신 김에 그 패들과 뒤엉켜 싸웠다. 그날 골목과 대로를 내질러 달리며 벌인 엉망진창의 주먹질이 천석의 자존심을 건드렸고, 그의 주의를 끌었다. 버려진 개 때문에 질질 짜는 친구를 둔 게 이토록 피곤한 일에 말려드는 단초가 되리란 걸 누가 알았을까. 우영은 재혁의 돈을 되찾아왔지만, 고행은 그것으로 끝이 아니라 시작이었다. 그들은 계속 시비를 걸어왔다. 우영은 맞서는 대신 때때로 끌려가 맞는 걸 택했다. 간밤에 천석 패거리는 우영이 자기들 패로 들어오면 환영식을 치를 의사가 있다고, 거한 조직처럼 굴었다. 사는 데 그럴듯한 전망은 없었지만, 우영은 비끗하면 곧바로 인생의 도랑에 처박히게 될 게 빤한 자기 삶의 바탕에 대한 자각은 있었다. 그러니까, 무엇이 될 수 있을지는 몰랐지만, 무엇이 되어버리기 쉬운지는 알고 있었다.

"니 꿈에 너는 안 나오니? 니 미래 같은 건 못 봐?"

우영의 집이 가까워오자 해미는 비로소 우영에게 정식으로 초대받았다는 생각이 들었고, 그래서 이런 때 어울릴 법한 다정한 호기심을 두 눈에 가득 담고 평소에 궁금했던 것을 물었다.

"그런 거 본단 놈 있음 다 사기꾼이야. 중도 제 머릴 못 깎잖냐."

우영이 눈 쌓인 골목길을 발끝으로 헤집으며 대꾸했다.

"네가 날 구했어, 두번."

"그런 걸로 사람이 타락하진 않아."

"넌 내가 얼마나 약한 존잰지 몰라."

해미가 우영의 손을 잡으며 중얼거렸다. 해미는 우유부단했다. 모든 선택의 순간에 길 잃은 소녀처럼 굴었다. 우영이 칼을 휘두르는 기사는 아니었지만 해미가 헤맬 때마다 근처를 우연히 지나치는, 의미있는 행인 정도는 되었다. 우영의 입장에서는 친구보다 가까워진 친구 누나에게 해줄 수 있는 만큼을 해준 것이었다. 감이 안 좋아. 꿈자리가 뒤숭숭했거든. 그런 일에 신중해. 안 다치게 조심해. 해미의 입장에서는 믿음직하고 감 좋은 길잡이가 남자친구로 나타난 것이었다.

"넌 특별하지 않아. 나도 그렇고."

우영이 그렇게 말하고는 해미의 손에서 자기 손을 슬그머니 뺐다.

"니가 행운이라거나 불운이라거나 그렇게 말하는 거 다 너한테만 특이한 거야. 니가 날 좋아하는 건 그중에 제일 특이한 거고."

해미는 그 말을 듣고도 아무런 반문을 하지 않았다.

"괜찮아."

해미가 웃었다.

"괜찮아. 아무것도 없는 것보다 니가 있는 게 훨씬 나아."

해미는 말했다, 우영의 엄마처럼. 그리고 또 말했다, 순정만화의 주인공처럼.

"난 내 행운과 불행의 전부겠지. 건 너도 마찬가지고."

남과 여

　태경이 파라솔 그늘에서 나왔다. 햇빛 때문에 부신 눈을 조금 찡
그리고서 버스 노선표를 살펴보다가 앞쪽에 서 있던 여학생과 눈
이 마주쳤다. 여학생은 잠깐 흠칫하더니 망설이다 그에게 물었다.

　"저, 여기, 마을버스는 없어졌어요?"

　"글쎄요."

　태경은 여학생이 서 있던 자리로 가 그쪽 노선표를 살펴보았고,
여학생은 반대로 그가 서 있던 자리로 와서 살펴보았다. 어디로 가
야 할까. 추억의 장소조차 선명하게 떠올라주지 않아 그는 정말 빈
털터리가 된 기분이 들었다. 그는 다시 편의점으로 들어가 충전이
다 된 휴대폰을 뽑아 시간을 확인했다. 오후 두시를 조금 넘긴 시
각. 그는 버스의 번호와 노선을 확인하지 않고 아무 버스에나 무작

정 올랐다.

창밖 풍경은 가로수와 행인들, 간판들이었다가, 터널의 벽이나 어둠이었다가 건물들이었고, 그의 마음은 조각난 슬픔이었다가, 너무 많은 의미들이었다가, 텅 빈 고요였다가 했다. 지친 다리만 변덕을 부리지 않고 꾸준한 간격으로 쿡쿡 쑤셨다. 마음이 쿡쿡 쑤시는 걸 외면하니까 다리가 대신 정직하게 반응해주는 건지도 모른다고 그는 생각했다.

태경은 다리를 두어번 주무르고 가방을 뒤적여 책을 꺼냈다. 첫 문장은 잘 들어왔다. 존이란 남자가 루시란 여자에게 주유소에서 이상한 남자를 봤다고 말한다. 루시는 그 남자가 폴일 거라고 생각하지만 그 말을 하지는 않는다. 존과 루시는 간이식당에서 마지막 테이블을 정리한다. 그때 식당 문이 열리면서 허름한 옷에 빛나는 구두를 신은 폴이 등장한다.

태경의 휴대폰이 울렸다. 벨소리가 커서 깜짝 놀라 얼른 받으려고 허둥대다가 책을 바닥에 떨어뜨렸다. 존과 폴과 루시와 함께 휴대폰도 한꺼번에 곤두박질치려던 순간 그는 가까스로 휴대폰을 붙잡아 전화를 받았다. 책은 떨어졌다.

"안녕!"

휴대폰 저편의 여자가 짧게 인사했다.

"누구세요?"

태경이 고개를 좀 수그리며 물었다. 버스가 멈춰섰다. 세 사람이 버스에 차례로 올라탔다. 그중 키 작은 남자애가 태경의 곁을 스쳐

지나가려다가 말고 멈춰서서 책을 집어들고는 주변을 둘러봤다. 태경이 손을 들어올리자 남자애는 고개를 까딱하며 그의 무릎 위에 책을 내려놓았다. 태경은 고개를 살짝 수그려 고맙다는 표시를 했다. 휴대폰 저편에서 여자가 명랑하게 말했다.

"난데요."

느닷없는 전화로 그를 당황하게 할 여자는 둘 중 하나였다. 보이스 피싱 사기범, 아니면 미라. 지미라.

"아! 예."

"어디 헤매고 있을 거 같아서요."

"나 보이는 데 있나봐요."

"안 봐도 비디오예요."

"뭐 해요?"

태경이 물었다. 안 봐도 보이는 그 비디오가 태경에겐 작동되지 않았다. 아니면 오래전에 고장이 났는지도 모를 일이다. 태경은 머리를 긁적이며 대답을 기다리다가 미라가 자기 머리칼에 손가락을 벌려 넣으며 웃던 모습을 떠올렸다. 가슴이 뛰지는 않았는데, 본능적으로 목소리가 들떴다.

"뭐 해요, 지금?"

현자네 거실 한복판에서 휴대폰을 들고 서성이는 미라의 모습은 전과 좀 달랐다. 헤어스타일과 컬러가 바뀌었다. 그리고 어딘지 전체적인 씰루엣이 길게 늘어난 느낌이었다. 거실 창으로 해가 들었고, 그녀는 밖을 바라보며 창 가까이 다가갔다가 뒤로 물러났다. 풍경이 가까워졌다 멀어졌다. 잘 닦인 거실 바닥에 떨어진 그녀의 그림자에서 치마 부분이 기분 좋게 살랑거렸다.

그날 오전, 그러니까 바로 몇시간 전에, 문화센터 강의를 마친 미수가 현자네 집 전화벨을 울렸다. 미수는 현자에게 지인이 운영하는 유아복 매장에서 판매원을 구한다고 했다. 손님에게 인사를 건네고 요구에 들어맞는 신제품에 대해 설명해주며 상품을 보여준 뒤 예쁘게 포장하는 일이었다. 아이를 생각하는 마음으로 매장에 들른 고객들을 돕는 일이므로, 무리하지 않으면서 궁극적으로는 사람들의 행복에 조심스레 동참하는 의미있는 시작이 될 것이라 했다. 현자가 미수에게 미라가 좀 오래전 일이긴 하지만 의류 판매와 원단 유통 관련 일을 했다고 에둘러 말한 게 어느정도 참작이 된 모양이었다.

현자는 미라를 불러 수화기를 건네줬다. 미라는 별 질문 없이 가게의 전화번호와 주소를 받아적고는 통화를 짧게 마쳤다. 그리고 점심 무렵에 옅은 갈색 머리를 진한 검은색으로 염색했고, 하얀색 플랫 슈즈를 사 신었다. 집으로 돌아와 그녀는 이층으로 계단을 오르다가 중간에 멈춰서서 자기가 벽에 걸어둔 거울을 들여다봤다. 자신이 조금 낯설게 느껴졌기에 그런 자기에게 어울리는 낯선 미소를 지어보았다. 거울 한 귀퉁이에는 전에 없던 개구리 스티커가 연잎 스티커와 나란히 붙어 있었다. 그건 완주의 솜씨였다. 제 방 거울을 거기에 걸게 된 데 전혀 불평이 없던 그애는 다만 그것으로 거울의 출처를 표시했다. 개구리는 오른쪽, 연잎은 왼쪽 그리고 가운데엔 조금 낯선 여자의 미소가 함께했다. 그녀는 그 순간 누군가에게 전화를 걸어야겠다고 생각했다. 누군가가 태경이어도 좋을 것 같았다.

"이따가 같이 하고 싶은 게 있어요."

"그럼 그래요."

두 사람은 약속을 잡았다. 장소는 한시간 후에 만날 수 있는 곳으로 정했다. 먼저 도착한 사람이 어디든 자리를 잡고 전화를 걸기로 했다.

태경은 휴대폰을 바지 주머니에 넣고, 책 위에 두 손을 얌전히 내려놓았다. 버스가 오르막길을 오르며 덜컹거렸다. 이내 내리막길로 접어들었고, 시야가 환히 트였다. 버스가 속력을 내 달리기 시작했다. 그의 마음도 달리기 시작했다. 그는 멈추거나 과감히 뛰어내려야 할 순간이 닥쳤을 때, 자기가 미련을 갖고 망설이게 될까봐 조금 두려워졌다. 혹시 자신이 미라에게 있어 다른 누군가의 대역이 아닌가 생각했다. 그리고 자기 삶은 줄곧 누군가의 대역이 아니었을까 생각했다. 딸애의 그럴듯한 아빠가 나타날 때까지 아빠 노릇을 했던 사람, 전처의 진짜 남편이 나타날 때까지 남편 노릇을 했던 사람. 그를 기타 등등으로 분류한 삶의 대본 속에서 이리저리 치이며 내달렸던 무수한 어리석음의 대역들. 그러나 그는 고개를 틀어 반대편 좌석 윗부분에 붙은 버스 노선표를 유심히 쳐다보다가 아직 자기 시력이 초원에 사는 사람처럼 좋다는 것에 미소를 띠며 잠시 기막힌 긍정의 순간을 만났다. 그는 아직 펼쳐지지 않은 존과 폴과 루시의 나날을 두 손 안에 그러잡았다.

태경이 도로 쪽에, 미라가 건물 쪽에 서서 길을 걸었다.
"모든 게 틀려버린 것 같아요."
태경이 말했다. 미라는 뭐가 모든 것인지 묻지 않았다. 대신 다른 어떤 것을 가리켰다.
"저거 색깔이 똑같아요."
"뭐요?"
태경이 자기의 모든 것으로부터 고개를 들어 미라가 가리키는 방향을 쳐다봤다. 늙은 여자가 챙이 넓은 회색 모자를 쓰고 허공에다 말을 하며 걸어가고 있었다. 모자 밑으로 늘어져 헝클어진 은발이 수세미 같았다.
"지난겨울에 내가 내다버린 코트랑 색깔이 똑같아요."
미라가 말했다.
"그냥 흔한 회색인데요."
난처해하며 말끝을 흐린 태경이 이마를 찡그리며 다시 말했다.
"때 탄 그레이."
은발의 노파가 파리라도 쫓는 시늉을 하며 갑자기 소리를 높였다.
"난 꽃이 싫다고 했잖아! 간지럽다고!"
모든 게 틀려버린 사람들이 그토록 거리에 흔하다는 생각이 들어 태경은 입을 다물었다. 그리고 잠시 사이를 두었다가 미라의 한쪽 팔을 잡아끌었다.

"결혼할 여자가 있었어요. 알아두는 게 좋을 거 같아요. 난 좀 복잡한 놈이라는 거."

태경은 틀려버린 모든 것에서 복잡한 것 쪽으로 자기 그림자를 옮겨놓았다. 미라가 자기 팔을 잡은 태경의 손을 도닥여줬다.

"난 꽃 좋아해요."

태경은 멍청한 표정으로 거리에 멈춰섰다.

"그래요, 그래."

그러고는 태경이 물었다.

"그래, 하고 싶은 게 뭔데요?"

"맥주 한잔 살게요. 새 출발을 축하해줘요."

그러자 태경은 샐쭉해졌다.

"이기적이구나."

미라는 그 말을 흘려들으며 고개를 끄덕였다.

"자긴 좋은 사람 같아요."

태경은 고개를 가로저었다.

"정말 제멋대로구나."

미라가 고개를 다시 끄덕이며 말했다.

"자긴 정말 좋은 사람 같아요."

다시 6개월 전, 내겐 전부인 무엇

우영과 해미는 우영의 집 소파에 앉아 키스를 나눴다. 해미가 우영의 허벅지에 한 손을 올려놓자 우영이 신음소리를 내며 몸을 틀어 뒤로 뺐다.

"아, 아."

"아파?"

우영이 대답 대신 허리띠를 풀고 청바지를 벗었다. 이제 올 것이 온 것인가? 해미는 한쪽 어깨가 다 드러나도록 흘러내린 스웨터를 끌어올려야 할지 더 끌어내려야 할지 망설이며 얼굴을 살짝 붉혔다. 우영이 해미를 바라보고는 다시 자기 다리를 내려다보았다. 군데군데 피멍 든 다리가 그제야 해미의 눈에 들어왔다.

"어어."

해미가 말을 잇지 못하고 눈을 깜박였다. 우영이 윗도리를 벗어 던지자 상체의 상처들도 드러났다. 해미가 작게 탄식하는 소리를 내며 얼굴을 감싸고 소파 아래로 꿇어앉았다가 손가락 사이를 벌리고 우영의 벗은 몸과 상처들을 훑어봤다. 우영이 뒤돌아 자기 방으로 들어갔다. 해미는 멍하니 앉은 채 거실 바닥의 무늬를 눈으로 좇았다. 우영이 다시 곁으로 다가와 선 기척이 느껴지자 그녀는 구부려 세운 두 무릎 사이로 얼굴을 떨어뜨리고는 중얼거렸다.

"신고해야 돼."

해미가 손등에 서늘한 기운을 느끼며 고개를 들었다. 우영이 다 벗고 선 채로 상체를 해미 쪽으로 조금 구부리고서 그녀의 손에 자기의 디지털카메라를 가져다 대고 있었다.

"찍어줄래?"

해미가 입을 조금 벌린 채로 우영의 얼굴을 올려다봤다. 우영이 소파에 길게 드러누웠다. 해미는 그제야 그 말이 뜻하는 바를 알아 채고는 말없이 일어나 상처들을 찍었다. 우영의 몸은 생각보다 훨씬 아름다웠다. 해미는 붉고 푸른 멍들, 상처가 나 부어오른 살갗에 포커스를 두고 셔터를 눌렀다. 셔터소리가 멈추자 우영이 자리에서 일어나 후드 티를 뒤집어썼다. 해미가 여전히 카메라를 들고서 등뒤에서 서성였다. 우영이 청바지를 들고 돌아서자 해미는 조금은 매료된, 동시에 조금은 두려운 눈빛으로 우영을 바라봤다. 해미의 걱정은 소리가 되어 입 밖으로 나오지는 않았지만 우영은 눈빛만으로도 알아들은 듯했다.

"아니야."

우영이 그 눈빛에 대답했다.

"신고할 때 쓰려는 거 아니야?"

해미가 이번엔 제대로 물었다. 우영이 고개를 가로젓고는 뒤돌아서서 청바지를 마저 입었다.

"뭐하게, 그럼?"

우영은 별말 없이 소파에 앉아 카메라를 받아들었다.

"내가 들은 것보다 훨씬 무서운 애들이니? 그래서야?"

우영은 대답하지 않고 카메라에 찍힌 것들을 살펴봤다. 화면을 들여다보는 눈빛이 흔들림없이 고요했다. 해미는 창가로 다가가 커튼을 걷었다. 우영이 골똘히 바라보는 그 상처들에 빛을 드리워주려는 듯이. 창밖에는 눈발이 흩날렸다. 눈은 흩날리며 내리다가 다시 바람을 타고 공중으로 떠올라 한동안 길을 잃고 부유했다.

"나랑 재혁이 때문이니? 우리한테 안 좋을까봐?"

해미가 물었다. 다소 결연하고도 감상적으로.

"나한테 얼마만큼 걸치고 싶어?"

우영이 나쁜 남자처럼 물었다. 어떤 관계든 팔다리 한쪽 걸치는 것쯤으로 표현할 수 있는, 인생 막 나가는 매사 간단한 놈팡이처럼.

"뭐?"

해미가 우두커니 서서 머릿속으로 그 짧은 질문을 두어번 반복했다. 해미의 등뒤로 하얗게 눈발이 부서져내렸다. 우영이 무표정하던 얼굴을 일그러뜨려 주름을 만들면서 웃었다.

"그냥 내 취미야. 다 나 때문이야."

우영이 무릎을 흔들어 그 위의 카메라가 움직였다. 해미는 그 순간 카메라 화면에 설핏 떠오른 어떤 여자 모습을 알아봤다. 자세히 확인해보려고 한발짝 다가섰다가, 그녀는 주저하며 제자리에 멈춰섰다. 우영이 미소를 거두고 다시 카메라 쪽으로 고개를 숙였다. 흔한 디지털카메라의 메모리 안에 담긴 그의 취미생활이 그와 함께 어둠속으로 고요히 떨어지는 순간이었다.

"어떤 게 좋아요? 커피? 허브?"

우영의 엄마는 수명이 다되어 깜박이는 주방의 형광등 불빛 아래서, 아들의 여자친구와 눈을 맞추지 않으면서도 미리 마음까지 맞춰본 사람처럼 다정한 어조로 말했다. 그건 그녀가 불안하다는 증거였다. 불안할 때 본능적으로 하는 연기. 기회가 닿았다면 분명 배우가 되었을 거라고 그녀를 치켜세우던 연하의 애인을 둔 탓일지도 몰랐다. 하여간 그녀 또한 이런 자기 감정의 전조를 익히 아는 터라, 아랫입술을 윗니로 자꾸 잘끈 씹었다.

"저 그냥 물 주세요."

우영의 엄마는 실망한 기색이었다. 커피라면 다행이었고, 허브라면 떨어졌다고 둘러댈 참이었다. 특별한 배려를 원하지 않는 예상 밖의 손님이란 그녀의 각본에서 가장 어려운 상대였다. 우영의 엄마는 아들을 쳐다봤다.

"눈이 오잖아."

아들의 눈길을 향해 아무 맥락 없는 말을 변명처럼 주절거렸다.

"눈 싫어하잖아."

우영이 하릴없이 날씨 이야기에 장단을 맞췄다.

"그건 니가 눈 올 때 태어나서지. 쟬 낳을 때 눈이 펑펑 와서 택시가 잘 잡히지 않았어요. 애써 잡아 탄 택시에서 양수가 터져갖고 택시 기사가 잔소리 좀 했지. 서러웠어."

우영의 엄마가 이번에는 해미를 보며 말했다. 불편한 상대를 만난 이 중년 여자는, 이런 이야기로 상대를 더 불편하게 만들어버리는 재주를 굳이 썩히지 않으려는 모양이었다. 우영은 너스레를 떨고 싶은 기분이 아니었다. 잠깐 침묵이 찾아왔고, 해미는 하는 수 없이 저 혼자 컵과 주전자를 찾아 물을 따라 마셨다.

"앉아도 될까요?"

환영받는 느낌이 전혀 아닌데도 불구하고, 해미는 굳이 식탁 의자를 빼 자리 잡았다. 우영에게, 아직 모르는 우영의 어떤 부분에, 한뼘 다가선 것 같다는 생각이 그녀를 이 집에서 뒤돌아나가지 못하도록 만들었다. 우영의 엄마가 일없이 냉동실을 뒤적였다. 그리고 냉장실을, 찬장을.

어느정도의 추억을 나눠가져야 따뜻해질지 알 수 없는 막막한 밤이 그렇게 시작됐다. 해미는 동생 재혁과 우영의 인연을, 그 인연이 자기에게 가져다준 소소한 즐거움을, 우영에게 어울릴 것 같은 가까운 미래를 가장 좋은 빛깔로 묘사하려 노력했다. 이 대학 새내기의 풋풋한 노력과 사소하지만 의미있어 보이는 소망들은 우영의 욱신거리는 상처 어디에도 닿지 못했고, 결과적으로 우영 엄마의 겉도는 눈길을 어디에 한동안 머물게도 하지 못했다. 노력이 무산된 것처럼 느껴지자 해미는 익숙한 자기 집으로 도망가고 싶다는 생각에 사로잡혔다. 그러나 반대로 우영과 그 엄마는 점점 편안해지는 것처럼 보였다.

"다니다 영화라도 봤어?"

우영이 일과를 묻기에는 뒤늦어버린 것 같은 타이밍에 불쑥 엄마에게 물었다.

"남의 집 봤어."

우영의 엄마가 잠깐 미간을 찡그리고 허공을 응시하다가 숨을 몰아쉬듯 대답했다.

"남의 집 살림 했다고. 엄마 오늘 돈 벌었다, 야."

해미가 조용히 일어서서 우영의 방 쪽으로 발소리를 죽이며 걸어갔다. 모자의 목소리가 조금씩 더 낮은 소리로 두런두런 이어지는 것을 들으며, 해미는 베개 옆에 아무렇게나 놓여 있는 디지털카메라를 만지작거렸다. 한 손에 잡히는 적당한 크기에, 시원한 액정화면, 해상도도 렌즈도 좋은 축이지만 그렇더라도 보통의 흔한 은색 카메라였다. 전원 버튼을 누르고 찍힌 사진 장수를 확인하니 백서른두장. 동네 골목, 우영이 일하는 우동전문점 간판 아래의 낮과 밤. 몸뚱이 이곳저곳의 상처들. 다리 밑. 다리가 휜 채 도로 한가운데에 주저앉은 비둘기. 지하실 전등 아래 더러운 바닥, 바닥에 흩어진 핏자국, 모서리에 세워놓은 야구방망이. 쓰레기통을 뒤지는 개들, 전봇대에 붙어 팔랑거리는 색색의 광고들. 머리칼을 헝클어뜨린 채 몸을 웅크린 우영의 엄마. 좀 높은 곳에서 내려다본 동네 풍경. 그리고 여자, 해미가 처음 보는 여자의 프로필, 서 있는 모습과 뛰는 모습, 근거리와 원거리, 긴 머리와 짧은 머리, 미소와 무표정, 푸른 나무와 회색 건물 사이, 긴 치마나 짧은 바지 차림의 그녀. 해미는 방문 틈으로 식탁 쪽을 한번 훔치듯 보고, 다시 카메라를 만지다가 인기척에 소스라치듯 놀랐다.

"뭐 해?"

우영이 낮은 목소리로 물었다. 해미는 카메라를 원래 자리에 밀어놓으며 입술을 떼보았지만 별 대답을 못했다. 우영이 해미의 휴대폰을 내밀었다. 해미가 식탁 위에 두고 잊은 거였다. 발신인을 알 수 없는 전화번호가 화면에 떠올라 있었다. 해미는 그걸 그대로 주머니에 넣었다. 몇가지 질문이 떠올랐지만, 해미는 그냥 자리에서 일어섰다.

"잘 있어."

해미가 누나처럼, 갑자기 어색한 누나처럼 구는 자신을 느끼며 단순한 인사를 건네자, 우영은 말없이 제자리에 쭈그려앉으며 고개를 끄덕였다. 해미가 방 밖으로 나오자 우영의 엄마는 식탁 의자에 앉은 채로 골똘히 생각에 잠겨 있다가 해미 쪽으로 고개를 들었다.

"우영이가 뭣 때문에 맞고 다니지?"

우영의 엄마는 비로소 해미가 이해 가능한 감정을 솔직하게 단문에 실어 물었다. 그러나 해미는 어떻게 대답해야 할지 몰랐고, 그래서 모른다고 말했다. 그러자 한발짝 다가설 수 있다고 순진하게 믿었던 그 공간에서, 순순히 모든 걸 모른다고 실토한 것처럼 느껴져 풀이 죽었다. 고개를 숙이고 신발을 꿰신은 그녀는 되돌아보지 않고, 어쩌면 그게 당연한 것처럼, 적막으로 떨어진 그 집과 그 집의 그림자로부터 빠져나왔다. 그리고 잰걸음으로 자기 집을 향해 걷기 시작했다.

그날 밤, 우영의 엄마는 술에 취했다. 그녀의 애인도 집에 와서 함께 취했다. 둘이서 망할 놈의 세상사와 더러운 인생사에 대해 욕을 내뱉은 다음, 방으로 들어가 소리를 지르며 섹스했다.

"죽여줘! 죽여줘!"

우영의 엄마가 소리치며 고양이처럼 가르릉거렸다. 우영은 소파에 앉아 텔레비전에서 어떤 축제의 퍼레이드 장면을 봤다. 사람들이 하늘로 풍선을 날려 보냈다. 풍선은 하늘 높이 올라가 색색의 점이 되었다 사라졌다. 우영은 창가로 다가가 눈이 쌓인 바깥을 내다봤다. 가로등 불빛, 이웃집의 불빛 아래 쌓인 눈이 반짝였다. 그 눈길 위에, 엄마의 애인이 끌고 온 소형차가 험한 일을 대신 하는 입 무거운 하인처럼 얌전히 주인을 기다리고 있었다. 문짝 중앙이 찌그러진 채로. 언제부터인가 줄곧 그렇게 찌그러져 있었다.

우영이 텔레비전을 껐다. 이제는 방 안에서 엄마와 엄마의 애인이 흐느끼는 소리가 들려왔다. 우영은 검은색 패딩점퍼를 입고, 바닥에 널려 건조되고 있는 빨래 중에서 양말들을 만지작거려보았다. 마른 양말을 찾아냈지만 하나는 검은색이고, 하나는 황토색이었다. 황토색 양말에는 오른발을 넣었다. 그는 왼발에 검은색 양말을 신기며 왼발이 오른발의 그림자라고 생각했다. 그러니까 자연스러워 보였다. 카메라를 주머니에 챙기고 집 밖으로 나왔다.

밤공기는 차가웠고, 걸음을 옮길 마땅한 장소는 떠오르지 않았다. 갈 데 좆나 많은 것처럼 굴어. 천석 패거리가 했던 말이 떠올랐다. 떠오르더니 메아리쳤다. 그래서 그 메아리 속을 뛰어다니기로 했다. 그는 뛰기 시작했다.

처음 멈춰선 곳은 대로의 편의점 앞이었다. 들어가서 디지털카메라의 배터리로 쓸 여분의 건전지 두개를 샀다. 두번째 멈춰선 곳은 사거리 횡단보도 앞이었다. 신호를 잘못 보고 튀어나가려다 택시 기사에게 욕을 먹었다.

"똑바로 보고 다녀!"

우영은 뭐든 똑바로 보고 싶은 기분이 전혀 아니었다. 자기 꿈속을 걸어다니는 또다른 자기 자신이 있다고 생각하고, 천천히 심호흡을 했다. 회개를 하기엔 복잡한 사생활이죠. 어떤 영화를 봤어요. 너절한 죄인들이 밖에서 줄지어 기다리고, 내 기도는 하늘에서 멀어진 밤. 우영은 마음속으로 그렇게 되뇌면서, 그걸 노래 가사처럼 되뇌면서, 다시 뛰기 시작했다. 더럽고도 다정한 비둘기 떼를 만났던 그 산책로 근방에서 세번째로 발길을 멈췄다. 벤치에 노란 비닐봉지를 깔고 앉은 채, 그 여자, 미라가 우영을 쳐다보고 있었다. 누군가 컷! 소리를 내며 이 순간을 영원으로 정지시킨 것만 같았다. 어떤 영화에서처럼.

"따라온 거 아니에요."

우영이 말을 꺼냈다. 놀란 사람의 딸꾹질 같은 말이었다. 우영은 스스로가 마음에 들지 않아서 괜히 성난 표정을 지었다.

"정말이에요."

"담배 있니?"

미라가 물었다.

"없어요."

"난 있어. 하나 줄게."

그녀 앞으로는 찻길이, 뒤로는 산책로로 이어지는 경사진 길이 있었다.

"준다면서요."

우영이 옆자리에 앉으며 당연한 권리를 주장하듯 힘줘 말했다.

미라가 담배를 하나 꺼내 피워물었다.

"미안, 이제 없네."

미라가 담배를 입에 문 채 말했다. 우영은 할 말을 잃었다.

"넌 내가 어떤 사람 같니?"

미라가 물었다. 우영은 대답할 말이 생겨 다행스러웠다.

"생긴 것보단 처지가 안 좋아 보여요."

우영은 제 말이 재미있는지 혼자 웃었다.

"우리 엄만 항상 여기, 배에 전대를 차고 다녔어. 죽을 때까지 관절을 앓았고. 마음만 좋은 아빠는 재혼했는데, 다 늙어도 옷장 안에 처박아둔 하와이언 셔츠를 못 버리는 남자였어. 얼굴만 반반한 새 엄만 운동선수 남자애 둘을 데리고 왔는데, 그애들은 다 커서도 경기장 밖에서 징징대기 일쑤였고. 시간은 무정하고 다정한 삼촌들은 곧잘 변하지. 모범생 애인들은 속을 썩이고. 이웃들은 벽 뒤에서 욕을 하고 적어도 하루에 하나씩은 뭔가를 사대겠지. 월요일 저녁마다 쓰레기봉투를 들고 어둠속에서 사람들과 인사하는 일은 냄새나면서도 약간은 흥미로워. 일은 안 풀리고, 몸은 고단하고, 몇번 넘어지다보면 또 어딘가 가 있는 거지. 눈 내리는 밤 벤치에 앉아 나한테 관심있는 소년을 만나는 일은 하늘에 적어 보내는 소망이나 기적에 가까워. 난 이제 소녀가 아니니까. 처지라면 이게 다야."

"내 노래보다 훨씬 좋아요."

우영이 웃더니, 배에서 꼬르륵 소리가 나자 팔짱을 끼고 허리를 굽혔다.

"노래? 그럼, 자기 노래보다 좋지. 나, 노래 잘해."

"하나 해줘봐요."

"싫어."

미라가 담배 한대를 다 피우는 동안, 우영은 그 곁에서 눈길을 지나다니는 자동차와 자동차 불빛 들과 그 너머의 아파트단지 불빛을 바라보았다. 그러고나서 둘은 가까운 지하철역까지 걸었고, 길가에서 토스트를 하나씩 사먹었다. 헤어질 때쯤 미라가 말했다.

"니가 누구든, 지금 어떻든, 나를 놓고 상상하는 거면, 이왕이면 좋은 걸로 해줘. 기적같이 좋은 걸로."

다시, 남과 여

"일하게 될 거 같아요."

미라가 맥주 거품을 입술에 묻힌 채 말했다. 붉은색 조명과 검은
색 칸막이가 있는 좁고 긴 술집에 앉아 태경을 바라보면서.

"널 잘 보이러 가요. 면접요."

"그래요."

태경은 별뜻 없이 무덤덤하게 고개를 끄덕이고는 맥주병을 들어
미라의 잔에 더 따라줬다. 둘이서 말없이 술을 마셨다. 강냉이 안주
가 하얀 플라스틱 그릇에 담긴 채로 그대로 눅눅해져가는 동안, 그
들은 맥주 네병을 목구멍 안쪽으로 쏟아부었다. 미라가 표정 없이
물었다.

"마당 사게 되면 자기 줄까요?"

태경은 그 질문을 의미없이 흘려들으면서 눈을 딴 데로 돌렸다. 그의 시선이 가닿은 곳을 미라도 눈으로 따라가봤다. 카운터 쪽에 장식품들이 걸려 있는데, 그중에 해묵어 보이는 복조리도 있었다. 미라는 그걸 보다가 고개를 툭 떨어뜨렸다. 태경의 발끝이 눈에 들어왔다.

"신발도 사줄게요."

"왜 그래요?"

"기분 좋아지려고요."

미라가 고개를 들었다.

"애인 할까요? 한 일주일만."

미라가 혼자 고개를 끄덕거리더니 이어 말했다.

"천지창조 하는 데 일주일 걸렸으니까, 짧은 시간은 아냐."

태경이 고개를 흔들었다.

"주정하기 일러요. 아직 초저녁이니까."

"아무거나 말해봐요."

"왜요?"

"기념하게요."

"아무려나."

그 말을 하고 태경은 웃었는데, 미라는 웃지 않았다. 미라가 그의 눈을 들여다보며 물었다.

"다시 태어나면 뭐가 될래요?"

태경이 얼굴을 두번 쓸어내리고는 대꾸했다.

"생각 안해봤는데요."

"난 쑥."

"네?"

"쑥. 향도 좋고, 맛도 좋고. 약에도 쓰고, 그냥 뒤도 되고요."

미라가 두 손을 들어 자기 이마에 얹고 고개를 조금 뒤로 젖혔다.

5개월 전, 파우더핑크색 벽지를 바른 식당

우영은 학교를 자퇴한 후에 줄곧 배달 일을 했지만, 써야 할 것 이상으로 돈이 모인 적은 없었다. 엄마의 애인들은 엄마의 사랑과 헌신과 매달림에 대한 댓가로 어쩌다 생활비를 놓고 가긴 했지만, 사랑과 헌신과 매달림의 절박함을 상쇄하기에는 늘 턱없이 모자랐다. 사는 것이 다만 이런 것이고, 이런 것이 바로 사는 것이라고 생각하지 않으려 애쓰는 낙관적인 마음 상태가 될 때, 그 마음과 바람의 연장선상에서, 우영은 간혹 엄마와 극장에 갔다. 모자는 다정했다. 공평한 어둠, 공평한 쿠션감과 싸운드와 화질, 호소력 있는 연기, 질 나쁜 팝콘.

주민센터 건물 안의 체력단련실 정도는 공짜였다. 달리기. 그밖에, 싼값에 중고로 구한 디지털카메라로 잡아낼 수 있는 순간과 그보다 더 짧은 어떤 찰나 들만은 그의 진짜인 무엇, 무언가의 진짜인 그 같았다. 그리고 그는 계속 천석 패거리에게 시달렸다.

기침이 멈추지 않던 어느 밤, 우영의 엄마는 오지 않는 애인을 미워하면서 술주정으로 전화통을 붙잡고 통곡을 했다. 우영은 아무런 결심도, 희망도, 회한도 없는 채로 음악을 틀어놓고서 간혹 기침을 뱉어내며 춤을 추었다. 오른쪽으로 허리를 틀면 오른쪽 복부의 멍이 비명을 지르고, 왼쪽으로 다리를 틀면 왼쪽 정강이뼈가 비명을 질렀다. 맞는 것은 이제 어떤 의식 같았다. 몸과 마음이 그렇게 동일하게 아파주다니, 자기만은 어쨌든 자신과 함께 있는 것 같아 외롭지 않았다.

그 여자에 대한 상상은 좀더 대담하고 은밀한 즐거움이 되어갔다. 우영은 미라의 사진을 포함해서 여러장의 정물과 풍경 사진들을 인화해 따로 앨범을 만들었다. 앨범에는 이름이 없었다. 그래서 아직 이름이 없는 시간들이 그의 방 한구석에 언제나 자리 잡고 있는 것 같았고, 그건 문득문득 그에게 웃음을 주었다. 엄마가 건넌방이나 거실에서 술에 취해 눈물을 쏟고 있을 때, 그는 그 덕분에 미치지 않고 춤을 추며 웃을 수가 있었다. 최악의 상황은 아니었다. 어떤 경우에도 아침 공기는 전날 밤보다는 상쾌했다.

우영의 엄마는 어두운 밤의 끝에서 시작되는 아침을, 일상을 미담과 덕담으로 구성하고 또 재구성하는 아침 토크쇼를 틀어놓는 것으로 시작했다. 우영은 그런 쇼를 좋아하지 않았지만, 그래도 아침 식탁에 오른 토스트를 엄마와 나눠 먹는 건 즐거웠다. 엄마가 아직 아름답다는 것, 싸구려 식빵을 먹을 때도 싸구려 향수를 쓰지는 않는다는 것, 그게 특히 기분 좋았다. 삶이 쓰레기 같다고 해서 쓰레기 냄새를 풍겨야 한다면 아침 식탁에 앉을 때마다 구역질을 느껴야 하는 죄인이 얼마나 많을 것인가?

우영의 생일이 돌아왔다. 평소보다 두시간 먼저 일을 시작하고, 네시간 일찍 끝냈다. 사장이 우영 대신 직접 저녁 배달을 맡기로 했다. 페이를 일주일 당겨 받기 위해 우영은 미리 거짓말도 해뒀다. 엄마가 수술을 받아요. 심각하진 않지만 저녁엔 내가 돌봐야죠.

사장은 별 의심이나 걱정의 말을 하지 않았다. 다만 우영이 그날 일을 마무리하고 가게 밖으로 나갈 때, 여자친구와 좋은 시간 보내라고 넘겨짚더니 주접스럽게 큰 소리로 웃었다. 가게 문이 등뒤에서 닫힐 때 우영의 외투가 활랑 열리며 바람이 폐부로 파고들었다. 등뒤에서 웃고 있을 사장의 얼굴에 대고 다정한 인사를 할 마음은 굳이 생기지 않아 그는 그냥 바람을 맞으며 뛰어갔다.

집으로 돌아온 우영은 옷을 차려입고 곱게 화장한 엄마를 에스코트해 밖으로 나왔다. 그의 엄마는 정말 수술이라도 받으러 가는 사람처럼 파리한 낯빛으로 우영의 등뒤에 붙어 섰다. 바람을 가르며 우영이 앞서고 그녀가 아들의 등에 장갑 낀 한 손을 살며시 대고서 뒤따라 걸었다.

우영의 엄마는 우영의 생일에 실제로 종종 아팠다. 어디가 아픈지 명확히 알 수 없지만 전신이 마디마디 쑤신다고 했다. 우영도 덩달아 아팠다. 역시 어디가 아픈지 정확히 알 수 없었지만 내장 안쪽의 깊은 어딘가가 쭈그러드는 것 같았다. 생일이란 게 엄마와 아이가 아프면서 세상을 새로 만나는 일이라서 그런가보다고 점잖게 생각을 정리한 건 얼마 전의 일이었다. 그는 깔끔한 브라운 계열의 체크무늬 반코트를 입고 목도리를 두른 채 중년 여자의 바람막이가 되어 걸어가면서, 오늘은 세계 최고의 마초가 되어보리라 생각했다. 그는 그 생각을 정말 재밌어하며 껄렁대면서 택시를 잡았다.

택시에 오른 우영의 엄마가 장갑을 벗지 않은 손으로 아들의 왼손을 잡았다. 엄마는 뒷좌석 왼편에, 우영은 오른편에 앉았다. 택시 운전기사가 룸미러로 뒷자리를 흘끔거렸다. 기사는 고개를 약간 뒤쪽으로 틀어 행선지를 물었다. 우영이 영화관 이름을 대고서 엄마의 왼쪽 어깨에 손을 올려 그녀의 상체를 자기 쪽으로 힘껏 끌어안았다. 우영의 엄마는 남편에게 우리 애 이름을 뭐라고 부를까요, 라고 물으며 병원으로 향하는 이십대 산모 같았다. 눈빛은 반쯤 꿈을 꾸지만, 길은 막히고, 창밖의 바람은 울고, 미터기의 요금은 올라가고, 그들의 것이 아닌 거리의 간판들은 끝없이 이어지고, 그리고, 그러나, 축복받고 싶다는 기분으로 반짝거리는 것만 같은 그 밤을 받아들여본다, 그들은.

영화관의 어둠속에서 걸어나온 모자는 팔짱을 끼고 거리를 걸었다.

"당신은 너무해요."

우영의 엄마가 영화 속 여주인공의 대사를 읊었다. 우영은 남자 주인공의 대사로 받아치지 않았다. 대신에 엄마를 재빨리 길 안쪽으로 보호하고는, 오토바이 한대가 그들을 스치듯 지나쳐 쏜살같이 달려가는 모습을 보면서 인상을 구겼다.

우영과 엄마는 파스타와 카레를 함께 파는 식당에 들어갔다. 저녁식사를 하기에는 많이 늦은 시각이라 사람이 별로 없었다. 엄마는 파스타를 주문했고 우영은 카레를 주문했다. 그들이 앉은 자리는 창가였고, 조명은 노란빛이었다. 깨끗이 닦아놓은 커다란 유리창 너머로 외투 깃을 세운 남녀들이 어깨를 움츠리고는 종종걸음으로 지나갔다. 바람이 불고, 차들은 간혹 멈춰서서 클랙슨을 울려댔고, 간혹은 멈춰서서 누군가를 기다렸고, 그러면 그 누군가들이 차 왼편 혹은 오른편으로부터 튀어나와 차 문을 열고 안으로 몸을 들여놓았다.

식당에는 탁자가 여섯개 있었고 그중 네개는 밖에서 훤히 들여다보였다. 가정집처럼 꾸며놓은 실내. 벽은 화사한 파우더핑크색이었는데, 페인트칠을 한 게 아니라 벽지를 바른 거였다. 우영이 앉은 자리에서는 엄마가 앉은 자리의 뒤쪽 벽에 쓰인 낙서, '기다리다 그냥 가요'가 보였다.

우영은 카레의 반을 엄마에게 덜어주고 엄마는 파스타의 반을 우영에게 덜어주었다.

"아까 그 남자 모자 멋지더라."

우영이 카레를 우물거리며 엄마에게 말을 건넸다.

"누구?"

"주인공."

"너한텐 안 어울리겠더라."

엄마가 갑자기 새침해진 이유를 알 수는 없었지만, 노란 조명 아래서 우영은 넉넉한 미소를 지어 보였다.

"결심과 다른 일을 만날 때, 모자를 이렇게 위로 한번 들었어. 머리칼은 눌려 있고, 거리는 비에 젖어 반짝이는데, 휠체어 탄 할머니가 그때 지나가다 고개를 한번 돌리잖아."

우영이 수저를 놓고 손동작을 하며 말하자 엄마가 웃으며 바라보다가 갑자기 생각난 듯 여주인공이 첫 데이트 때 입은 물방울무늬 블라우스에 대해서 이야기했다. 그건 아무에게나 우아하게 어울리기는 힘든 옷이라고. 그리고 갑자기 축하한다며 탁자에 올려놓은 그의 손등을 두어번 두드렸다. 우영은 무엇을 축하받고 있는지 금세 알지 못했다. 그의 엄마가 '생일'이라는 단어를 덧붙였을 때에야 '엄마가 나 낳느라 고생 많았어'라는 대답을 거의 자동적으로 돌려주며 그 말이 실수는 아니길 바랐다. 그는 화장실에 다녀오겠다고 말하고 일어서서 점원에게 화장실의 위치를 물어보았다. 점원은 식당 밖으로 나가 건물 뒤로 돌아가야 한다고 알려주며 화장실 열쇠를 건넸다. 우영은 의자에 걸쳐둔 체크무늬 반코트를 집어들고 밖으로 나갔다.

우영은 엄마가 포크로 음식을 받쳐 올리는 모습을 바깥에서 바라봤다. 화장실이 길 건너에 있을 리는 없었지만 그때 신호등이 바뀌었으므로 그는 횡단보도를 건넜다. 거기 멈춰서서, 오늘을 다른 방식으로 기억할 수 있는 내일이 있을까 궁금해하며 주머니에 손을 넣었다. 그는 카메라를 꺼내 셔터를 두번 눌렀다.

Outro

한해의 중심 6월은 빨갛게 타오르기 시작한 장미꽃처럼 아름답고, 장맛비를 몰고 오는 먹구름처럼 음험하다. 그 밤 내가 펼치고 있던 뷰티 매거진 6월호의 조금 예술적인 분위기를 풍기던 광고 사진에 따르면 그랬다. 젊고 중성적인 남자 모델의 연갈색 눈동자는 나를 향하고 있는 듯했다. 훗날 비슷한 패턴으로 떠오르곤 하던 그 밤의 첫 이미지. 우리 집의 작은 균열 사이로 오래된 비밀을 들여다보는 듯하던 시선.

"무슨 생각 해?"

남편이 내 쪽으로 다가와 소파에 앉으면서 던진 첫 질문은 그랬다. 예보대로 비가 쏟아지기 시작한 밤이었다. 남편은 그날 예정보다 일찍 귀가했는데, 까페를 예약한 단체 손님들이 모임을 서둘러

끝내서였다.

"원더브라."

나는 잡지를 내려놓고 전등갓을 만지작대며 대답했다. 원더브라 같은 것이 우리의 테마인 적은 없었다. 그저 사념을 잊게 해줄 보편적인 매혹의 대상이 필요했던 건지도 모른다. 이를테면 마릴린 먼로 같은. 마릴린 먼로가 착용했던 1950년대식 원더브라가 영국 경매장에 나와 그녀 몸매의 비밀이 밝혀졌는데, 그 특수 브래지어에는 안팎으로 이중 컵이 있었다고 한다. 한편 몇년 전 호주에서는 이분 남짓한 그녀의 미공개 동영상이 발견됐는데, 캘리포니아 쌘디에고에서 『뜨거운 것이 좋아』를 촬영하던 중 다른 출연 배우들과 담소를 나누는 장면이었다고 한다. 한 장교 가족이 우연히 상자에서 찾아냈다는 필름이었다. 이런 이야기들은 언젠가 지남이 들려줬다. 우리 까페에서였다. 그는 그날 미수를 찾으러 까페에 들렀다고 했지만 절박해 보이지는 않았다. 둘의 관계가 삐걱댈 때, 까페는 그들 각자의 피난처나 극장이 되곤 했다. 이젠 그 까페들 중에 우리 까페도 포함되었다. 지남은 까페에서 자신의 다른 관심사에 몰두하며 나나 남편에게 새로운 뉴스를 전하거나 유머를 구사했다. 한편 시누이 미수는 까페를 주로 극장으로 사용하며, 우리에게 불만을 토로했다. 지남에 대한 것일 때도 있었지만, 대개는 불만족스러운 여러 관계들에 대한 감정적인 대응일 경우가 많았다. 혼자 웃고, 울상 짓고, 실컷 말을 늘어놓다가 갑자기 객석을 향해 질문을 던진다는 점에서 일면 모노드라마를 닮았다.

"도움이 되는 생각인지 모르겠네."

남편이 중얼거렸다.

"자기한테 도움이 되지. 어떤 여자들이 그걸 하면."

농담이었는데, 남편은 입을 좀 애매하게 벌렸다 다물었을 뿐 분명 웃지 않았다. 그제야 나는 내 생각을 묻던 그의 질문이 그가 뭔가 생각에 잠겨 있다는 이야기였을 수 있겠다 싶었다.

"우리 까페 바로 길 건너에 또 까페가 들어선대. 다음달부터 공사한다고 하더라고."

남편이 말했다.

"그것 때문이었어?"

나는 일부러 남편의 팔에 손을 짚으며 그에게로 한뼘 더 다가갔다.

"저녁식사 맘 편히 못할 만큼 그런 거야?"

"그럴 리가."

"그럼 뭐가 걱정이야?"

"걱정한 거 아니야."

그때 초인종이 울렸다. 남편과 나는 문밖에 누가 와 있는지 확인하러 인터폰 앞으로 갔다. 모니터에 남녀의 모습이 떠올랐다. 비를 흠뻑 맞고 선 미라와 태경이었다. 태경이 미라 옆에 기대서 있었는데 몸을 잘 가누지 못하고 자꾸 주저앉으려 했다. 미라의 젖은 머리칼은 두 뺨에 들러붙어 있었다. 남편이 출입 버튼을 누르고 우산을 찾아들었다. 그가 밖으로 나서려다 말고 내 어깨에 한 손을 올

134

려놓고는 말했다.

"걱정 마. 아무것도 망가지지 않아."

나는 그 말과 함께 잠시 우두커니 현관 앞에 남겨졌다. 미라와 태경이 함께 우리 집으로 돌아왔던 그 밤의 분위기를, 나는 언젠가는 오랫동안 두고두고 회자되는 흑백영화풍으로 고전적이고 운치있게 묘사하고 싶어질 것이다. 어떤 밤은 그런 밤이거나, 그래야 하는 밤으로 남는다. 그러나 그때 내 마음은 좀 술렁댔고, 그 기분을 외면하고 돌아본 내 다른 감정들에 대해서는 대체로 부자연스러웠다.

2부

Intro

애초에 나는 우리 집이 세 사람이 살기에 넘치게 넓은 공간이라고는 생각하지 않았다. 무럭무럭 자라날 아이를 위한 작은 방, 큰방이 아래위로 적어도 하나씩은 있었으면 싶었다. 간혹 부부가 함께이면서도 어쩔 수 없이 외로울 수밖에 없는 시간들에 서로에게 내주는 혼자만의 감옥 같은 곳도 한두군데 정도 있다면, 우리가 상정한 그 감옥 밖으로 걸어나왔을 때 서로에게 고마운 미소를 지어보일 수도 있을 터였다. 비교적 좋은 조건으로 이 집을 계약한 뒤, 선택을 후회할 만한 일은 일어나지 않았다.

남편과 나는 이곳에서 이전보다 많은 이야기를 나눴다. 까페의 센스있는 매니저가 손님 없는 시간에 잡지나 인터넷을 뒤적여 찾아온 가정용품 정보, 단골들에게 인기 높은 메뉴, 시음 이벤트 아이디어 같은 것 들에 대해서. 그리고 완주가 성인이 되면 우리 부부가 서로를 위해 함께 고려하고 싶은 일은 지금으로서는 하나뿐이었다. 일년 정도 혼자 지낼 수 있는 시간을 상대에게 주는 것. 말 그대로 '로망'이었다.

한편 우리가 일부러 이야기하지 않는 부분들도 있었다. 이 새 출발 전에 무엇이 정리되었는가 하는 것들이었다.

남편은 전에 통신업체의 미래경영원이란 곳에서 일했다. 거창하게 말하면, 원활한 커뮤니케이션으로 회사의 비전과 일체감을 사우와 사우 가족 들 모두와 공유하는 일을 실현했고, 현실적으로 말하면 그런 데 필요한 크고 작은 업무를 수행하고 뒷받침했다. 본사는 서울에, 미래경영원 부지는 경기도에 있었다. 임원진의 전략회의와 쎄미나 주관, 사우들과 가족들을 대상으로 한 이벤트 프로그램 진행이 그의 주된 업무였다. 인사이동, 부서 폐지와 개편은 전에도 있어왔지만, 좀더 경쟁적인 구도 속에서 이해관계가 전면 재검토되면서 그는 전과는 다른 결정을 내렸다. 떠나기로 한 것이다. 그가 회사의 주력업무가 아닌 영역으로 부서를 옮겨와, 대내외적으로 포장된 이 '미래'의 자리에서 일한 지 사년째 되는 해였다.

나는 그가 자기 일에 애착과 회의를 갖는 과정과 그 모두를 마음에서 털어내는 과정을 지켜봤다. 그리고 아버지가 내게 남긴 유언이 남편의 상사가 남편에게 마지막으로 해준 조언과 크게 다르지 않다는 걸 알았다. 공들인 어투로 공소해진 것들을 미안해하는 것이다.

태경과 미라가 우리 집 이층에 오랜 연인처럼 함께 들던 밤, 나는 내가 하고 싶은 것과 할 수 없는 것 들에 대해 생각했다. 나는 심플한 인생을 원했다. 한편 내가 살아본 적 없는 타인의 삶에 대고 대책을 묻거나 조언하거나 '그만 나가달라'고는 못할 것이다.

원치 않던 갈등 속에서 좀 뒤척이다가, 나는 베개 커버를 새것으로 바꾼 뒤 잠이 들었다.

존과 폴과 루시의 나날들

태경은 비에 젖은 몸을 씻은 뒤 속옷만 입은 채로 곯아떨어졌다. 미라는 창가에 기대앉아 책을 한권 펼쳐들었다. 태경의 가방에서 꺼낸 책이었다. 넓은 창 너머로 빗소리가 거세졌다 다시 약해졌다.

존이란 남자가 루시란 여자에게 주유소에서 이상한 남자를 봤다고 말한다. 루시는 그 남자가 폴일 거라고 생각하지만 그 말을 하지는 않는다. 존과 루시는 간이식당에서 마지막 테이블을 정리한다. 그때 식당 문이 열리면서 허름한 정장에 빛나는 구두를 신은 폴이 등장한다.

존은 카운터에서 꼼짝 않고 선 채로 폴을 바라본다. 폴은 루시를 보고 입을 반쯤 벌렸다 다물고는 존 쪽으로 고개를 돌린다.

"커피와 담배면 됩니다. 되겠습니까?"

루시의 얼굴이 굳어지며 눈빛이 떨리는 것을, 존은 본다.

"죄송하지만, 영업이 끝났습니다."

존은 그렇게 말하고 루시를 일부러 돌아보지 않는다.

"물을 한잔 마실 순 있을까요?"

폴이 묻는다. 존은 좀 망설이듯 고개를 틀면서 돌아선다. 그러나 곧 유리잔에 물을 따라 폴에게 다가간다. 폴은 테이블에 자리 잡고 앉아서 양복 주머니에서 수첩을 꺼내든다. 수첩을 펼치자 카드 한 장이 나온다. 마차가 하늘로 올라가는 그림이 그려져 있다. 고삐를 쥔 사람은 둘인데, 둘 다 모자 밖으로 코끝만 내밀고 있는 데다 망또를 둘러서 여자인지 남자인지 알아볼 길은 없다. 마차는 뾰족한 탑을 타고 하늘로 오르는 중이다. 하늘은 검다. 노란 보름달이 탑 끝에 걸려 있다. 담쟁이덩굴로 뒤덮인 탑에 군데군데 창이 나 있다. 창문 한곳에서 한 여자아이가 바깥을 향해 소리친다. 다른 한곳에서는 불길이 솟구치고 있다.

"경매로 샀죠."

폴이 존에게 말을 건다. 폴은 존이 그림을 잘 볼 수 있도록 카드를 들어 보인다. 그리고 그걸 뒤집어서도 보여준다. 뒷면 중앙에는 불에 타 테두리만 남고 속은 하얗게 비어버린 커다란 해 그림이 있다. 오른쪽 귀퉁이에는 싸인을 대신하는 작은 마크가 찍혀 있는데, 눈 모양이다. 작은 눈에 또렷한 검은 눈동자.

"그림을 그린 사람은 내 여동생입니다. 우리가 보낸 날들이 이 그림 같았죠."

존은 눈썹을 찡긋거리지만, 별 대꾸를 하지 않는다. 그는 폴이 물 마시는 것을 보고는 카운터 쪽으로 걸어간다. 그러다 문득 뒤돌아서서 폴의 목을 쳐다본다. 꼴깍꼴깍 물을 삼키는 그의 목울대가 오르내린다. 더운 날인데도 슈트 상의를 벗지 않는 그의 고집스러움 혹은 조심스러움, 아니면 경직, 그런 것들을 존은 약간의 인내심을 가지고 들여다본다. 루시가 조리도구를 넣어둔 서랍을 열어 뒤적이다 다시 닫는다. 그 아래 서랍을 열고 하얀 헝겊을 들추자 권총이 드러난다. 그녀는 총을 슬그머니 집어 손을 등뒤로 돌리고서 두어 걸음 뒷걸음질치더니 벽에 기대선다. 그때 한쌍의 남녀가 출입문의 유리를 깨고 들이닥친다. 루시는 놀라서 들고 있던 총으로 허공을 쏘며 주저앉는다. 탕 탕 탕. 그녀가 쏜 총알은 한발인데 총성은 세번 울린다. 들이닥쳤던 남녀가 밖으로 나가 차에 시동 거는 소리가 들린다. 그리고 차가 떠나가는 소리. 그녀가 다시 자리에서 일어났을 때 존의 셔츠는 피로 물들어 있다. 그녀는 비명을 지른다.

"존!"

존은 고개를 가로젓는다.

"내가 아니야."

그가 비켜서자 테이블에 그대로 고꾸라진 폴의 모습이 드러난다. 깨끗하게 닦인 폴의 검은색 구두, 빛나는 그 구두 아래로 질척하고 검붉은 피가 흘러내린다. 폴의 피는 바닥에 점점 넓게 퍼진다. 루시가 다시 소리친다.

"폴!"

미라는 책을 내려놓았다. 실내 풍경이 어두운 창에 희미하게 떠올라 있었다. 유리창을 뒤덮은 젖은 밤과 빗소리, 그리고 거기 비친 속옷 바람의 남자와 여자. 미라는 책 표지를 찬찬히 들여다보았다. 두 남자와 한 여자가 길 위에 서 있는 그림. 거기 적혀 있는 푸른 제목, 『천국의 나날들』.

미라는 낮에 들고 다니던 나일론 숄더백을 열어 휴대폰을 꺼냈다. 휴대폰의 전원 버튼을 누르자 물방울이 튀는 듯한 효과음이 울렸다. 태경이 그 소리 때문인지, 아니면 갑자기 한기를 느껴서인지 몸을 떨었다. 미라는 태경에게 홑이불을 덮어주고 휴대폰 알람에 내일 기상 시각을 입력했다.

그녀는 존과 폴과 루시의 천국을 휴대폰과 함께 끌고 와 바닥에 엎드렸다. 그리고 그것들을 머리맡에 늘어놓았다. 옆에서 태경이 갑자기 우는 소리를 냈다. 미라는 태경의 잠든 얼굴을 바라봤다. 눈물을 흘리지는 않지만, 곧 울 것처럼 얼굴을 일그러뜨린 사내의 모습은 낯설고 애처로웠다. 이 집에서 보낸 며칠 밤과 낮, 그리고 거리와 술집에서 오늘 보았던 사람과 완전히 다른 사람인 것처럼. 그녀는 뒤척이다 잠깐 잠이 들었다. 그러다 기침을 하면서 곧 깨어났고, 그제야 방 안의 등을 껐다. 빗소리는 멈추었다. 세계가 통째로 멀어진 것처럼 느껴졌다. 어둠속에서 태경의 숨소리가 전보다 크게 들렸다. 어, 어. 태경은 숨소리 사이사이에 알 수 없는 '어, 어'를 두어번 더 반복했다. 미라는 그의 '어, 어'들 사이에, 자기의 '어, 어'를 끼워넣었다. 어떤 질문과 대답이 거기에 있는 것처럼. 그러다 다시 잠이 들면서 어떤 추억들과 '천국의 나날들'이 그녀의 꿈속에 섞여들었다.

그녀의 첫번째 꿈에 등장한 사람들은 모두 목이 말랐다. 어린 미라가 목이 마른 것은 다른 사람들이 다 목이 마르기 때문이다. 이 사실은 매우 자연스러워서 의심할 만하지 않다. 청솔여관이라는 간판을 단 건물이 다른 건물들 사이에 서 있다. 하늘이 맑은 봄날이다. 열다섯개 방의 호수는 아라비아숫자 101에서부터 시작한다. 푸른색으로 번호를 붙인 방 중에 112번 방으로 현자와 그녀의 엄마가 들어가게 된다. 그러나 모녀는 여관의 간판이라도 음미하듯 아직 건물 앞에 서서 망설인다. 현자의 엄마는 키가 훌쩍 크고 다리가 길고 머리칼에서는 윤기가 난다. 그렇게 아름다운 여자가 어느 호텔로 들어서지 않고 이 여관으로 가방을 끌고 온 것이 유감스럽다. 미라가 나가서 시원한 물을 두 여자, 현자 엄마와 어린 현자에게 건넨다. 두 여자의 말투가 상냥하지만은 않은 것이 마음에 든다. 봄날 햇빛은 현자의 양말목 레이스에 반짝이며 가닿는다. 현자의 광대뼈 위에는 주근깨가 크래커 부스러기처럼 내려앉아 있다. 모녀가 찬물을 삼키는 동안 미라의 목구멍으로 쓴 침이 넘어간다. 물을 다 들이켜고 나서 현자가 미라에게 말한다. 내 가방엔 현미경이 있어. 너 보고 싶니? 작은 게 정말 크게 보인다. 슬라이드에 네 피를 넣고 보여줄까? 보면 너 놀랄걸. 지진 난 거같이 보인다. 근데 내 안경이 깨졌어. 지금 난 다 흐릿해. 그러더니 현자가 갑자기 운다. 아름다운 현자 엄마가 멍청하게 굴지 말라고 말한다. 하와이언 셔츠를 입은 미라 아빠가 뚱뚱한 미라 엄마와 함께 청소도구를 들고 여관 밖으로 나온다. 그때 공장에서 막 뽑아낸 것처럼 보이는 매끈한 자동차가 음악을 흘리며 지나간다. 흙먼지가 음악소리와 함께 날리는데 미라 엄마가 양동이를 들어 길에 훅, 물을 뿌린다. 모든 게 햇빛 속에 차갑게 얼어붙는다. 그때 갑자기 미라는 호흡이 가빠지면서 잠깐 깨어났다가 잠들었다.

두번째 꿈은 깨어난 순간에는 또렷했는데 금세 잊혔다. 이 꿈의 내용은 닷새 뒤에 다시 떠올랐는데 그건 그때 만난 현실이 어디선가 보고 겪었던 일이나 느낌처럼 다가왔기 때문이다. 미라는 두번째 꿈에서 깨어났을 때 날이 밝고 있다는 것을 알았다. 창으로 빛이 들어와 방 안의 물건들과 태경의 모습을 비추고 있었다. 전날 밤보다 조금 더 쓸쓸하고 막막하게 느껴졌다. 태경은 미라에게서 등을 돌린 채 벽을 보고 누워 있었다. 꿈에서 막 현실로 돌아온 미라의 맥박이 빠르게 뛰었다. 미라는 태경의 등뒤에서 그의 허리를 껴안고 자기 얼굴을 그의 등허리에 묻었다. 태경의 숨소리에 자기 호흡을 실으면서 그녀는 조금씩 안정을 찾아갔다.

누구가는 불편한

다음날 아침에 미라는 예정대로 면접을 보러 집을 나섰다. 그녀는 강수의 차에 올라타 버스정류장까지 갔다. 강수는 말없이 라디오 뉴스를 들었다. 미라도 조수석에 얌전히 앉아 흘러나오는 뉴스를 들었다. 이번주 중 서울과 수도권 지역에는 또 국지성호우가 쏟아질 것이다. 정부 주요 부처의 인사이동이 예고됐고, 대기업 경영주의 자제가 초고속으로 승진했다. 인기 축구선수의 이적을 놓고 연봉 재협상이 이뤄졌고, 새로운 미생물에 대한 과학자의 발표가 있었다. 신인 여가수가 가슴 성형 중에 의식을 잃고 깨어나지 못하고 있다. 비정규직 노동자들의 시위가 이어지는 가운데, 코스피 지수는…… 차가 버스정류장 앞에 섰다. 미라가 갈색 가방을 챙겨들고 차 문을 열었다. 형부. 미라가 말했다. 강수는 그 단어가 낯설고 이상했지만, 내색하지 않았다. 미라의 형부로 호명된 강수는 마네킹처럼 등을 꼿꼿이 펴고 앉아 눈을 끔벅였다. 고마워요. 미라가 차에서 내렸다. 강수는 고개를 끄덕이고 다시 차를 움직였다.

강수가 까페 밖에 서서 담배를 한대 피우고 있을 때, 태경이 나타났다. 태경은 강수를 미처 보지 못하고 지나쳐 까페 안쪽으로 향했다. 자동문이 슥 열리자 그는 안으로 들어서지 않고 먼저 강수가 실내 어느 쪽에 있는지 눈으로 더듬었다. 그러다 갑자기 뒷걸음치며 몸을 틀어 기침을 뱉었다. 자동문이 닫혔다. 강수가 태경을 불렀다. 태경은 상체를 구부린 채로 고개만 돌려 강수 쪽을 쳐다봤다. 강수가 입고 있는 체크무늬 셔츠는 태경이 집에 온 첫날 그가 태경에게 빌려준 옷이었다. 강수에게는 약간 헐렁하고, 태경에게는 조금 끼는 듯이 맞았다. 기침이 멈추자, 태경은 상체를 일으키고서 강수에게로 다가섰다. 그는 활짝 웃는다고 웃어 보였으나 치아를 드러내고 입술을 벌렸을 뿐이다. 강수가 측은하게 바라봤다.

"너, 빚이 많아?"

아침인사치곤 단도직입적이었지만, 오히려 그 때문에 태경에게는 그 질문이 받아들일 만했다. 태경이 강수의 담뱃갑을 빼앗아 담배를 한대 꺼내 물었다.

"내 빚이 형 담배를 불러?"

강수는 부정도 긍정도 하지 않았다. 그의 금연 계획은 오늘부로 7개월하고 이틀간 지켜졌고, 십오분 전에 깨졌다.

"빌려줄 돈이 많은가 하면 것도 아냐."

강수는 자기 근심에 솔직해지기로 한 모양이었다. 포기의 자세와 비슷해 보였다.

"오래갈 사람하곤 돈거래 안해. 내 원칙이야."

태경이 대꾸하고 생각에 잠겼다. 자기가 뱉은 말의 뜻을 처음 생각해보는 사람처럼.

"어떡할래?"

강수가 물었다.

"나은 꿈을 꿀 거야."

태경이 중얼거렸다.

"나쁜 꿈을 꾼다고?"

강수는 미간을 찡그리며 고개를 쳐들고 물었다. 태경이 고개를 저으며 웃음을 흘렸다. 그가 강수에게 물었다.

"형 보기엔 어때, 그 여자?"

뜬금없는 질문이었지만 강수는 그게 누굴 말하는지 알아들었다. 어느 밤, 비에 젖어 온 여자. 아침에 그가 버스정류장까지 태워다준 처제. 그밖에 어떤 여자라고 말할 수가 없었다. 그저 지금 그들이 받아들이고 있는 여자라고 하는 편이 맞았다. 까페 매니저가 그들에게 안으로 들어와서 모닝커피 한잔하는 게 어떻겠냐고 물었다.

"방금 내렸어요. 향이 좋아요."

매니저는 맵시있는 손동작으로 엄지를 들어올려 보였다.

저녁에 현자와 강수 부부는 오픈을 앞둔 한 갤러리에서 열린 후원과 친목도모 자리에 함께했다. 현자는 미수에게 미수와 지남이 아는 사람의 부인이 관련된 자리라고 전해들었고, 다른 정보는 몰랐다. 현자는 거기서 미수가 다니는 교회 집사와 그 집사가 조언을 구하고 있다는 어떤 홍보대행사 대표와도 인사를 나눴다. 갤러리 홍보를 위한 자리이기도 한 만큼 몇몇 기자와 엔터테이너 들도 자리했다. 그중에는 팸플릿의 설명에 따르면 국내 초연 대규모 브로드웨이 뮤지컬의 전국 투어를 계획 중인 배우 두명도 있었다. 의례적인 멘트로 주요 내빈들이 소개된 후에, 한 중견 성악가가 단상으로 나왔다. 그는 호탕하게 인사말을 전하고 동반한 피아니스트에게 손짓을 했다. 반주에 맞춰 「오 쏠레 미오」를 불렀고, 그다음에는 피아니스트가 발을 구르고는 높은 음부터 낮은 음까지 건반을 훑어내리며 괴성을 지르고서 다소 실험적인 불협화음 연주를 신들린 듯 선보였다. 듣고 있던 사람들 사이에서 탄성과 박수가 터져나왔다. 뮤지컬 배우들은 듀엣으로 노래를 불러달라는 열광 어린 요청을 받았지만 조용히 일어나 인사말만 하고 앉았다. 성악가는 몇차례 내빈과의 즉흥 문답을 시도하는 센스를 발휘하더니 다시 숙연한 표정을 지으며 「고향의 봄」을 반주에 맞춰 노래했다. 내빈 중 한 무리가 몸을 좌우로 흔들며 따라 부르고, 그 감상을 마지막 음표에 박수와 함께 실어보내는 것으로 분위기는 다소 야릇해지며 막을 내렸다. 모든 게 나름의 질서 속에서는 자연스럽게도 보였다. 그러나 현자는 중간에 화장실에 가서 돌아오지 않는 남편의 빈자리를 주목하는 시누이의 눈길을 부자연스럽게 계속 의식했다.

뒤풀이를 마다하고 집으로 돌아오는 길에 차를 몬 사람은 갤러리에 가던 때와 마찬가지로 지남이었다. 조수석에 앉은 사람은 아까와는 달리 미수가 아니라 현자였다. 뒷자리에 앉은 미수는 창밖을 내다봤고, 강수는 행사장에서 받아온 팸플릿 몇장을 다리 위에 놓고 고개를 수그려 들여다보고 있었다. 언제나처럼 지남이 먼저 이야기를 꺼냈다. 그는 자기는 일 때문에 빠리에 몇번 갔어도 몇년 전에서야 처음으로 루브르박물관에서 「모나리자」를 보았는데, 실물을 접하는 건 화집으로 접하는 것과는 확실히 다르고, 또 그렇다 하더라도 그날 자기를 바람맞힌 여자에 대한 인상이 더 강하게 남는 것은 어쩔 수 없다고 하면서 그날과 마찬가지로 오늘도 좀 피곤하다고 했다. 미수는 그 모든 게, 지남을 바람맞힌 여자 얘기와 지남이 오늘 피곤한 그 모든 게 기분이 상했지만, 운전을 방해하고 싶지는 않았기에 동생 강수에게 시비를 걸었다.

"어두운 데서 그게 보여?"

강수는 그제야 잘 안 보인다고 대꾸하고는 잘 보고 싶은 마음이 처음부터 없던 사람처럼, 그러니까 그때껏 고개 숙이고 본 게 자기 허벅지였던 것처럼 순순히 고개를 들었다.

"그럼 뭘 했어, 여태?"

미수는 감정의 날을 세워 질문했지만 강수는 대꾸하지 않았다. 그는 팸플릿을 구겨지지 않도록 챙겨서 앞자리의 현자에게 건넸다. 현자는 그걸 가방에 집어넣었다.

차가 강수와 현자의 집 앞에 멈춰섰다. 현자는 지남과 미수에게 안으로 들어가 잠깐 쉬었다가 가는 편이 어떻겠냐고 물었는데, 지남은 좋다고 했고 미수는 싫다고 했다. 지남은 핸들에 손을 올려놓은 채 조금 묵직해진 목소리로 자기도 됐다며 바꿔 말했고, 미수는 한 톤 높인 목소리로 목을 길게 뽑으며 된 것은 아무것도 없다고 대꾸했다. 두 남자는 피곤한 귀가의 막바지에 차 안에서 발이 묶였다. 현자만이 모르는 척 차에서 내렸다. 현자가 벨을 눌렀다. 미라가 인터폰으로 현자를 확인한 후 문을 열어주었다.

현자는 안으로 들어갔지만, 미라는 집에서 나와 차가 세워진 데로 걸어갔다. 차 안의 세 사람은 창문을 올린 채 서로를 향해 몸을 조금씩 틀고서 때로 손동작을 크게, 또 때로는 고갯짓을 조심스레 하면서 뭔가 이야기하고 있었다. 미라가 차 문을 열고 조수석에 탔다. 차 안의 세 사람은 대화를 중단했다.

"지금 우리 중요한 얘기 중인데, 자리 좀 피해주면 안될까요?"

미수가 진중한 표정으로 미라의 무례함을 깨우쳐주려 했지만 미라는 차에서 내리지 않았다.

"저도 중요한 얘기가 있어서요."

"아, 우리가 우리끼리 할 수 있는 얘기들, 우리 차에서 마저 마칠 순 없을까?"

미수가 예를 가르치려는 듯 뻣뻣하게 굴었다. 미라는 밖으로 나가 차의 보닛에 기대서 그들의 중요한 이야기가 적당한 결론에 다다르기를 기다렸다.

차 안에서는 이런 대화가 오갔다. 미수는 강수에게 가끔 벽을 느끼고 그 벽이 자기 삶을 더 외롭고 힘들게 한다고 했다. 강수는 사람들에겐 누구나 자기의 벽이, 종류나 모양은 다르지만 어떤 회벽이나 판자라도 있는데, 누나는 그 벽을 다 헐고서 언제나 적당한 예복을 갖춰입고 앉아 있으면 우리 모두가 투명해질 수 있다고 주장하는 거라고 했다. 지남은 아닌 밤중에 이런 것을 진지한 대화라고 물고 늘어지는 이 남매가 다소 버겁게 느껴졌지만, 당신들이 특별한 남매라 그렇다는 말로 위로하려 했다. 그러나 강수와 미수 둘다 위로받을 생각은 없었다. 미수가 갑자기 울음을 터뜨렸다.

"난 너한테 좋은 누나이고 싶은 생각은 없어. 괜찮은 사람이고 싶은 내 기질을 네가 병적이라고 생각하는 거 나도 알아. 나도 내가 지나치다고는 생각해. 하지만 난 엄마가 그날 죽은 게 찬이가 아니라 차라리 나였으면 좋겠다고 말하는 걸 들으며 이십대를 보냈어. 그게 무슨 뜻인지 알아? 늙어가면서 문득 내 인생이 가까운 사람들한테 가치있는지 묻고 싶어지게 된다는 뜻이야. 나는 그래. 특히 너한테. 넌 번번이 나한테 나쁜 점수를 주는 심사관 같아."

지남이 끼어들었다.

"세상에 완벽한 사람이 어디 있어. 당신 어머니, 이성을 잃으셨었겠지. 자식을 잃는 건 부모 형제를 잃는 것보다 훨씬 끔찍한 일이야."

그러자 강수가 지남을 보며 중얼거렸다.

"그래요? 형님은 그렇게 뭐든 잘 알아요?"

지남이 두 손을 들어 허공에 저으며 항복한다는 표시를 하고는 뒤로 물러났다. 미수는 아랑곳 않고 말을 이어갔다.

"나도 알아. 이혼하고 나서 내가 더 심해진 거."

강수가 고개를 두번 흔들어 젓고는 그 말을 받았다.

"그냥 간단히 말해. 누나를 위해 누나가 좋아하는 사람들과 인사를 나누는 거, 누나가 아름답다고 생각하는 그런 과시적인 벽 장식을 같이 바라보는 거, 그건 내가 할 수 있어. 모르는 사람들하고 서로 명함을 살펴보며 「고향의 봄」을 부르는 거, 건 내가 진짜 잘 못하는 거야. 그리고 내가 할 수 있는 일들도 대개는 내가 우유부단하고 책임감이 강한 사람이기 때문에 할 수 있는 것일 가능성이 반 이상이야. 내가 왜 그렇게 된 건지 나한테 묻는다면 그냥 날 괴롭히고 싶은 거라고밖에 받아들일 수가 없어. 이런 일로 미안해하고 싶지 않고 누나도 나한테 미안해하지 않으면 좋겠어."

지남의 생각으로는 미수가 정말 울어야 할 대목이 그 대목인 것도 같았지만, 미수는 뒷자리에서 뒹굴고 있던 주유소 로고가 박힌 티슈봉지를 집어들어 먼지가 나도록 티슈를 세차게 뽑아 눈물을 닦은 뒤 화장을 고쳤다.

"자, 그럼 우린 갈까?"

지남이 심호흡을 한번 하고 호쾌한 목소리를 일부러 꾸며내 말했다.

"차라도 마시고 가."

강수가 화장을 말끔히 고친 미수에게 고개 돌려 말했다.

"저, 오늘은 그냥."

지남이 사람 좋은 미소를 지으며 핸들을 부여잡고 말을 꺼냈다.

"그럴게."

미수가 지남의 말을 끊고 상냥해진 목소리로 강수에게 대답했다.

세 사람이 차에서 내려 보닛에 기대서 있는 미라를 바라보았다.

"왜 거기 있어요?"

미수가 미라를 처음 봤다는 듯이 물었다.

"그러게요."

미라가 대답했다. 네 사람은 집 안으로 들어갔다.

차를 마시러 들어간 집에서 아무도 차를 내오는 사람이 없었다. 현자는 편한 옷으로 갈아입으러 방으로 들어갔고, 미라는 이층으로 올라갔다. 완주가 방에서 나와 거실 가운데 서서 자기가 그린 그림을 선보였다.

"여기 가운데 있는 긴 건 사다리고요, 여기 풀 뜯어먹는 남자는 자기를 양이라고 생각하고요."

지남이 턱을 만지작거리면서 설명에 응수했다.

"어디 무슨 만화에 나오는 거니?"

"아니, 상상 그리긴데요."

"남자는 뭘 상상하니?"

"불편하단 생각요. 상상은 내가 하고요."

"그 사다리는 굴뚝처럼 보이는데."

"굴뚝 아닌데요."

"프로이트식으로 보면 저 굴뚝은 뭔가의 거시기군."

지남이 어깨를 으쓱하며 주변을 둘러봤지만 아무도 웃지 않았다.

"별로예요?"

완주가 실망한 표정으로 스케치북을 챙겨 자기 방으로 갔다.

"잘 자라."

지남과 미수가 인사했다.

"별로요!"

완주가 소리높여 대꾸했다. 완주 방문이 쾅 닫히는 소리가 들렸다. 거의 동시에 이층에서 미라와 태경이 내려왔다.

"누구니?"

미수가 태경을 눈빛으로 가리키며 강수에게 조용히 물었다. 강수가 뭐라고 대꾸하기 전에 미라가 그들 앞으로 한발짝 다가서면서 이야기를 시작했다. 현자가 안방에서 나와 거실 벽에 기대서서 이야기를 함께 들었다.

"일하기로 얘기가 잘됐어요, 다음주에 확실한 날짜 연락 준대요. 매장 인테리어 바꾸고 나서 아마 다다음주부터가 될 거 같아요."

"잘됐네. 주인이 깐깐해 보여도, 좋은 사람이야."

미수가 고개를 두어번 까닥거리며 대꾸했다.

"주인은 못 보고, 매니저만."

미라가 잠깐 말을 멈추더니 다시 이어갔다. 미라는 미수에게 소개받은 유아복 매장이 유명한 곳인 걸 알게 됐는데, 그곳 매니저는 전에 어떤 디자이너 밑에서 일하던 사람이라고 면접 때 들었다고 했다. 자기가 대기 시간에 매장 제품들의 분류 방법, 가격을 대충 외웠고, 그런 쪽으로는 감각이 빨리 돈다고도. 또 사실 매니저는 자기를 그다지 탐탁하게 생각하지는 않는 눈치고, 거기서 파는 아기 턱받이가 자기 시급보다 훨씬 비싸다고도 했다. 그리고,

"태경씨랑 같이 지내는 거, 생각 중이에요. 다른 게 다 불확실하니까 있을 곳은 당분간 확실하면 좋겠는데, 제 말은, 그러니까 여기 이층요. 좋은 결정을 내리는 데 도움이 될 거예요. 이제 중요한 말은 다 했어요."

태경이 그때까지 우두커니 서 있다가 비로소 강수 곁에 다가와 앉았다. 강수가 태경의 한쪽 팔뚝에 손을 올렸다. 그러고는 손을 들어 허공을 두번 도닥이고 다시 태경의 손 위에 자기 손을 얹었다가 소파 위로 미끄러뜨렸다.

미수와 지남은 둘 다 자기들이 차를 마시러 이 집에 들어왔다는 사실을 잊었다. 미라와 태경은 이층으로 올라갔다. 강수와 현자는 가까이 다가앉아 한쪽 허벅지를 붙인 채로 서로의 심중을 헤아리고 있었다.

"엄마는 나보다 너를 더 좋아했어."

미수가 강수에게 비로소 꺼낸 말은 그랬다.

"네가 이 집을 구했을 때 제일 먼저 떠오른 생각이 그거였다고."

그러자 지남이 끼어들었다.

"지금 마땅한 말이 아닌 것 같은데."

"언제나 마땅한 말이 아니었지. 그게 문제야."

미수가 바로 쐐기를 박았다.

"어머니 뵈러 다니잖아요."

강수가 갑자기 누나한테 존댓말을 썼다.

"올케가 이 집 구하는 데 기여한 바는 내 잘 알아."

미수가 이번엔 현자를 향해서 이야기했다.

"올케네 집 복잡한 사정을 우리 엄마가 싫어했던 것도 알고."

현자는 이마에 손을 짚으며 상체를 뒤로 뉘어 소파에 몸을 묻었다.

"뭐라고 말 좀 해봐."

미수가 요구는 현자에게 하고, 강수의 반응을 살폈다. 무표정하게 앉아 있는 강수는 피곤이 몰려와 눈동자가 풀려 있었다. 현자가 대꾸했다.

"내가 강한 사람이라고 생각해왔는데, 지금은 아닌 것 같아요."

미수가 미간에 주름을 만들고서 고개를 저었다.

"그건 대답이 아니지."

그러자 현자가 숨을 한번 길게 내쉬고는 말했다.

"대답을 생각하지 않아요. 어디에나 있는 질문들을 생각해요."

네 사람은 한동안 말이 없었다.

미수가 지남과 자리에서 일어섰다.

"그래, 긴 하루였네."

지남이 문밖으로 나서서 강수에게 미소를 보이며 말했다.

"운전 조심하세요."

강수가 대꾸했다. 그러고는 지남의 귀에 낮은 목소리로 속삭이듯 말했다.

"전, 이혼한 매형보단 형님이 좋습니다."

지남은 그 말이 재미없는 농담이었다는 듯이 고개를 저으며, 그러나 손으로 강수의 등허리를 격려하듯 두어번 두드리고는 차에 올랐다. 지남과 미수가 탄 차가 멀어지는 것을 바라보며 현자가 강수의 팔짱을 꼈다.

"누나가 극단적이고 가끔 감정적이긴 해도, 사람이 나쁜 건 아니야."

강수가 말했다.

"사랑해."

현자가 대답했다.

"엄마가 늙었고, 그렇게 나이 든 사람들은 잘 변하지 않는다는 걸 인정 못하는 거뿐이야. 끝없이 인정받고 싶어하니까."

강수가 다시 말했다.

"사랑해."

현자가 다시 대답했다.

오늘이 처음인 사람들처럼

그 주의 짝숫날은 월요일, 수요일, 금요일이었고, 홀숫날은 화요일, 목요일, 토요일이었다. 홀수는 미라가 좋아하는 숫자였고, 짝수는 태경이 좋아하는 숫자였다. 월요일에 그들은 술을 마신 후 다시 이 집으로 함께 들어왔고, 화요일에는 당분간 이곳에 머물겠다고 이 집 식구들 앞에서 공언했다.

수요일 아침부터 오후 다섯시 무렵까지는 창밖의 태양이 뜨거웠다. 그보다 앞서 새벽녘에는 창 안쪽 완주의 몸이 불같이 뜨거웠다. 원래 완주는 오전에 유치원 버스를 타고 캠프를 떠나기로 돼 있었지만, 아침이 밝자마자 현자 손에 이끌려 가까운 병원에 다녀와야 했다. 완주는 그제야 밀린 잠을 잤다. 현자는 완주가 잠든 것을 보고 아이 방을 나섰다. 그녀는 학부모가 되었거나 될 예정인 친구들과의 모임이 있었는데, 그걸 취소할 만큼 아이 상태와 자기 상황이 나쁘지는 않은 것 같다고 판단했다. 미라와 태경이 자기들이 도움이 되면 좋겠다고 먼저 이야기를 꺼냈다. 아픈 애를 맡겨도 좋을 만큼 다정하고 침착한 모습으로.

태경은 자기 삶에 끼어든 이런 휴식 같은 날들이 꿈처럼 느껴졌다. 동시에 그런 와중에도 지난 일들, 그가 강수를 만나 이 집에 들어오기까지의 형편과, 또 그때와 마찬가지로 좋지 않은 오늘의 상황과, 좀더 힘겨워질 수도 있는 내일의 일상은 여전했다. 그는 아직도 한쪽 손목에 붕대를 감고 있었고, 그건 언젠가 다른 쪽 손목이나 다리, 머리에도 붕대를 감을 수 있다는 표지처럼 보이기도 했다.

현자가 외출한 뒤, 미라는 완주 곁에서 아이를 지켜보다가 거실로 나왔다. 그녀는 슬리퍼가 바닥에 끌리며 소리를 낼까봐 아주 조심조심 걸음을 내디뎠다.

"뭐 해요?"

미라가 소파에 우두커니 앉아 있는 태경에게 다가가 물었다. 태경은 하얀 셔츠에 청바지 차림이었고 양말을 신은 채였다. 양말목에 작은 새 모양이 수놓아져 있었다.

"문자 보내요."

태경이 고개를 들지 않은 채 대답했다. 그는 그게 불충분한 대답이 될 것 같아서 불안했다. 그는 그녀에게 불충분한 인상은 무엇이든 주고 싶지 않았다.

"상길이 형한테 보내요. 날 걱정하고 있대요."

"좋은 형을 많이 뒀나봐."

미라가 웃으며 살짝 떨어진 자리에 앉았다.

"같이 일하던 친구가 좀 다친 거 같아요."

태경이 이번에는 미라를 바라보며 말했다.

"형이 난 뭐 하냐고 물어서 연애한다 했는데."

미라가 또 한번 웃었다.

"그래, 형이 뭐래요?"

"미친놈 지랄한다고."

"보고 싶어."

"언제 보여줄게요. 또 뭐 보고 싶어요?"

"창 열고 담배 한대씩 피우면서 각자 보고 싶은 걸 봐요."

미라가 먼저 자리에서 일어났고 태경이 따라 일어섰다. 둘은 이층으로 올라가 창가에 섰다. 동네의 깔끔한 표정이 눈에 들어왔다. 깨끗한 길, 마당을 정갈하게 꾸며놓은 이웃집들과 그 앞에 서있는 매끈한 샴페인빛, 흰빛의 자가용들, 치과, 소아과, 피부과, 약국이 한데 모여 있는 복합상가 건물과 자전거를 탈 수 있는 공원과 푸른 나무들.

"나한텐 이런 전망이 없어요."

태경이 담배 연기를 흩뜨리며 말했다.

"그러지 마요. 미친놈은 지랄하는 편이 자연스러워."

미라가 자기 담배를 오른손에 들고서 태경에게 다가와 그가 물고 있던 담배를 왼손으로 잡아빼고 입술에 가볍게 입을 맞췄다. 태경이 눈을 감았다 떴다. 미라가 말했다.

"나한테 어떤 날들은 지나갔고 어떤 날들은 아예 없어요. 안 온 날은 이런 거예요. 평일이고 아이가 아파요. 애인은 휴가를 냈고 창가에서 나랑 담배를 피워요. 그 사람이 자기가 나왔던 첫번째 영화 얘기를 해주면 내가 기쁘겠죠."

"아, 그게."

강수가 말을 꺼내자 미라가 담배를 그에게 돌려줬다. 그는 담배를 받아들고 고개를 흔들었다. 그렇게 머리칼을 흩뜨리고 나서 그는 아랫입술을 내밀고서 흩어진 앞머리 쪽으로 가는 숨을 후 불었다.

"금세 죽는 깡패 대역이었어요. 가죽재킷을 입고 오토바이 타다가 자동차에 부딪쳐 죽는 역. 배우가 대역 없이 직접 하겠다고 우기다 다리를 좀 다쳤어요. 그래서 내가 죽는 연기를 했고. 엔지는 두번밖에 안 냈어요. 뭣도 모를 때라 오케이라니까 오케인 줄 알았는데, 나중에 들었어요. 자동차에 문제가 있어서 크게 다칠 수도 있는 상황이었다고. 다음날 촬영이 디스코텍에서 춤추는 장면이었는데, 배우가 부상당했으니까 어물쩍 것도 내가 하게 됐어요. 뒷모습하고 위에서 찍은 내 머리통 작게 나오고, 요만쯤이나 하게. 죽고 나서 춤추는 거요, 짜릿하더라고요. 편집에서 잘려서 영화엔 안 나와요. 그래도 중요한 건 내가 춤도 췄다는 거죠, 죽는 거 오케이 떨어지고 나서."

강수가 치아를 드러내며 활짝 웃었다. 미라가 방 안으로 들어갔다 나왔다. 현자가 여행지에서 사다 준 썬글라스가 손에 들려 있었다.

"자기 모잔 어쨌어요? 해가 뜨거워요."

"상길이 형이 지금 쓰고 있대요. 재밌게 못해줘서 미안해요."

미라가 썬글라스를 끼고 태경을 한번 바라보고는 다시 전망 쪽으로 고개를 돌렸다.

"뭘요, 고맙게 잘 봤어요."

미라가 전망과 옛 영화를 둘 다 봤다는 듯이 조용히 웃으며 말했다.

같은 시각 현자는 친구들 모임에서 몇가지 정보를 얻었다. 주로 현자가 실현할 수 없는 다양한 사교육 정보들을 열띠게 공유했기 때문에 대개는 현자의 걱정만 배가시키는 모임이었다. 현자는 아이의 학습 매니저와 인생 써포터가 되기 위해 부모가 할 수 있는 일이 생각보다 훨씬 많다는 걸 이 친구들을 통해서 알았다. 또한 완주를 사랑한다고 해서 자기가 그 모든 걸 다 해낼 사람은 못된다는 결론을 어렵지 않게 내렸다. 현자는 엄마가 홀몸으로 자기를 키우기 위해 해냈던 모든 일들을 우러러봤지만, 또한 그 스트레스로 딸의 목을 조르며 얼굴을 일그러뜨리는 걸 올려다보았던 날들도 기억했다. 비유적인 게 아니라 진짜 목을 졸랐다. 세번. 마지막 세번째는 열네살 때였는데, 현자도 엄마 목을 같이 졸랐다. 다음날 점심, 엄마의 상사가 내는 점심식사 자리에 끌려갔던 현자는 수프를 먹다가 그만 예쁘게 차려입은 연분홍 치마 앞자락에 토했다. 치마의 얼룩은 지워지지 않았고, 더러운 기분도 꽤 오래갔다. 현자는 열여덟 살 때 사귄 남자애가 자기는 주정뱅이 아버지와 뒹굴다가 서로의 러닝셔츠를 찢어버렸다고 얘기해주었을 때에야 수치심을 덜었다.

현자의 친구들은 까페를 오픈 하는 데 필요한 정보를 제공해준 사람들이기도 했다. 현자는 친구들의 근심과 욕망에 진심으로 동참하지는 못했다. 그들이 그녀의 엄마가 예전에 그랬던 것처럼 그녀의 목을, 이번에는 비유적으로 조르고 있다는 사실이 분명하게 느껴져서 조금은 불편했다. 그러나 이 유대가 덜어주는 다른 많은 불안감에 대해서도 지각해야 했다. 현자는 과하지 않게 동조했고, 거슬리지 않을 만큼 조용히 일어서 화장실에서 남편에게 전화를 걸었다.

"여보, 한시간 뒤에 나한테 전화 좀 해줄래?"

강수는 왜냐고 묻지 않고 그러겠다고 했다. 한시간 뒤에 강수가 약속대로 현자에게 전화를 걸자, 현자는 아쉬운 표정으로 친구들에게 인사를 건넨 뒤 자리에서 일어섰다.

그로부터 사십분쯤 후에 현자는 커튼 귀퉁이가 뜯겨 햇빛이 새어들어오는 그저 그런 모텔 방의 침대 위에서 반쯤 벗고 강수를 기다렸다. 강수는 십오분쯤 후에 그 방에 들어섰다. 그가 늘어져내린 커튼 끝자락을 붙잡고 새어드는 빛을 막아보려 창가에서 서성이는 모습을 보며 현자는 나머지 옷을 벗었다.

"방 바꿔달라고 할까?"

강수가 물었다. 현자는 대답하지 않았다. 질문하고 허락하고 그 허락에 다시 질문하고 답을 하는 행위는 사실 그들에게 필요한 절차는 아니었다. 현자는 강수를 침대로 밀었고, 강수는 거기 누워 팔다리를 벌렸다. 현자가 강수의 옷을 벗기고 양손으로 이불의 꽃무늬를 움켜잡으며 강수 위로 몸을 굽혔다. 젖은 입술이 강수의 몸을 훑고 내려가자 그는 피가 그녀를 따라 도는 것처럼 느껴졌다. 이번에는 강수가 이불의 꽃무늬를 움켜잡았다가 현자의 엉덩이를 쥐었다. 커다란 꽃무덤 같은 이불이 그들의 알몸 아래서 함께 뜨거워졌다.

강수와 현자는 모텔의 엘리베이터를 타고 내려오면서 짧게 두번 입을 맞췄다.

"미쳤나봐, 당신."

강수가 현자의 어깨를 매만지며 연극적인 어조로, 끝을 약간 흐리며 '당신'을 발음했다. 모르는 여인과 만나고 온 남자의 흥분이거나 그런 흥분을 흉내낸 다른 종류의 흥분 같은 거라고 현자는 생각했다.

"미쳐서 싫어?"

"오늘이 무슨 날이었나?"

"아, 완주가 아파서 집에 있어."

"정말 미쳤군."

엘리베이터에서 내려 주차장으로 가면서 두 사람은 말없이 걸었다. 차에 올라 강수가 운전을 했고, 옆에서 현자가 조용히 앞서가는 차들을 바라봤다. 한산한 주택가에 이르러 강수가 차를 멈추고 시동을 껐다. 강수가 현자를 가볍게 한번 안고는 상체를 숙여 현자의 치마에 얼굴을 묻었다.

"잠깐만."

강수가 말했다.

"이렇게 잠깐만."

밤은 아직 깊지 않았지만, 거실의 블라인드는 모두 내려졌고 노란 실내등이 켜졌다. 태경과 미라, 강수와 현자가 거실 소파에 모여 앉아 있었다. 네 사람의 얼굴이 부드러운 노란빛을 띠었다. 강수와 현자, 미라와 태경은 모두 푸른 스트라이프 무늬 슬리퍼를 신었다. 미라는 맨발이었고, 강수는 이때까지도 흰 양말을 신은 채였다. 완주는 식탁에 앉아 따뜻한 물을 마시면서 거실에 자리한 네명의 성인을 바라다봤다.

"있는 동안은 편하게들 지내면 좋겠어."

현자가 말했다.

"필요한 게 있으면, 것도 편하게 말하고."

강수가 당부를 보탰다. 태경과 미라는 딱히 이렇다 할 반응이 없었다. 현자가 다시 그 말을 받았다.

"아래위층은 먼 거리는 아니니까."

이어 강수가 소파에 등을 기대며 농담을 던졌다.

"먼 거리가 필요할 땐 문을 잠가둬."

미라가 그제야 웃었다.

"우리 집 옛날에 여관 했어요. 오래 문 잠긴 방이 있으면 주인은 불안해요."

미라가 일어나 완주에게 다가갔다. 완주는 미라와 눈을 맞추며 웃었다.

"나 이제 괜찮은데요."

완주가 눈을 깜박였다.

"잘 시간이야."

"낮에 자서 잠 안 와요."

완주가 의자에서 내려와 미라의 손을 잡았다. 미라가 완주를 소파 쪽으로 데려가자 완주는 만족스러운 미소를 지으며 소파 한 귀퉁이에 앉아 팔걸이 쪽에 머리를 대고 누웠다. 현자가 팔을 뻗어 완주의 이마를 쓸어줬다.

"놀러 가기 싫었어?"

"아니."

"싫어서 병난 거 같아. 지금 괜찮잖아."

"아, 하지 마요. 속상해."

현자와 완주가 말을 주고받으며 눈, 이마, 입술을 가끔씩 찡긋거렸다. 마치 그것도 그들이 잘 쓰는 단어의 일부인 것처럼.

완주가 소파에서 잠들어가는 동안, 현자는 그렇게 아이가 묻는 말에 일일이 답하고 눈을 맞춰줬다. 완주가 잠들자 강수가 아이를 안고 방으로 들어갔다.

강수가 완주를 침대에 눕히고 거실로 도로 나오자, 비로소 네 사람이 한자리에서 서로의 얼굴이나 몸짓만을 들여다보게 되었다. 이 집에서 이런 시간이 처음 찾아왔다는 사실을 그들 모두 조금 어색하게 깨달았다. 네 사람의 공통된 화제랄 게 그다지 없었으므로 미라가 아까 꺼냈던 여관 이야기가 그들의 첫 대화가 됐다.

미라는 지난밤 꿈에서 현자와 자기의 어린시절을 봤다고 얘기했다. 꽤 자세히, 성의있게. 언니는 이렇게 돌아가는 안경을 썼고요. 미라가 검지로 작은 동그라미들을 그리며 도수 높은 안경알 속에 일렁이는 물결무늬를 표현했다. 그 사진은 나도 봤지. 강수가 웃었다. 집사람은 그런 식으로 옛날 일을 얘기한 적이 없어. 과장하는 걸 싫어해. 그러자 미라가 웃으며, 핏방울을 현미경으로 들여다보면 지진 난 것처럼 보인다는 어린 현자의 말은 과장 없이 진짜였다고 말했다. 현자는 그런 말을 했던 자신을 기억하지 못했다. 자기가 레이스 달린 양말을 신고 있던 것도 기억하지 못했다. 그렇지만 울었던 것, 울어서 엄마에게 타박을 들었던 것, 미라의 아빠가 하와이언 셔츠를 입고 있었던 것은 기억했다. 정말 잘생긴 남자였지. 내가 그때껏 본 사람 중에 제일 미남이었어. 현자가 눈웃음을 지었다.

"동네 여자들이 다 우리 엄마 부러워했어요. 돈으로 남편을 샀다고 하는 사람들도 있었으니까. 짓궂은 사람들이야. 엄만 사람들 눈이 다 삐었다고 했어요. 또 남자 얼굴 잘난 건 일생에 별 도움이 안 된다고."

강수와 태경이 스스로를 미남이라 생각하는 호방한 남자들처럼 갑자기 크게 소리내어 웃었다.

"하여간 너희 아빠가 잘생겼다는 게 그나마 조금 위안이 됐어, 그때. 여관이라는 데가 생활하기 아름다운 데는 아니니까. 어린 맘에 사는 게 통째로 그저 그랬지."

현자가 냉장고에서 와인을 한병 꺼냈다. 오프너로 와인을 따고 잔 네개와 와인병을 쟁반에 받쳐들고 다시 거실로 왔다.

"선물로 들어온 건데 오래 그냥 뒀어. 맛이 괜찮은가 볼까."

미라가 와인을 따르고, 나머지 세 사람은 그걸 받아들었다. 잠시 또 침묵의 시간이 찾아왔다. 빛깔과 향을 음미하는 시간은 아니었다.

"그런 얘기는 처음 들어."

태경이 와인 맛을 이야기하기 전에 그런 말을 뱉었다. 그리고 뒤늦게 무언가 실수했다는 듯이 미안한 미소를 띠면서 자기는 와인 맛을 잘 모른다고 했다.

"우리 둘이 같이 손가락에 피 내서, 그걸 섞어 현미경으로 들여다보기도 했잖아. 그건 무슨 무늬라고 내가 말하디?"

현자가 미라에게 물었다. 미라가 그 일은 생각나지 않는다고 답했다.

"거짓말."

현자가 말했다. 거짓말. 두 여자가 소리 죽여 웃고, 두 남자도 영문 모른 채 따라 웃었다.

"아버지 생각이 거의 안 나. 몇번, 엄마가 그 집에 날 보냈던 건 기억이 나. 예쁘게 보이게 하려고 엄마가 꽤 애썼거든. 내 미모가 별로라는 걸 그때 벌써 알았어. 아버지가 우락부락했던 거 같아. 차라리 잘됐다고도 생각했지. 거긴 나보다 여덟 살이나 많은 딸이 있었는데, 모델을 해도 괜찮겠더라고. 내 머리칼이 예쁘다고 하더니 엉덩이를 뒤에서 꼬집어 비틀었어. 아버지 부인은 우리 엄마보다 못생겼더라. 나중에 커서 아이러니란 단어 뜻을 배우게 됐을 때, 이상하게 그날 내가 괄호 속에 묶어둔 감정이 문득 생각났어. 그러곤 나머지를 잊었지. 난 기억하고 싶지 않은 걸 잊어버리는 재주가 생겼나봐.”

현자가 조금 발그레하게 술기운이 오른 얼굴로, 주저없이 줄줄 말했다. 와인 한모금으로 목을 축이고 그녀는 말을 이었다.

“큰 수술을 세번이나 했는데 성공하지 못했다니 고통스러웠을 거야. 죽기 전에 자식들에게 내 얘기를 했대. 난 무덤 앞으로 불려가서야 그런 말을 전해들었어. 그때 든 생각은 겨우 이거 하나야. 그 사람들은 언젠가 저승에서 다시 만나고, 난 거기서도 문밖에 있을 것 같다는 거. 그러니 이런 삶에는 뭐랄까, 품위랄 게 없지.”

현자가 이야기를 멈췄다. 강수는 현자에게 다가앉아 그녀의 한쪽 어깨에 팔을 두르고 끌어당겨 안아주었다. 거짓말. 현자가 다시 웃으며 말했다.

“거짓말. 어떤 기분은 말이 안돼. 이런 건 다 과장이야. 거짓말이야.”

“당신 이상해.”

강수가 현자에게 말했다.

"여기서 니들 보면서 좋을 때도 싫을 때도 있을 텐데, 꽁하고 싶진 않으니까 이렇게 말해두는 거야, 나 그렇다고. 그렇게 생겨먹었다고. 니들 편하라고 하면서 내가 제일 편하려고. 그리고, 너."

현자가 와인잔을 놓고 손가락을 들어 미라를 가리켰다.

"너도 내가 아는 걸 알아."

미라는 긍정도 부정도 하지 않았다. 현자가 싫어하는 과장을 빼고 말하자면, 그들은 아무도 없을 때 서로에게 서로뿐이던 날들이 있었다. 현자가 싫어하는 과장을 보태 말하자면, 그런 날들에는 어떤 사람의 전생애가 있다. 그의 앞날의 선택과 성격과 기호와 취향과 깊이에 영향을 주는. 다른 식으로 과장을 더하자면, 어떤 종류의 사랑과 애착은 대개 그런 식으로 시작된다. 너도 내가 아는 걸 알아. 난 처음부터 그걸 느꼈지.

"언니가 아는 것들 때문에 모르는 것들도 있어. 어쨌든 고마워. 그리고 있지, 우리 여관은, 그렇게 나쁘진 않았어."

미라는 그렇게 말하고 웃었다. 현자가 입술을 일부러 뾰족하게 내밀며 어깨를 으쓱했다. 현자가 피곤하다며 방으로 들어갔고 미라도 곧 이층으로 올라갔다. 강수와 태경 단둘이 거실에 남았다. 두 남자는 조금 겸연쩍은 얼굴로 서로를 바라봤다.

"와인은 우리 사이에 안 어울리지?"

태경이 와인잔을 좀더 높이 들어 보였다 내렸다. 강수가 대꾸했다.

"너랑은 처음 마시네."

태경이 입을 다물고는 자기 무릎을 내려다봤다.

"난 참 싱거운 놈이야."

태경이 맥락 없이 갑작스레 자조했다.

"현자가 그래서 널 좋아했지."

강수는 소파에 기대 눈을 감았다. 그리고 덧붙였다.

"난 그래서 현자가 더 좋았고."

"그래?"

"그래."

그들이 같은 말로 문답했다. 잠시 후 태경이 다시 물었다.

"그래?"

강수가 대답했다.

"그래."

태경이 그제야 안심했다는 듯 소파 등받이에 몸을 기대고 다리를 뻗었다.

"그런 얘긴 처음 들어."

그는 약간 널브러진 자세로 앉아 양말을 벗었다.

아침이 밝자 현자는 캠프를 떠나지 못한 완주를 위로하는 방편으로 캠프장 대신 전시체험관으로 향했다. 애니메이션 캐릭터를 테마로 한 전시였는데 보고, 듣고, 만지고, 사진 찍는 게 가능했다. 체험관 밖에서는 기념품과 음료수, 주제곡 모음 씨디를 팔았다. 강수는 그들을 태워다 주고 돌아오는 길에 카센터에 들러 말을 잘 듣지 않는 브레이크를 체크하고 엔진오일을 교체한 뒤, 집에 도착해 까페 매니저와 어머니에게 전화를 넣었다. 매니저에게는 오후에 나가겠다고 짧게 말했지만 어머니를 위해서는 좀더 긴 이야기가 필요했다. 그의 어머니는 창틀부터 냉장고 속까지 깔끔히 청소해 두어야 직성이 풀리는 성격으로, 다른 사람에게 죽는소리하는 것을 병적으로 싫어했다. 이날은 아들에게 특별히 더 꼬장꼬장하게 굴었다.

강수는 어머니와 조카 세진의 안부를 차근차근 물었다. 누이와 세진이 참 닮았다는 대목에서 어머니와 아들은 모종의 합의를 보았다. 그렇지, 내가 너니까 얘길 한다만, 하고 어머니가 운을 떼면, 아들이 화답했다. 어머니, 그런 일에 어떻게 그렇게 빨리 대처를 잘하세요. 강수는 완주를 데리고 한번 찾아가겠다고 말하고, 어머니는 바쁜데 애쓸 거 없다고 대답하고. 언제나 그랬듯이 어머니가 먼저 전화를 뚝 끊었다. 강수는 통화를 마치고 인터넷뱅킹으로 어머니에게 돈을 부쳤다. 그에겐 익숙한 절차였다. 어머니에게도 그러했으리라. 강수의 아버지는 칠년 전 봄에 아들이 결혼하는 것을 보고 그해 가을에 심장마비로 죽었다. 워낙 건강에 자신있어하던 남자여서 그렇게 갑자기 떠나게 된 것에 주변 사람들 모두 놀랐다. 식구들이 그 죽음을 실감하는 데도 시간이 좀 걸렸다. 그의 아버지는 덩치가 작고, 소박한 유머를 구사하던 신사였다. 아내보다 아홉살 연상이었는데 언제나 아내에게 쩔쩔맸다. 아내의 애교, 강단, 심술에 모두. 강수는 부모가 서로의 사랑을 확인하는 방식에 늘 웃음이 났다. 아버지는 팔짱을 낀 채 거실을 서성이고, 어머니는 대차게 가방을 꾸려 집을 나서는 시늉을 했다. 그는 누나와 남동생과 함께 이게 몇라운드에 해당하는 단계인지 내기하곤 했다. 어머니는 이젠, 몇명의 남편이라도 대신할 수 있을 만큼 의리있고 목소리도 우렁찬 여자 친구들과 함께 우르르 몰려다녔다.

강수는 한숨 돌리고, 현자 대신 화분의 난초에 물을 주었다. 태경과 미라가 이층에서 내려와 기척을 냈다. 강수가 돌아보니 미라는 하늘거리는 흰색 민소매 원피스를, 태경은 베이지색 새 바지에 브라운 피케셔츠를 입고 있었다.

"형부, 질문을 세가지 할 수 있어요."

미라가 웃었다.

"글쎄."

강수는 그 말에 흥미로워하면서, 대답을 미루고 속으로 세가지 소원을 빌었다. 하나, 가족의 행복. 둘, 이 연인의 행복. 셋, 모두에게 합당한 축복.

강수가 망설이는 것처럼 보였는지 태경이 끼어들었다.

"형, 나는 내 일을 미라씨랑 같이 좀 보고, 미라씨는 미라씨 일을 나랑 같이 좀 보고요. 그러고 들어오려고 해."

태경이 제때 숙제를 마치겠다는 동생처럼, 좋아하는 형 앞에서 선량한 다짐들을 늘어놓는 어린 동생처럼 말하고서 강수의 반응을 기다렸다. 강수의 반응은 그저 어, 그래그래,가 전부였다.

집을 나선 미라와 태경은 일부러 동네를 좀 걷다가 버스를 탔다.

"나 어때요? 괜찮아 보여요?"

미라가 물었다.

"괜찮아 보이고 싶어."

미라가 태경의 대답을 듣기도 전에 서둘러 그렇게 말했다. 태경이 고개를 끄덕였다.

둘이서 버스에서 내려 전철로 갈아탔을 때는 사람이 많지 않은 즈음이라 나란히 앉아서 갈 수 있었다. 전철 안은 시원하다 못해 조금 추웠다. 둘은 딱 붙어앉아 노선표를 확인했다. 미라가 태경에게 살짝 기대며 팔짱을 끼었다.

"자기, 힘세요?"

미라가 물었다.

"세요. 무조건 세요."

태경이 대답했다. 그러자 곁에 있는 이 여자, 미라가 괜찮아 보이는 게 바로 자신이 힘이 세기 때문이라는 근거 없는 확신이 그에게 절로 생겨나는 것 같았다.

미라가 태경의 가방에서 『천국의 나날들』을 꺼내 봤다고 말했다. 태경이 그건 강수 책장에 있던 책이고 자기는 첫 대목밖에 읽지 못했다고 고백했다. 그는 힘세고, 그런 방면으로는 박식하지 못한 사내가 됐다. 미라가 그 대목에서 말수가 줄어든 태경 대신에 폴과 루시와 존의 나날들에 대해 이야기했다.

"다음에 어떻게 됐게요?"

미라가 물었다.

"존이 폴을 묻어버려요?"

태경이 묻자 미라는 입술을 실룩거리더니 "틀렸어" 하면서 태경
의 허벅지를 찰싹 때렸다. 맞은편에 앉아 있던 덩치 큰 중년 남자
가 팔짱을 끼고 다리를 벌린 채 미라와 태경을 보면서 미간을 찡그
렸다. 이번 정차역의 출입문은 왼쪽이라고 알리는 안내방송이 나
오자 중년 남자가 일어나 엉덩이에 낀 바지를 손으로 끄집어내고
출입문 쪽에 섰다. 문이 열리자 남자가 내렸고, 이어 미라와 태경보
다 어린 연인이 들어섰다. 그들은 미라와 태경의 맞은편, 중년 남
자가 앉았다 떠난 바로 그 자리에 앉았다. 이어폰을 한쪽씩 나누어
끼고서, 눈으로는 상대의 얼굴과 손을 번갈아 바라보고, 저희끼리
의 친숙한 표정과 입술 움직임만으로 뜻을 주고받다가, 맞잡은 손
을 반쯤 펴서 서로의 손가락을 만지작거렸다. 미라와 태경은 말없
이 그 모습을 바라보았다. 전철이 다음 역들을 향해 달려갔다.

미라와 태경은 조금 낡은 건물들 사이로 쏟아지는 햇빛을 피하
며 걸었다. 작은 옷가게, 문구점, 커다란 호객용 곰인형이 입구에 몸
을 흔들며 서 있는 휴대폰대리점, 가게 이름 첫 자가 떨어져나간
간판을 달고 있는 세탁소, 피자가게를 지나쳐 짧은 횡단보도를 만
났을 때, 그들은 거기서 손을 잡았다.
"자기, 날 감당하지 않아도 돼요."
미라가 말했다. 태경은 자기 손안에서 움직이는 미라의 손끝을
느꼈다.
"그걸 명심해요. 나도 자기를 감당하는 게 아니에요."

미라가 태경의 눈에 눈을 맞추고 말했다.

"궁금한 거 물어봐요. 한두개 정도만."

미라가 태경에게 제안했다.

"난 말에서 믿음을 구하는 사람은 아니야. 그러니까 당신이 내 말을 믿거나 믿지 않거나 하는 게 나한텐 그렇게 중요하진 않아요."

미라가 이번에는 경고했다. 그걸 경고,라고 받아들인 태경이 손에 땀이 솟아나는 것을 느끼며 그녀의 손을 놓고 질문했다.

"그럼 뭐가 중요한데요?"

미라가 대답했다.

"내 손을 놓지 않는 게 중요해요. 난 자기로 정했으니까, 자기는 그걸 정해요."

신호가 바뀌었다. 태경은 미라의 손을 다시 잡지 않았다. 튕긴 것은 아니었다. 그게 뭐든 여자의 요구를 간단하게 여기는 남자라는 인상을 주고 싶지는 않아서, 숙고하는 인상을 주려고 그런 것이었다. 횡단보도를 가로지르는 그들의 모습을, 피자가게 창가에 앉은 대머리 손님이 내다보았다. 대머리 남자가 바라보기에, 흰 원피스를 입은 여자는 왼편, 베이지색 바지 차림의 사내는 오른편이었다. 대머리 손님이 피자 한조각을 입에 문 채로, 자기에게서 사라진 시절의 뒷모습을 보듯 그렇게 멍하니 그들을 지켜보았다.

어젯밤, 태경은 잠자리에 들기 전에 약간 취기가 오른 상태로 미라에게 자기의 청춘이 어떻게 가버렸는가를 고생담 위주로 이야기했다. 어릴 적 부모가 헤어지면서 친척집을 전전하며 살았고, 열심히 뛰던 일들은 어그러져버렸고, 믿었던 동료가 그를 배신하고 사업자금을 들고 튀었고, 사랑했던 여자가 아이를 데리고 떠났고, 그에게 잠깐 위안을 주었던 여자는 이제 다른 사람의 아이를 가졌다. 그의 이야기는 어느 대목들에서 홀쩍임과 흐느낌에 묻혔다. 그가 그 순간 그녀에게 마음을 더 주어 그녀보다 약자가 되었기 때문에.

미라의 반응은 극적이지 않았다. 되레 평소보다 차분한 편이었다. 그녀가 보기엔 자기가 그보다 술이 세고, 또 그보다 적게 마신 탓이었다. 미라가 말했다.

"조금 더 하면 여자는 그걸 거절의 의미로 알아요."

"왜요?"

"왜 같은 건 없어요. 난 자기한테 수업하러 온 사람은 아니잖아요. 내 인생에 선생은 해본 적이 없어요. 자기, 그걸 다행으로 알라고요."

미라는 그러고 잠이 들었다. 태경이 미라의 잠든 얼굴을 들여다보다가 뒤척이며 잠을 청했다. 새벽녘에 미라가 화장실에 다녀오는 소리를 듣고 깨어난 그는 벌떡 일어나 앉더니 아까와는 조금 다른 방식으로 같은 대화를 이어가려 했다.

"헷갈리게 하지 마요. 밀고 당기기 하기에 난 지친 영혼이라고요."

그가 말했다.

"알았어. 자긴 주사가 있어. 질문은 내일 해요. 첫번째 질문은 자기가 저번에 벌써 했는데, 내가 안 잊어버렸어. 남자 있어요? 그거 잖아요. 그럼 잘 자요."

미라가 다시 자리에 누웠고, 그도 가만히 옆에 누워 이건 뭔가, 여기는 어딘가, 그대 앞에만 서면 나는 왜 작아지는가, 그런 생각을 하다 잠이 들었다. 그리고 아침이 되어 어젯밤 일은 띄엄띄엄 잊은 채로 새 옷으로 갈아입고 미라를 따라나섰다.

이것이 여행일 수 있다면 미라가 마이애미에서 비키니 입고 칵테일 팔던 시절이라 눙친 그날들에 대한 답사일 수도 있었다. 미라는 다시 태경의 손을 잡았고, 이번에는 그가 그녀의 손을 놓지 않았다.

"배고파요?"

미라가 물었다.

"아니요."

태경이 답했다.

"친구가 일하는 데 데려갈게요."

도로를 등지고 경사진 길을 내려가면 아래로는 개천을 따라 난 산책로였다. 산책로와 도로의 경계에 늘어선 나무 중에는 매실나무가 몇그루 있었다. 미라가 그 나무 그림자 속으로 발을 잠깐 들여놓더니 태경을 바라보고 미소 지었다. 흔들리는 나무 그림자에 그녀의 얼굴이 가려지는 듯하더니 이내 바람이 그 그림자를 거두어갔다. 그녀는 햇빛 때문에 눈을 찡그리면서 위를 올려다보다가 갑자기 고개를 수그리고 검지로 속눈썹에서 뭔가를 털어내는 시늉을 했다. 그러다 태경이 다가서자 몸을 틀고 산책로 쪽으로 내려갔다. 한낮이라 산책이나 운동을 하는 사람은 몇 없었다. 그래도 그녀는 등뒤에서 사람들이 쫓아오기라도 하는 것처럼 숨차게 뛰었다. 태경이 그녀를 금세 따라잡았다. 그들은 이번에는 계단 쪽으로 올라와 길가로 돌아왔다.

　태경은 미라를 뒤따라 걸어가면서, 미라가 말한 그 친구가 남자일 거라는 생각에 골몰했다. 덩치가 크고 입이 무거우며 허리와 목이 굵은 사내. 어쩌면 미라에 대해 많이 알고 있을 그 남자. 그렇게 구체적으로 상상하다보니 그 덩치 큰 남자와 미라가 어쩌다 같이 잠도 자는 사이인지 궁금해졌다. 문득 미라가 그 남자의 아이를 가졌다고 고백해오면 어떻게 할까, 그는 그렇게 굳이 캐묻고 싶지도 않은 것들을 미리 극단적으로 상상해보면서 자기의 마음을 짓밟았다. 이것보다 더 저릿하겠지. 비참하겠지. 이제는 잠깐 스쳐지나가는 감기 바이러스 같은 것에도 최악을 상상해야 할 만큼 약해진 자신을 의식했다. 누구를 좋아하고 그 마음으로 어딘가를 새로이 바라보며 걷는 것이 최대의 사치라고 생각하다가, 이내 그게 그의 유일한 기쁨이 되어주길 바라게 된 지난 며칠 이후로 줄곧. 태경은 미라를 따라 한 우동전문점의 문을 열고 들어섰을 때 마음이 졸아들었다. 배가 나온 중년의 사장이 창가에 자리 잡은 그들을 향해 미소 지으며 다가오자 그는 물을 따르는 사소한 동작조차 자연스럽게 해낼 수가 없었다. 못났다. 그는 그렇게 창가 자리에서 햇빛을 받으며 자기를 비하했다.

"배달되죠?"

미라가 사장에게 물었다.

"포장도 되죠."

사장이 미라를 바라보면서 주황색 타월로 손을 쓱쓱 문질러 닦은 뒤 타월을 주방 쪽으로 던졌다.

"여기서 먹을 거예요."

미라가 메뉴판을 가만히 펴들었다.

"자기 뭐 먹을래요? 여긴 우동 전문이지만 밥 쪽이 더 맛있어."

태경은 이 배 나온 사장이 미라의 친구는 아닌가보다고 생각하다가 그 생각 때문에 미라의 질문을 놓쳤다. 미라는 대답을 기다리지 않고 알아서 주문했다. 태경이 수저통에서 숟가락과 젓가락을 꺼냈다. 미라가 창밖을 내다보다가 자기 쪽으로 냅킨과 젓가락을 놓아주는 태경의 손길을 느끼고는 그를 바라보며 한번 미소 지었다.

태경이 밥그릇을 절반 정도 비울 때까지도 그들 외에 다른 손님이 들지 않았다. 사장이 장부를 들여다보고 선 채로 주문 전화를 받거나, 주방 쪽에 대고 주문받은 음식들을 외쳤다.

문이 열리고 배달 일을 하는 남자가 들어섰다. 이십대 중반으로 보이는 훤칠하게 큰 남자였다. 땀에 젖은 보라색 민소매 티셔츠 차림에 머리가 짧은 남자는 빠른 손놀림으로 물을 한잔 마신 뒤 사장과 농담을 주고받았다.

"제가 번개라니까요, 긍게."

우영 대신 그 자리에 서 있는, 넉살 좋은 웃음의 번개 사내는 주방에서 음식이 나오자 랩으로 감싸 재빨리 철가방에 담았다. 미라가 그 모습을 바라보더니 태경에게 고개를 저으며 말했다.

"걘 이제 여기 없나봐. 난 감상적인 사람이 아니지만……"

배달하는 남자가 열고 나간 문이 도로 닫히며 희미한 종소리를 냈다. 음식이 아직 남았고, 맛도 괜찮았지만 태경은 더 먹지 못했다.

"난 이런 일엔 미신을 가져요. 그 친굴 못 보면 자기도 날 못 봐요."

미라가 스르륵 일어나서 계산을 했다. 태경이 따라 일어났다. 시작부터 꼬여버린 데이트에서는 어떤 유머를 구사해야 하는지, 답이 없는 인생에서 만난 여자의 으름장은 어떻게 받아쳐야 하는지, 애교도 투정도 아닌 그녀 말의 근거가 미신이라는 건 얼마나 어리둥절한 일인지. 그는 자기가 맞닥뜨린 이 상황에 당황했다.

"제가 연락처를 몰라요. 우영이요."

미라가 말을 건네자 주인은 "우영이요?" 하더니 석연찮은 눈길로 그녀와 태경을 바라보았다. 미라가 한번 더 청했다.

"직접 통화하시고 절 바꿔주셔도 좋고요."

"친척이라도 됩니까?"

"네."

미라가 대답했다.

"친척이 집으로 가면 될 걸 여기서 걜 찾아요? 번호도 모르고?"

"사정이 그렇게 됐어요. 여기 오면 바로 볼 줄 알았죠."

주인은 한숨을 쉬더니 에어컨을 끄고 출입문을 열어놓았다. 바

람이 들 것 같지 않았지만, 손님도 더 들 것 같지 않았으므로. 미라
가 다시 말했다.

"받을 게 좀 있어서 그래요."

"받을 게 돈이면 포기하세요."

"전화번호로 뭘 어쩔 수 있겠어요."

미라가 대꾸했다. 주인이 탁자에 앉아 태경과 미라를 올려다보
고는 전화번호를 불러줬다. 미라는 받아적지 않았다. 태경이 손바
닥에 번호를 적었다.

"만나게 되면 내가 미안해한다고 전해주십쇼."

미라는 뭣도 모르는 채로 알겠다고 답했다. 댁들이 정말 개의 뭐
라면. 주인이 약간 빈정거리며 단서를 붙였다. 많이 미안해하신다
고 할게요. 미라는 사장의 어깨에 손을 살짝 짚었다 뗐다. 사장은
고개를 들지 않았다. 태경이 미라를 데리고 밖으로 나갔다.

태경은 그녀의 기분을 살피며 옆에 다가섰다. 그리고 주머니에
서 담배를 꺼내 한대 입에 물었다.

"난 자기 존중해요."

미라가 말했다.

"여기서 돌아가자면 그럴게요."

"안 그럴래요."

태경이 대답했다.

"뭔지 몰라도 안 그럴게요."

그러자 미라가 다시 태경의 손을 잡고 걸었다. 태경은 아직 담배

를 피우고 있었지만 그대로 끌려갔다. 안 그럴게요,가 무엇에 대한 수용이었던가. 그는 그저 그녀 마음을 상하게 하고 싶지 않았을 뿐이었고, 그녀는 자기 식으로 대답을 이해했을 뿐이었다. 그들은 애매하게 함께였지만 확실히 그냥 돌아가기 어려운 그런 사이가 된 것 같았다. 태경은 그게 나쁘지 않았지만 애교 섞인 말로 그걸 탓했다.

"이기적이구나."

태경이 담배를 입에 문 채 다시 투정을 중얼거렸다.

"정말 제멋대로구나."

따뜻한 온음표

　해미가 신발 매장에서 신발을 골라 신고 있었다. 우영과 재혁은 플라스틱 의자에 앉아 해미가 갖가지 디자인의 신발들 속에서 자기 싸이즈의 신발을 골라내는 모습을 지켜보다 말다 했다. 이전 매장에서는 더 짧은 시간을 보냈지만 앉을 자리가 나지 않아 서성댔으니 지금은 다만 앉아 있다는 사실만으로도 다행스러울 뿐이었다. 숱 많은 단발을 오른편으로 늘어뜨리고 정수리 부분은 커다랗게 부풀린 전위적인 헤어스타일에 검은색 뿔테 안경을 낀 재혁은 두 손을 반쯤 편 채 무릎 위에 놓고 손가락 끝으로 뭔가를 두드리는 시늉을 했다. 그 옆에 앉은 우영은 슬리퍼에 반바지 차림으로 갑자기 끌려나온 모양새였다. 오른쪽 관자놀이께의 머리칼이 납작하게 눌려 있었다. 그들의 발밑에서 누렁이 왈리가 목줄에 묶인 채

꾸벅꾸벅 졸았다.

"이거 어때?"

해미가 이들의 눈앞에 신발을 들이밀었다. 그러자 재혁과 우영이 자세를 고쳐 앉으며 동시에 "예뻐, 예뻐, 좋아, 좋아" 하고 대답했다. 굽이 낮은 소가죽 단화였다. 해미가 카운터로 가서 계산을 했다.

세 사람은 신발 매장에서 나와 자전거를 각자 빌려 타고 한강까지 달렸다. 재혁이 맨 앞에, 해미가 그 뒤에, 우영이 맨 뒤에서 페달을 밟았다. 왈리는 재혁의 자전거 앞바구니에 태웠다. 우영은 해미가 멀어지는 뒷모습을 바라보는 게 오늘 자기에게 주어진 가장 중요한 일이라는 생각이 들었다. 해미의 뒤통수가 그렇게 말하고 있었다.

해미와 재혁은 모레 아버지를 따라 중국으로 들어가게 됐다. 화장품회사에 다니는 재혁의 아버지는 작년 봄에 중국 지사로 발령이 났다. 해미가 연수 목적으로 중국에 가기로 하면서, 어머니와 재혁도 함께 움직이기로 했다. 재혁은 올봄 약물 과다 복용으로 혼수 상태에 빠졌다 깨어나는 사고를 쳐서 멀리 있는 아버지와 가까이 있는 어머니 모두를 고뇌의 수렁에 빠뜨렸다. 아들의 졸업과 진학보다 그애의 목숨을 구하는 일이 부모의 소망이자 과제가 됐다. 정작 재혁은 희희낙락했다. 자기 외모가 아시아 시장에서 먹어주는 타입일 거라며 근거 없는 자신감을 내비쳤다. 종류가 다른 약들을 집어삼키면서, 그는 자기가 죽지 않을 운명이면 반드시 깨어날 거라는 배짱을 가졌노라고 했다. 우영이 보기에 재혁은 배짱있는 편이 아니라, 섬약한 내면을 그런 식의 허풍으로 위장하는 걸 좋아하는 악동 같았다. 공포영화에서 촐싹대며 여기저기 간섭하고 다니다가 가장 먼저 죽는 유형. 그의 현실은 공포영화는 아니어서 쓰러진 그를 보고 짖을 개가 있었고, 그 소리를 듣고 뛰어올 엄마와 누나가 있었고, 앰뷸런스는 기막히게 뚫린 길을 달려 그를 응급실 침대로 데려갔다.

해미는 만일 우영이 자기를 필요로 한다면 한국에 남겠다는 말을 몇번 하기도 했는데, 우영은 귀담아 듣지 않았다. 그녀가 길을 떠나는데 우영에게 선택권을 준다는 게 우선 말이 안됐다. 그냥 때가 온 것이다. 네 마음은 나랑 있어. 그걸로 됐어. 우영은 필요, 불필요로 구분할 수 없는 자기 입장을 그저 '됐어'로 마감했다. 그게 해미의 마음에도 산뜻하지는 못했던지, 해미는 자기를 잡지 않는 남자에게 실망한 여자가 할 수 있는 상투적인 행동들을 후회 없이 해보려는 모양이었다. 어느 순간부터인가 분명히 끝을 알았을 이 뻔하고 흔한 이별이 그녀 마음에도 조금은 걸렸기에. 새 신발 사 신고 멀어지는 여자. 해미가 재현하는 이미지. 우영은 그냥 말없이 그걸 지켜보아주는 수밖에 없었다. 그에게 그만큼 아량은 있었다.

세 사람은 삼십분가량 자전거를 타고 달렸다. 매점에서 음료수를 사 들고 한강을 바라보며 '안녕' 놀이를 했다.

"지난봄, 날 울린 여자, 안녕."

재혁이 강물을 보며 말했다. 왈리가 그걸 무슨 뜻으로 알아들었는지 곁에서 뛰어다니면서 왈왈 짖었다. 우영이 보기엔 저도 안녕이라는 것 같았다.

"날 웃긴 남자도 안녕."

해미가 말했다.

"클럽에서 내 가방 훔친 새끼들 안녕."

재혁이 여전히 강물을 보며 말했다. 해미가 우영을 돌아보고는 고갯짓했다.

"너도 해."

"너네나 해."

우영이 퉁명스럽게 대답했다.

"웃지, 지금?"

"안 웃었는데."

"속으로 웃잖아."

"나도 모르는 내 마음 안녕."

우영이 말했다. 해미는 그걸 '네 마음'으로 들었다. 재혁이 "야아!" 하고 강물에 대고 소리쳤다. 우영과 해미는 자기들이 내지른 소리가 아닌데도 속이 시원해졌다. 서로의 따귀를 한대씩 치고 또 한번씩 돌아가며 안아준 기분이 들었다.

돌아오는 길에 해미가 중간에 자전거에서 내려 우영을 돌아봤다. 우영도 자전거에서 내려 해미를 바라봤다. 둘이서 자전거를 세워두고 벤치에 앉아 이번에는 자기들 발끝을 내려다봤다. 재혁이 신나게 앞서가다가 문득 뒤를 돌아보고는 해미에게 전화를 걸었다.

"먼저 가. 가라고."

해미가 퉁퉁거렸다.

"따 시키냐? 응? 응? 왈리는 어쩌고?"

재혁이 씩씩댔다. 우영이 해미 휴대폰을 뺏어들었다.

"개 데리고 와라, 빨랑."

우영이 전화를 끊자 해미가 휴대폰을 쥔 우영의 손을 잡았다.

"넌 가끔 너무 멀리 있더라. 멀리 있으면 좀 가까워지려나."

해미가 말했다.

"누나같이 말하네."

우영이 말했다.

"그럼 누나지, 언니냐?"

"에헤헤."

우영이 웃었다.

"여자보다 예뻐, 너. 가끔은."

해미가 두 눈을 깜박였다.

"나한테 맞아보고 싶지, 아주?"

우영이 센 척했다.

"때리면 내 맞아주지. 내가 너한테 맞을 짓은 한 거냐, 아님 그냥 그런 거냐?"

해미가 샐쭉하니 우영을 흘겨보더니 이내 웃었다. 우영은 웃지 않았다.

재혁이 달려와 왈리를 자전거에서 내려 풀어줬다. 목줄이 풀렸는데도 왈리는 가만히 제자리에 주저앉더니 제 발바닥을 혀로 핥았다.

"저기요."

우영이 지나가던 반바지 차림의 여자를 불러세웠다. 머리칼을 높이 올려 묶은 뚱뚱한 여자였다.

"저희 좀 찍어주실래요?"

우영이 그 말을 하며 동시에 재혁에게 손짓했다. 재혁이 자기 배낭 주머니를 뒤져 카메라를 꺼내 우영에게 건넸다. 우영은 재혁의 카메라를 여자에게 내밀었다.

"이거 누르기만 하면 돼요. 여기 뒤에 나무하고 벤치 나오게, 우리 여기 다 들어가게요, 이렇게."

우영이 부탁하는 사람치고는 섬세하게 주문했다. 여자는 이들을 귀엽다는 듯 보며 셔터를 눌렀다. 그들은 총 세 컷의 사진을 찍었는데, 그중 두 컷에서는 각자 포즈와 서 있는 위치를 바꿨다. 그중 한 컷에서 우영은 눈을 감았고, 왈리는 혀를 빼고 앞다리를 든 채 버둥거렸다. 재혁이 왈리를 약올렸기 때문이었다. 해미는 세 컷 모두 이마 위에 손을 짚어 해를 가리고 있었다. 한 컷에서는 손 그림자에 가려 눈이 보이지 않았다. 사진을 찍어준 여자가 그 컷들을 같이 살펴보고는 멀어져갔다.

"왈리 좀 잘 부탁해. 너밖에 없어."

재혁이 갑자기 눈물을 글썽였다. 우영이 왈리를 안아들자 왈리가 꼬리를 쳤다.

"우리 지금 찍은 이 사진은 제목이 뭘까?"

해미가 우영에게 물었고, 우영은 대답하지 않았다. 그는 노래의 한 소절이 끝났다고 생각했다. 그 소절은 온음표로 끝났다. 완전한 네 박자, 따뜻한 '미' 정도의 음계로. 우영이 왈리에게 목줄을 다시 채워줬고, 왈리는 이제 우영의 자전거 바구니로 자리를 옮겼다, 저항 없이.

"무정한 갤세."

재혁이 그 모습을 무연히 바라봤다.

"똑똑한 녀석이야."

우영이 그들을 위로했다.

"왈리 물건은 내일 다 챙겨 보낼게."

재혁이 왈리에게 다가가 귀를 만지작거렸다.

"공항엔 못 나가."

우영이 그러고서 두 팔을 벌렸다. 여자친구이자 짝꿍의 누나인 해미와, 여자친구의 동생이자 한때 그의 짝이던 재혁. 우영의 두 팔 안쪽으로 그들이 들어왔다. 왈리가 그제야 바구니 속에서 꿈틀대며 아우와루와루, 하는 소리를 냈다.

머물던 자리

그날 오후 그 자리는, 훗날 태경이 여러번 자기 마음을 데리고
가 눕혔다 앉혔다 서성이는 '거기, 그 무렵'이 됐다. 시간이 흐르면
서 어떤 인상과 말 들은 또렷해졌고, 또 어떤 것들은 희미해지거나
왜곡되며 다른 사실이나 이미지 들과 섞였다. 하여간 태경은 그날
의 일을 대체로 이렇게 기억했다.

미라가 우동전문점에서 나와 태경을 데려간 곳은 오층짜리 빌
라 건물의 삼층이었다. 그곳에 발을 들여놓기 전, 그들은 가게 두
군데에 들렀다. 첫번째 가게에서는 크림향이 나는 향초와 축하카
드를 샀고, 두번째 가게에서는 2리터짜리 통에 든 오렌지주스를 샀
다. 태경은 방문할 데가 아이들이 있는 젊은 부부의 집인가 싶었다.
건물의 계단을 올라 301호 문 앞에 다다르자 미라가 초인종을 눌렀

다. 안에서는 아무런 기척이 없었다.

"전화를 걸어보지그래요."

태경이 말했지만, 미라는 그럴 심산이 아니었다. 그녀는 출입문의 비밀번호를 눌렀다. 첫번째와 두번째는 틀렸고, 세번째는 맞았다. 문이 열렸다. 이즈음부터 태경은 왼쪽 다리가 쿡쿡 쑤시기 시작했다. 그의 왼쪽 다리는 종종 그런 식으로 자기가 거기 있다는 것을 그에게 알렸다. 난 당신 왼쪽 다리고, 당신은 지금 내가 아픕니다. 마음이 지칠 때 그의 다부진 육체가 그보다 약한 마음에 먼저 말을 거는 방식이었다.

문을 열고 들어서는 순간, 태경은 이번엔 왼쪽 다리가 틀어지는 듯한 느낌이 들었다. 그는 잘 걸을 수 없었다. 미라가 그런 태경을 거실 회전의자에 앉히고서, 사온 주스를 냉장고에 넣었다. 마치 자기 집에 들어온 것처럼 자연스럽게, 머뭇대거나 허둥대는 일 없이.

"여긴 편히 앉을 만한 의자가 그것 말곤 없어요. 우린 서 있거나 누워 있었거든요."

미라가 태경에게 다가오며 말했다.

"아, 친구랑 미라씨요?"

"뭐, 그 친구도 친군 친구죠."

미라가 태경의 손바닥을 펴, 거기 적힌 번호로 전화를 걸었다. 신호음 가는 소리가 태경에게도 들렸다. 음성메시지를 남기라는 안내 멘트가 흘러나오자 미라는 짧은 인사말을 남겼다.

"안녕하세요. 나, 지미랍니다. 내키면 이 번호로 연락해줘."

미라는 인사는 존댓말로 했고, 당부는 반말로 했다. 태경이 미라의 모습을 올려다보다가 이내 자기 손바닥으로 시선을 떨어뜨렸다.

"전화한 그 친구랑 살았습니까, 여기?"

그의 말투가 취조하듯 딱딱하게 변했다.

"전화 건 그 친군 스무살도 안됐어요. 수갑 채우실 건가요?"

미라가 그의 말투를 흉내내 농담을 던졌다.

"여기서 같이 지낸 사람이 있었는데, 그 미성년잔 아니고요."

미라가 그러고 나서 태경의 다음 질문을 기다렸다. 태경은 전화번호를 적은 손을 입에 갖다대고 손톱 끝을 이로 물어뜯었다. 회전의자가 왼쪽으로 조금씩 흔들리며 움직였다. 미라는 창문을 열고 고개를 밖으로 내밀었다.

"뛰어내린 데가 여기. 떨어져서도 멀쩡했어요."

태경이 왼쪽 다리는 바닥에서 살짝 뗀 채로 미라 옆에 섰다.

"오렌지주스는 우리끼리의 평화의 상징이에요. 신선한 주스가 냉장고에 있는 날은 대개 사이가 좋았거든. 좋은 기억은 그런 거죠. 나쁜 기억은."

태경이 다시 의자에 앉았다.

"우리가 너무 닮은 거죠, 처음부터."

미라가 천천히 바닥에 앉았다.

"나는 날 자주 괴롭혔어요. 그 친구도 괴로운가 보려고."

미라가 비닐봉투에서 카드를 꺼냈다. 양각으로 꽃다발 무늬가 새겨진 새하얀 카드였다.

"여기로 돌아오지그래요."

태경이 조금 서먹한 기분으로 중얼거렸다. 미라가 가방에서 펜을 꺼내 카드에 뭔가를 썼다.

"필요하면 그 친구가 찾아오겠죠. 내가 여기 왔다 간 걸 알려줄 참이니까."

태경은 온몸에서 기가 빠져나간 것 같았다. 그는 그 기분을 외면하려고 일어나 집 안을 둘러보기 시작했다. 텅 빈 붙박이 가구들, 오렌지주스 2리터만 들어 있는 흰색 냉장고, 남자 옷과 여자 옷이 몇벌 뒤섞여 있는 작은방. 그리고 천장에 곰팡이가 슨 큰방에는 텔레비전과, 침대와, 협탁과, 보라색 들꽃이 만개한 그림이 있었다. 그걸 둘러보고 태경은 침대 위에 다리를 뻗고 누웠다. 다리가 이제는 괜찮아진 듯했다.

얼마 있다가 미라가 그 방으로 들어왔다. 태경은 시무룩해져서 아무 의욕이 일지 않았다.

"그러니까 난 그 친구 대역인가?"

누운 채로 그가 물었다.

"그놈이 질투하면 나는 그놈이랑 바닥을 몇번 뒹굴고 멍이 든 채 퇴장하는 거겠지."

그는 자조했다. 태경이 시선을 미라 쪽으로 주었지만 미라는 말없이 웃었다.

"아아, 그래요. 되도록 잘 써먹어줘요."

태경이 포기한 듯 다시 말했다.

둘이서 한동안 그 집의 주인을 기다리는 것 같은 모양새로 시간을 때웠다. 태경은 뭔가 일어날 것만 같은 예감이 들기도 했고, 뭔가 이미 일어났는데 그걸 모르고 있다는 생각이 들기도 했다. 그는 최악의 상황을 상상했다. 미라와 여기 함께 살았던 남자가 총을 들고 와 태경한테 한발, 미라한테 한발 쏜다. 침대는 두 사람의 피로 젖는다. 아니. 아니. 그보단 부엌칼을 휘두르거나 꽂을 수 있겠다. 어쨌든 다 괜찮았다. 상실의 전력밖에 남지 않은 남자가 모험의 동굴로 들어왔으니 그다지 나쁘지는 않은 거라며 스스로를 다독였다.

거실로 둘이 나왔을 때, 태경은 자기들이 사온 향초의 심지에 불꽃이 올라와 있는 것을 봤다. 거실에 크림향이 은은하게 퍼졌다. 초는 삼분의 이쯤 녹아 있었고, 그 아래 접어놓은 카드가 보였다. 그는 미라가 뭐라고 썼는지 궁금하기도 했지만, 묻지 않았다. 펼쳐보지도 않았다. 자기에게 그럴 권한이 없다는 자각이 있었다기보다는, 알아도 어쩔 수 있는 게 하나도 없다는 걸 분명히 알았으므로 그냥 자존심을 지키고 싶었다는 편이 맞았다.

한시간쯤 지나 향초의 심지가 다 타서 촛불이 저절로 꺼졌다. 그즈음 태경에게 이상하게도 어떤 위안이 찾아왔다. 이 공간에서 보낸 미라의 시간이 어땠든지 간에 태경이 여기 그녀와 함께 찾아왔고, 누군가를 함께 기다리며 천국과 지옥을 상상했고, 그렇더라도 적막은 과묵한 친구처럼 그들을 둘러쌌다. 언제나 이 시간을 떠올리면 크림향이 피어오를 듯했다. 나쁘지 않았다. 그게 천국이든 지옥이든 그녀와 함께 맞을 것 같은 느낌이 주는 달콤한 마취가.

미라의 휴대폰 벨이 울렸다.

"어디에 있니?"

휴대폰에 대고 미라가 물었다.

"아, 우리 접때 봤던 산책로요."

상대편의 목소리가 태경에게도 들렸다.

"누구랑 있니?"

"아, 개요."

전화를 끊고 나서 태경과 미라는 밖으로 나섰다. 태경은 사귀던 여자의 아버지와 어머니, 오빠와 여동생을 만난 적은 있지만, 어린 친구와 개, 옛 남자와 함께 보낸 빈집을 소개받는 건 처음이었다.

* * *

전시체험관에서 완주는 가면을 하나 사서 집까지 쓰고 왔다. 저녁이 되어서야 가면을 식탁 위에 벗어놓자 현자도 그걸 써봤다. 애니메이션 속에서 무슨 역할을 하는 인물인지는 몰랐으나, 미간에 루비 같은 게 박혀 있고 얼굴 전체는 하늘색이어서 그 자체로 인상적이었다. 현자는 계단참에 미라가 걸어둔 거울이 생각나 가면을 쓰고 거울 앞까지 갔다. 그녀는 한동안 거울 속 그 루비를, 하늘색 얼굴을 바라봤다.

현자는 자기가 루비로 이뤄진 행성에서 온 외계인이라고 생각해봤다. 그녀가 어디서 왔는가를 말하면 사람들이 그녀 두 눈 사이에서 루비를 뽑아가고, 그녀는 그걸로 자기가 어디서 왔는지를 잊어버리게 될 것이다. 그녀는 마치 자신이 외계인이라는 사실을 숨기기 위해서 그러는 것처럼 비밀스레 가면을 벗었다. 고향의 루비에 대해서 발설하게 될까봐, 그곳이 폐허가 될까 두려워서. 거울 속 낯선 여자가 자기라는, 자기의 전체라는 최면을 걸고 되뇌었다. 여기, 우리 집은 고요하고 정상적이다.

밤이 되어 강수가 집에 들어왔고, 그보다 늦게 미라와 태경이 돌아왔다. 완주가 가면을 쓰고 거실로 뛰어나왔다. 완주는 그걸 쓴 채 자기가 오늘 오후에 어디에 있었는지 이야기했다. 현자는 아들이 자기가 모르는 데 있는 것처럼 느껴졌다.

밤에 현자는 남편에게 사랑한다는 말을 듣고 싶었다. 강수의 목소리는 건조했다. 현자는 갑자기 여행지에서 크루즈를 꼭 탔어야 했다고 했다. 크루즈를 못 탄 건 강수 탓은 아니었다. 현자가 순간 말을 잃자, 강수는 그녀를 안아주었다. 그러자 현자는 집이 커다란 배가 되어 바다 위로 뜨는 상상이 떠올랐다. 이층 선실에서 미라가 노래를 부르고 태양은 눈부시다. 그녀의 마음은 뜨겁다. 그녀는 아주 오래전에 잊었던 대화를 떠올렸다. 아마 그녀가 편의상 지금은 루비라고 부르고 미라는 다르게 부르고 있을 그 시절 어두운 밤의 한가운데. 그녀는 거기서 미라의 노래를 들었던 것 같다. 겁먹지마, 언니. 내가 하는 고백은 정말 진짜 고백이야. 언니를 사랑해. 현자는 자기가 불행하다는, 최고로 불행하다고 생각하게 되는 마법

을 자신에게 걸고, 미라는 과도를 들어 현자의 손가락을 벤다. 그녀
들은 서로의 피를 섞어 어떤 맹세를 기억하려는 듯이 현미경의 슬
라이드에 넣고 전구를 밝힌다. 현기증이 인다. 현자는 남편을 꼭 끌
어안고 키스를 했다. 당신 왜 이래. 당신 좀 이상해졌어. 강수가 말
했다. 현자는 그 순간 그 말을 다르게 들었다. 당신은 내가 행한 가
장 이상한 선택이었다고. 현자는 강수와 서로의 낯선 부분을 더듬
으며 키스했던 밤들을 떠올렸다. 둘째를 보겠네. 강수가 말했다. 우
리 둘째 볼 것 같아, 정말, 진짜, 이건. 현자는 강수의 웃음소리를 들
었다. 그들이 탄 배는 조금씩 흔들리며 어제와 좀 다른 항로를 개
척한다.

과거가 많은 엑스트라

금요일, 짝숫날, 태경의 선배 상길이 아침에 전화를 걸어왔다. 상길이 스턴트맨으로 참여하는 영화에서 몇몇 장면이 늘어나 오늘 당장 투입될 수 있는 엑스트라가 필요한데, 태경이 좋다고 하면 자기가 연출부에 말해보겠다는 거였다. 태경은 그러겠다고 답했다. 미라는 그의 기대와는 달리 박수치며 그를 응원하지는 않았다. 대신 곧장 강수에게 차를 빌리는 순발력을 발휘했다. 미라가 말했다.

"이참에 나도 그 형 보면 좋겠네. 오늘 우영이 만나기로 했으니 우영이도 데려가요."

태경은 자기는 거기서 눈치를 봐야 할 입장일지도 모른다고는 말하지 못했다.

강수는 이런 일이 생길 걸 알고 어제 차를 손본 건 아니었지만,

완주가 자기도 따라가겠다고 우기는 바람에 열쇠를 태경과 미라에게 넘겼다. 엊그제만 해도 열이 사십도까지 올랐던 아이를 이제 막 연애를 시작한 남녀의 손에 맡겨 전철을 태우는 게 그다지 내키지 않았으므로.

태경이 운전을 하고 뒷자리에 완주와 미라가 앉았다. 우영을 만나기로 한 자리에 우영이 개와 함께 기다리고 있었다. 이때쯤 태경은 자기 마음을 그냥 길에 다 놓아버렸다. 그는 갑자기 섭외를 받고 지원군 셋과 개 한마리를 대동하고 요란스럽게 촬영장으로 나가는 남자 역을 배정받았다고 생각했다. 운전을 조심하며 시간 맞춰 촬영장으로 나가는 일 외에 그가 택할 수 있는 다른 최선이 없었다. 오늘은 짝숫날이고, 짝수는 그가 좋아하는 숫자였다. 다음날은 미궁에 빠질 수도 있겠지만, 그때는 홀수를 좋아하는 미라가 그녀의 운을 그에게 나눠줄지도 모른다. 이것이 연애인지, 이 연애가 괜찮은 것인지 그는 알지 못했지만, 오늘 그의 왼쪽 다리는 괜찮았고, 마음도 며칠 전보다는 훨씬 나았다.

차가 우영 앞에 멈춰서자 우영은 바닥에 두었던 종이 쇼핑백을 들어 보이며 트렁크에 싣겠다고 말했다. 태경이 고개를 끄덕이자 우영은 개를 뒷자리에 들여넣고는 트렁크에 쇼핑백을 실은 뒤 앞쪽으로 돌아왔다.

"짐은 뭐니?"

태경이 물었다.

"아, 개 때문에요. 애견용품요."

우영이 조수석에 앉으며 대답했다. 개는 몸을 틀면서 앓는 소리를 좀 내다가 이내 완주의 손길에 몸을 맡기고 차분해졌다. 우영은 개 이름이 왈리라고 완주에게 알려줬다.

"여자 개예요, 남자 개예요?"

완주가 고개를 빼며 물었다. 우영이 뒤를 돌아보지 않은 채로 암 컷이라고 가르쳐줬다.

"몇 살이에요?"

"아마 네 살, 아님 다섯 살."

"아니, 형요."

"열아홉."

"형, 여자 갠데 엘리라고 하면 안돼요?"

우영이 그때 처음으로 고개를 돌려 완주를 잠시 바라봤다. "왈리!" 하고 우영이 소리치자 왈리가 꼬리를 치며 반응했다. 완주가 "엘리!" 하고 소리치자 엘리가 꼬리 치며 또 반응했다. 우영과 완주는 그걸로 만족스러운 합의를 봤다. 우영의 왈리, 완주의 엘리. 개는 그 둘 모두를 제 몫으로 받아들인 것처럼 보였다.

"미라씨랑은 각별한 사이라고 들었어."

태경이 자기 짐작을 친절한 목소리로 말하며 핸들을 부드럽게 돌렸다. 우영이 풋, 소리를 내며 웃었다.

"이상한 말 같은데, 어쨌든 감사해요."

우영이 대꾸하자 태경은 우영을 흘깃 봤다.

"영화는 극장에서만 봤거든요."

우영이 그렇게 덧붙이고는 그제야 생각난 듯 안전벨트를 맸다.

"미라씨는 네가 자기를 흠모한다고 하던데."

태경이 한쪽 눈썹을 실룩거리며 말했다.

"꽃다운 내가 그럴 리가요."

우영이 그 말 끝에 중년 신사처럼 어허허, 장난스럽게 웃었다. 미라가 태경의 등뒤에 얼굴을 대고 우영이 질투해서 그러는 거라며 우겼다.

"전화번호도 캐내고, 순 스토커야. 애인이 생겼다니 푹 안심되네요."

우영이 그렇게 말하자 미라가 "많이 섭섭했나봐"라고 했다. 잠깐의 침묵 뒤에 우영이 돌아보고 입을 반쯤 벌린 채 말하기를 망설였다. 미라가 미소를 짓자 비로소 그는 미소에 답례하듯 부드러운 목소리로 말했다.

"어쨌든 한번은 다시 볼 거 같았어요, 나도."

태경이 그 순간 차선을 잘못 탔다. 길을 우회해 되돌아오면서 그는 조금 불안해했다.

"영화 배경은 미래도시라는데 이건 뭐, 당장 눈앞의 길도 헤매는 지경이니."

태경이 룸미러를 흘끔거리며 구시렁거렸다.

"그럼 우리 미래로 가요?"

완주가 왈리 등허리를 쓰다듬다 말고 반짝 고개를 들었다.

"미래 전사 중 하나래요, 내가."

태경이 완주의 질문을 귓등으로 흘려보내며, 미라에게 말을 건 냈다. 완주는 포기하지 않고 캐물었다.

"말도 해요?"

"말은 안해. 그냥 몸으로 다 해. 삼촌은 운동을 했으니까 금세 지 치진 않을 거야."

태경은 솟아나는 염려를 그렇게 짐짓 격려로 바꾸었다.

"그럼 내면 연기를 해야겠네."

미라가 짓궂게 미소 지었다. 태경은 순간 말문이 막혔다. 우영이 내면 연기를 위해 필요한 게 뭐냐고 묻자 태경은 어떤 설정이 필요 할 거 같다고 답하며, 그 대답을 자신없어했다.

"이런 것도 돼요? 잡히면 아저씨가 사람을 죽여야 돼요. 아저씬 전사로 계속 살고 싶지 않아서 갈등하고요."

우영이 말했다. 그러자 완주가 소리쳤다.

"잡히면 안돼! 우릴 구하러 와요! 도망쳐와요!"

그 소리에 왈리가 덩달아 짖었다. 차 안의 네 사람과 한마리의 개는 그런 식으로 집과 촬영장 사이에 전사의 내면으로 가는 통로 와 미래로 통하는 다리를 만들었다. 아침나절의 전화 한통이 불러 온 것치고는 스케일이 큰 낙관이었다.

쎄트장에 도착하자 태경은 상길과 조연출, 감독에게 인사를 하 고 곧장 연출부원을 따라 분장실로 들어갔다. 미라가 그 곁에서 상 길에게 인사를 했다. 상길이 무뚝뚝하게 인사를 받았다. 미라가 차 있는 데까지 걸어오는 동안 상길이 그 뒤를 따라왔다.

"저기요."

차 앞에 다다르자 상길이 미라의 등뒤에서 말을 걸었다.

"태경이 말인데요."

상길이 말을 꺼내놓고 곤란한 표정을 지었다. 미라가 조심스럽게 먼저 운을 뗐다.

"오면서 들었어요, 미래 전사."

"그게 아니라."

그때 차 문을 발칵 열고 완주가 왈리와 함께 나왔고, 왈리가 코를 벌름거리며 구석에 가더니 다리 한쪽을 들고 오줌을 쌌다. 우영이 조용히 차 밖으로 나와 오줌 싸는 모습을 반쯤 가리고 섰다.

"후."

상길이 한숨을 쉬었다.

"안녕하세요?"

완주가 상길의 바짓단을 잡고 인사했다.

"싸인해주세요."

완주가 말했다.

"근육 쨩!"

완주가 자기 양팔로 가새표를 해 보이며 상길을 쳐다봤다.

"다른 말도 들었고요. 자기 복잡한 놈이라고."

미라가 뒷목을 주무르며 태연히 말했다. 상길이 "여자 문제 포함해서요" 하고 말하더니 미라가 자기 눈을 보기를 기다렸다. 미라가 동작을 멈추고 상길을 바라보았다.

"뭐가 자꾸 안되거나 다치면 공포가 의지를 이겨요. 저 친구 좋은 놈이라 그거, 더 보기 싫어요, 제가."

그가 참았던 말을 꺼냈다. 미라가 잠깐 생각에 잠기는 듯하더니 목을 주무르던 손을 내리고 입을 뗐다.

"제가 특별한 여자가 아니라 저도 별수없을 수도 있는데요."

그녀도 이 말 끝에 잠깐은 숨을 골랐다.

"근데, 동생을 너무 과소평가하지 마세요. 좋은 형님이시잖아요."

그 말에 상길이 고개를 젖혀 하늘을 보더니 다시 숙이고는 피식 웃으며 뒤돌아서 갔다.

미라는 완주와 우영, 왈리를 불러 차에 태우고 운전석에 올랐다. 차를 타고 일반인들에게 개방된 다른 쎄트장을 돌아보기로 했다.

"엄마가 아파요."

우영이 딸꾹질이라도 하듯 불쑥 그렇게 말을 꺼내고는 곧바로 자조했다.

"내가 아플 수가 없어, 그래서."

"진짜 전사는 따로 있네."

미라가 말했다. 우영이 "그런 것도 모르면서" 하고 빈정거렸다.

"무슨, 보자마자 놀리면서 막 흠모래, 에이."

우영이 미라를 탓했다. 그러다 고개를 가로저으며 소리 죽여 웃었다.

"내가 너한테 연락할 줄은 나도 몰랐어. 한다면 니가 할 줄 알았지."

미라가 말했다.

"소풍 같다."

우영이 딴소리를 했다.

왈리는 해 드는 창 쪽 자리에서 몸을 웅크린 채 꾸벅꾸벅 졸기 시작했다. 완주가 차창 밖으로 흘러가는 풍경을 보며 입에 손을 대고 인디언처럼 "아아아" 소리를 냈다.

"사장이 번호 주면서 뭐라 해요?"

"너한테 되게 미안하대. 잘렸니, 너?"

"아니. 내가 미안하죠, 뭐."

차가 멈췄다. 우영이 차에서 내려 멀찍이 걸어가더니 나무 그늘 아래 다다라 미라 쪽으로 돌아섰다. 그의 뒤쪽으로 한옥이 몇채 늘어서 있었다. 몇년 전 다른 영화를 촬영할 때 만들어놓은 쎄트를 그대로 보존해둔 거였다. 중년 여자 넷이 등산복 차림으로 그걸 구경했다. 우영이 양팔을 벌리고 크게 숨을 들이마시자 왈리가 그쪽으로 달려갔다. 완주도 이내 따라가서 우영을 흉내내 팔을 벌리고 심호흡을 했다.

태경은 미래 전사 옷으로 갈아입고 카메라 앞에 섰다. 전사 옷은 그의 짐작과는 달리 딱 붙는 은빛 우주복 같은 것은 아니었다. 펑크족 스타일에 가까웠다. 태경은 다른 엑스트라 무리에 섞여 프레임 이쪽부터 저쪽까지, 다시 저쪽부터 이쪽까지 빠르게 왔다 갔다 움직였다. 감독이 잠깐 동선과 카메라 위치를 재점검하고는 엑스트라 무리 중에서 태경을 지목해 따로 뒤쪽에 숨었다가 뛰어나오라고 지시했다. 그는 총 여섯 테이크에 오케이 싸인을 받았고, 다음 장면에도 잠깐 출연하게 됐다. 대기하고 분장을 고치고 동선을 정리하고 카메라 앞에서 움직이는 일을 반복하는 동안, 한 여자와 두 아이, 무구한 개 한마리가 그가 떠나온 과거에서 차를 대기해놓고 그를 기다리고 있었다. 마치 그의 미래가 그만의 미래는 아니라는 것처럼.

당신과 당신의 합

강수와 현자는 아들과 차를 다른 사람에게 넘기고 빈집에 앉아 마주보고 있었다. 지금은 혼자만을 위한 감옥을 파트너에게 내어주기 좋은 시간일지 몰랐다. 그러나 부부는 한동안 이렇게 서로를 바라보는 데 익숙해져보기로 한다. 성능 좋은 인공지능 에어컨 덕에 실내 공기는 적당히 시원하고 쾌적했다. 완주가 몇시간 전 현자에게 전화로 늘어놓은 말들은 두서가 없었지만 정리하기 어려운 내용은 아닌데다 오해할 만한 대목도 없었다. 완주는 정말 좋은 하루를 보냈다. 얼마 전 삼촌과 이모가 생긴 후로 오늘은 '여자 개'와 형을 사귀었고, 그들 모두를 위해 지금 운전을 하고 있는 사람은 아직 분장을 지우지 않은 미래 전사다. 그들이 귀가하기까지 한두 시간 정도 이렇게 더 흘러가게 될 것이다.

"혹시 후회되는 거 있어?"

현자가 강수에게 물었다. 그 질문은 '혹시 나 속이는 거 있어?'라고 연애 시절 그가 그녀에게 물었던 데 대해 이제야 그녀가 뒤늦게 되받아치는 질문처럼 들렸다.

"없어."

강수는 깊이 생각할 것도 없다는 듯 말했지만 표정이 조금 쓸쓸했다. 그녀는 좀더 깊은 데로 내려가보기로 했다.

"나는 있어."

"뭔데?"

"자기한테 처음부터 장인어른이 없는 거."

"그럴 거 없어."

강수가 소파 등받이에 깊숙이 몸을 묻었다. 그녀의 첫 질문으로부터 멀어지려는 듯이.

"성격 센 장모가 자기한테 장인 역할까지 강요한 거, 우리가 선택할 새 없이 흘려보낸 거나 처음부터 그렇게 흘러가게 되어 있던 상황들, 사랑한단 이유로 당신이 그냥 받아들이게끔 놔둔 그런 것들, 다. 나 만나기 전에 당신은 훨씬 밝은 사람이었던 거 같단 생각이 들 때가 있어."

현자가 손목시계를 들여다보며 말했다. 오래전 습관이 지금 나온 거였다. 진심이 거절당할 것에 대비해 그녀는 언제든 '난 이만 바빠서' 하고 발을 뺄 준비가 되어 있던 처녀였다. 약은 체하는 것에 비해 신경쓰지 않은 듯한 헤어스타일과 가끔 뚱해 보이는 무방

비 상태의 표정. 그 부조화가 나이 든 총각이던 그에게는 해석 불가했다. 그는 잘 풀리지 않는 문제에 매달리는 학생처럼, 그녀를 쉽게 접어놓고 다음 페이지로 넘어갈 수 없었다. 인연이라 생각했다.

"당신 말 안 믿어. 당신도 안 믿잖아. 요 며칠 든 생각은."

그가 담배를 찾았다.

"끊기로 약속했잖아."

현자가 좀전의 나긋한 목소리를 금세 떨치고 쏘프라노로 바락 시비를 걸었다. 그는 흔들림 없이 방에 들어가 담배를 찾아와 한대 피웠다. 안한다고 한 일은 안하지만, 작은 거라도 다시 하기로 한 일은 말려도 소용없어 보이는 그 태도. 이상한 고집과 그에 버금가는 너그러움과 성실함. 조화롭지 않은 것 같지만 따로 떼어 생각할 수 없는 그만의 전체 같은 것들이 있었다. 현자는 결혼 후 남편의 그런 점을 자기도 모르는 사이 조금씩 닮아갔다. 하는 수 없다는 듯이, 그녀가 웃었다.

"난 진짜 인생을 두려워해. 그런 거 같아."

강수가 담배 연기를 길게 내뿜었다.

"어쩌자고 나랑 완주를 짝퉁 취급해?"

현자가 강수의 두려움이 자기의 두려움을 지적하기라도 한 것처럼 뾰족한 반응을 보였다.

"당신도 알 거야. 끝없이 펼쳐진 바다 볼 때, 그때 드는 감정이랑 비슷해. 난 주로 나가지 않고 항구에 정박해."

"내가 당신 포박한 그 항군지 궁금하네."

현자가 표정을 구기며 억울해했다.

"비약하지 마. 어울리지 않게."

"그래, 나도 알아."

현자는 표정을 풀면서 금세 시인했다.

"안 닮은 거 같은데 또 닮았어, 둘이."

강수가 말했다. 현자는 대충 짐작하면서도 일부러 물었다.

"미라 말이야?"

현자가 화제를 돌렸다.

"태경이하고 당신은 완전 달라. 남자가 여자보다 단순하단 데서만 둘이 교집합이야."

"그렇겠지. 진짜 내 동생은 죽었으니까."

현자는 그 말을 얼른 받아치지 못했다. 이런 생각은 그가 늘 품는 것일까. 아니면 어떤 변명이 필요할 때 돌연 심각해지며 떠오르는 것일까. 외롭다는 말의 우회적인 표현일까. 그가 선 항구에서 바라보이는 섬 이름인 걸까. 현자는 그런 생각들을 했지만 남편이 미소를 지어 보이자 그냥 고개를 두어번 끄덕여주었다.

강수가 리모컨으로 텔레비전을 켰다. 게스트들이 모두 장기자랑을 선보여야 하는 오락 프로그램이었다. 채널을 돌리자 무엇이든 붙일 수 있다는 가정용 다목적 접착제 광고가 이어졌다. 그는 온종일 스포츠 중계를 하는 채널로 돌렸다가는 접착제 광고를 하는 홈쇼핑 채널로 돌아왔다. 신발 밑창도 붙이고, 가죽끈도 붙이고, 떨어진 벽지도 붙이고, 짜개진 자개 조각도 붙이는 그 광고에 입을 벌리고 관객으로 동참했다.

쇼핑 호스트가 끝없이 뱉어내는 멘트들 속에서 강수가 "운동 시
작할까봐" 하고 말했다. 그는 헬스와 조기축구와 수영과 요가 중에
자기한테 맞는 것을 고르기는 어렵지 않다고 했다. 그러나 누나를
위해서 누나에게 의견을 묻는 절차를 잊지 말아야겠다고 했다. 육
체와 마음의 안정을 동시에 구한다며. 그럼 어쩌면 상담치료를 하
는 예쁜 여선생을 소개받을 수도 있을 거라며. 현자는 상담이 꼭
필요하다면 자기와 먼저 해야 한다고 주장했다. 이런 대화들이 조
금씩 엇나가며 이어지는 가운데에도 쇼핑 호스트는 이것저것 접착
제로 꾸준히 붙여댔다. 장식품 손잡이에 이어 화장실 타일이 제자
리에 찰싹 붙었다. 호스트와 게스트 모두가 놀랍다며 탄성을 내질
렀다.

현자는 강수에게서 리모컨을 뺏어들고 텔레비전을 껐다. 오래된
이야기 해줄까. 난 무시당하는 기분이 싫어. 현자가 말했다. 그러자
강수가 고개를 저었다. 그러지 마. 그냥 그럴 때가 나한테도 있는
것뿐이야. 낙천적인 사람도 이럴 때가 있다는 걸 받아들여.

"우린 너무 가까워."

현자가 입술을 비죽거렸다.

"자기를 탓하며 날 탓하는 거 같아, 당신."

현자가 다시 손목시계를 바라보며 말했다.

"소모전은 그만두자. 항상 그다음을 생각하자고. 자기랑 나랑,
우리."

강수가 말했다. 그때 전화벨이 울렸다. 두번 울렸다 끊어지고 나서 삼십초쯤 후에 다시 울렸다. 현자가 텔레비전 옆에 놓인 전화기를 집어들었다.

"여보세요."

"현자씨 되십니까?"

젊은 남자 목소리였다. 현자가 수화기를 든 채로 이상한 표정을 지으며 강수를 돌아봤다. 강수가 표정으로만 '왜?' 하고 물었다.

통화는 길게 이어지지 않았다. 상대는 이름이 '신욱'이라 했다. 그 남자는 어제 미라가 예전에 자기들이 머물던 곳에 메모를 남기고 가서 인사차 미라의 거처로 전화를 했다고 전했다. 그의 목소리는 안정감이 있었고, 발음이 분명해서 스마트한 인상을 주었다. 미라에게 메시지를 남기겠느냐고 묻자 그가 말했다.

"미라를 보셨다면 저도 보시게 될 겁니다. 우린 따로 떼어서 서로를 생각한 적이 없거든요. 그보다 제 연락처를 남길 테니, 알아두세요."

현자는 "글쎄요"라고 막연하게 대꾸했지만 그 말이 이상하거나 불쾌하지는 않았다. 그녀는 연락처를 받아적었다.

"기억하진 못하시겠지만, 전 몇번 뵌 적 있습니다. 미라한테는 따로 안부 전하지 않으셔도 됩니다. 미라가 잘 알 겁니다."

신욱이 말했다. 현자는 그가 어쩌다 스친 걸 인사치레로 말했거나 그런 인사 자체가 중요한 영업 사원일지도 모른다고 강수에게 말했다. 강수는 현자에게 기억을 잘 더듬어보라고 하더니 오히려 한동안 자기가 생각에 잠겼다. 그는 허리를 굽혀 바닥에 날린 담뱃재를 손가락으로 꾹꾹 찍어내고는 피가 몰려 붉어진 얼굴로 현자에게 물었다.

"당신 여동생은 당신한테 어떤 사람이야?"

강수는 '여동생'이라는 단어를 약간 뭉개듯이 얼버무렸다. 그리고 그 질문이 잘못된 것인지 모른다는 생각에 시선을 벽 쪽 어딘가로 비껴두었다. 처음에는 '여동생'이란 호칭이 어색해서라고 생각했다. 그런데 꼭 그 때문만은 아닌 것 같았다. 당신은 당신한테 어떤 사람이야? 당신한테 나는 어떤 사람이야? 그는 그렇게 질문했어야 맞다고 느꼈다. 현자는 뭐라고 이야기를 했지만, 그는 아내의 말을 흘려들었다. 대신 아내의 표정만을 들여다보았다.

현자는 미라에 대해 항상 알려진 사실보다 소문이 더 많았다고 했다. 주로 예쁘지만 호락호락하지 않은 여자한테 붙어 다니는, 선망과 질투가 뒤섞인 농담이나 비난 같은 게 대부분이었다고. 미라가 조금 불행해지면, 사람들은 미라가 끝장났다고 말했다. 미라가 조금 행복해지면, 사람들은 미라가 자기들을 깔본다고 생각했다.

사람의 마음에 지도가 있다면, 현자의 지도에도 고유한 기호 같은 게 있었다. 어두운 밤의 하이웨이. 겁없이 손을 드는 히치하이커. 미라는 그런 표지와 함께 떠올릴 만한 얼굴이었다. 그녀는 "코흘릴 때 피를 나눈 사인 건 얘기했잖아" 하고 자기 말을 맺었다. 그러자 말을 이루는 말과 말 사이에서 어떤 진실의 무게가 쑥 미끄러져 빠져나간 것처럼 느껴졌다. 부부는 그 빈자리를, 발밑에 난 구멍을 바라보듯 물끄러미 들여다보았다.

  늦은 저녁, 완주와 태경, 미라가 돌아왔다. 완주는 이날 있었던 일들에 꽤 들떠 있었다. 거실을 오락가락하면서 드문드문 뭔가를 단어부터 말하고 보거나, 그걸 눈치 빠르게 알아듣는 미라와 태경을 보고 자주 미소 지었다. 자기들끼리만 아는 암호를 새로 정해놓기라도 한 것처럼.

  태경이 완주를 먼저 씻기고 나서 자기도 씻었다. 그동안 미라는 태경이 받은 일당으로 사온 참외를 씻은 뒤 껍질을 깎아 거실 탁자에 올려놓았다. 강수와 완주는 사각사각 소리내어 참외를 먹었다. 태경이 막 씻고 나와 참외를 먹는 부자의 모습을 보고 웃고는, 같이 먹자는 강수의 말에 고개를 저었다. 태경은 얼음물을 한컵 들고 이층으로 올라갔다. 그는 방에서 딸 정미에게 메시지를 넣었다. '잘 지내니?' 좀 있다가 정미가 '네' 하고 짧게 존댓말로 메시지를 보내왔다. 그는 그걸 바라보며 바닥에 한쪽 팔을 괴고 누웠다. 긴장이 풀린 탓인지 잠이 쏟아졌다.

  미라가 현자를 찾아 일층 안방으로 갔다. 현자는 화장대 앞에 앉아 있다가 거울로 먼저 미라와 눈을 맞추고는 말을 걸었다.

  "아까 신욱이란 사람한테 전화 왔었어."

  "응, 알아."

  미라가 침대에 걸터앉으며 대답했다. 현자가 손에 크림을 바르고 나서 머리칼을 빗었다.

"남편이 너랑 내가 좀 닮았다더라."

현자가 말을 잇지 않자 미라가 말을 붙였다.

"재밌는 사람 같아, 언니 시누인."

"너무 그렇지."

현자가 '너무'에 악센트를 줘서 말하고는 웃음을 흘렸다. 현자가 화장대에서 몸을 틀어 미라를 마주봤다.

"내가 우리를 좋아하게 돼서 다행이야."

미라가 빙긋 웃었다.

"넌 불안한 게 없는 애 같아."

현자가 말했다. 미라가 현자의 얼굴을 빤히 들여다보았다.

"왜, 언닌 불안해?"

현자는 애매하게 미소 지었다.

"사람들은 대개 자기가 원하는 걸 언젠간 만나게 돼. 그러니까 그게 뭔지 잊지 말고, 좋은 걸 보게 되면 용기를 가져, 언니."

둘은 짧게 밤인사를 나눴고, 미라는 이층 방으로 올라갔다. 강수와 완주는 이미 거실에 없었다. 이 부자는 화장실 거울 앞에 나란히 서서 칫솔질 중이었다. 미라는 이층 화장실에서 씻고 방으로 들어갔다. 태경이 휴대폰을 손에 든 채로 잠들어 있었다. 휴대폰에 반짝 빛이 들어오면서 메시지가 도착했다는 신호음이 울렸다. '잘 자. 오늘 수고 많았어'라고 뜬 메시지의 발신인은 '불사조 상길'이었다. 미라가 그걸 보고 벽에 가 기대앉았다. 그녀는 거기 앉은 채로 꾸벅꾸벅 졸았다.

* * *

밤이 되자 우영에게는 어둠과, 술에 취한 아픈 엄마와, 한마리 다정한 개, 그리고 태경에게서 받아온 참외 세개가 남았다. 며칠 뒤에는 집주인에게 비워줘야 할 이 집에는 많은 상념과, 아직 정리 못한 잡동사니, 잡다한 추억 들도 있었지만, 그것들을 일일이 헤아리기에는 힘이 부쳐서 마음 저쪽에 따로 치워두기로 했다. 별명이 우엉인, 식물성의 우영은.

왈리이며 또한 엘리이기도 한 이 집의 누렁이는 아무래도 사려 깊은 개다. 다음날 중국으로 떠날 전 주인이 아침나절 이 집에 놓고 간 제 사료와 밥그릇, 칫솔과 치약, 귀 청소제와 목줄과 옷 세벌을 성실히 킁킁거릴 뿐 서러워하는 기색이 없다. 그저 단순하고 지능 낮은 잡종견이라서 그럴 거라는 견해를 가진 사람이 있다면 그에 대해 왈가왈부할 생각은 없다. 때리기 싫어서 맞아온 우영은.

"엄마."

우영은 바닥에 엎드려 있는 엄마를 일으켜서 소파 위, 그래도 그나마 쿠션이 있는 곳에 눕혔다. 물수건으로 땀에 젖은 그녀의 이마와 목덜미, 겨드랑이, 팔다리를 닦았다.

"엄마."

우영은 자기를 두고도 희망을 다 내려놓은 약한 엄마를 숨죽인 기대감을 갖고 불러보지만 대답은 돌아오지 않는다. 우영은 참외를 깎아서 아작아작 씹으며 단물이 혀를 타고 도는 감각에 잠깐 행복한 미소를 지었다. 작게 몇조각 잘라 왈리에게도 준다. 달빛이 창 너머에서, 아직은 이 모자의 삶의 터전인 이곳까지 평등한 빛을 보내고 있다. 아아아아아. 우영은 밝은 장조의 음계로 노래해본다. 아아아아아. 목소리가 있는 한 음악은 이 순간을 어떤 이미지로 만들어줄 수 있을 것이다. 우영이 아작아작, 아아아아아아, 하면 그 옆에서 왈리가 삭삭삭, 씹는 소리를 내며 장단을 맞췄다. 아작아작, 아아아아아, 삭삭삭.

올해 봄부터 초여름까지, 우영의 생활에는 변화가 있었다. 일단은 맷집이 세졌다. 배달 일을 자의 반 타의 반 그만두게 됐고, 그의 아버지가 돌아왔다 도로 떠났다. 아버지는 진심으로 뉘우친 것처럼 보였지만, 돌아와서도 오랜 버릇대로 곧장 떠날 궁리를 했다.

우영은 자책했다. 자기가 좀더 믿음직한 모양새였다면 좋지 않았을까. 우영의 엄마는 우영이 짐작한 것보다도 훨씬 많이, 그 짧은 동안 아주 많은 희망을 품었던가보았다. 눈물로 호소하며 집으로 들어온 남편이 보름이 채 되지 않아 우영의 두달분 급여를 들고 사라지자, 그녀는 단번에 마음의 커튼을 완전히 내렸다. 희망의 불빛은 커튼 뒤에서 한꺼번에 사그라졌다. 그녀는 술을 마셨다. 우영은 겨우 그 정도 돈을 들고 자기 삶에서 도망쳐버린 아버지가 인간적으로 안타깝고 측은해서 이제는 미워하지도 못하게 된 게 억울했다. 엄마가 택한 자기학대의 방법이 겨우 알코올로 정신을 놓는 것인 게 불쌍했다.

그래도 아무도 몰랐다. 이런 고통은 그의 비밀이어야 마땅한 것 같았다. 늑대처럼 달려들 패거리가 세상에 천석 패거리 하나뿐일 리 없었다. 얻어터지고도 의연했던 건 그의 비밀이 훨씬 더 아프기 때문이었다.

우영은 돌아보면, 자기보다는 사물들의 예감이 조금 더 정확했다고 회상했다. 아버지가 낡은 소파에 앉자 스프링이 쿨렁 가라앉았다. 우영이 카메라로 그 모습을 찍으려는 순간, 아버지는 갑자기 등을 돌렸다. 우영의 빛바랜 티셔츠를 입은 아버지의 등이 쩍 하고 갈라지는 것 같았다. 사실은 등판에 적힌 '1'이란 의미없는 숫자가 오롯하게 솟아난 것뿐이었지만. 곧 사라질 남자의 뒷모습만을 담은 카메라는 그날 오후 천석 패거리를 따돌릴 때 떨어져 고장이 나 버렸다. 봄날이 그렇게 갔다. 우영의 엄마는 밤마다 술병을 조금씩 더 비웠다. 계절은 여름으로 접어들었고, 통풍이 잘 안되는 집 안 공기는 한낮의 열기로 밤까지 후덥지근했지만, 우영의 엄마는 온종일 손을 떨었다.

'나를 놓고 상상하는 거면 이왕이면 좋은 걸로 해줘.'

미라의 그 말 정도가 그에게 남아 있는 약속이었다. 그녀는 올봄에 우영의 시야에서 사라졌었다. 아버지가 왔다 떠난 꽃피는 봄에. 그리고 또다른 약속은 지난 수요일에 그를 찾아왔다. 곧 닥칠 토요일과 그 이후를 결정하게 될. 이번 약속 대상은 미라가 아니었다.

우영은 지금은 다만 참외의 단맛, 미라가 낮에 보여준 미소, 잠든 모습만으로는 일면 평온해 보이는 엄마와, 차고 기우는 달, 낑낑거

리는 일 없이 날렵한 턱을 그의 허벅지에 비비며 그를 의지하고 있
는 개 한마리만을 그의 전부로 생각하기로 한다. 사소하고 하찮은
모양새로 이곳에 도착해 있는 이 시간, 거기에도 어떤 영원이 깃들
어 있기를.

골목길에서 널 기다리네

토요일 아침에 태경은 미라에게 어제 자기가 번 돈과 상길의 집에서 저 혼자 빌리는 마음으로 그냥 집어온 돈이 전재산이라고, 이제는 그나마 몇푼 남지 않았다고 고백했다.

미라는 자기 수중에는 오만원권 네 묶음이 있는데, 옮긴 거처가 언제나 그녀의 새로운 은행이므로, 자기의 현재 계좌는 이 집 주소인 셈이라고 했다. 태경은 "이게 아닌데" 하면서 고개를 갸웃했다.

"그런 얘길 들으려고 한 게 아니라."

태경은 그 말을 마무리하지 않은 채 자리를 떴다. 미라는 일층으로 내려가 현자가 청소기를 돌리는 동안 세탁물을 분류했다.

점심 무렵, 아침 일찍 차를 몰고 까페로 갔던 강수가 태경에게 전화를 걸어왔다. 그는 트렁크에 실은 게 뭐냐고 물었다. 태경은 그게 무슨 소리인지 금세 알아채지 못했다.

"모르는 쇼핑백이 들어 있던데."

태경은 비로소 기억났다는 듯이 "아, 아" 목소리를 높였다. 그러다 다시 차분해진 목소리로 애견용품일 거라고 설명했다. 어제 동행했던 남자애가 실은 건데 거기 두고 내린 걸 모두가 잊고 있었다고.

"여기 그런 건 안 보이는데."

강수가 트렁크 안을 뒤적거리면서 태경에게 말했다. 트렁크에 있는 쇼핑백은 세개인데 두개에는 그가 아는 물건이 담겨 있고 하나는 아니라며.

"하난 완주 장난감하고 공 담아놓은 거고, 하난 내 운동화야. 하나만 내가 모르는 건데, 이게 개 용품은 아닌데."

그는 애견용품이란 게 혹시 개 사진을 말하는 거냐고 물으면서 거기 무슨 앨범이 담긴 것 같다고 했다. 생각지도 못한 질문에 태경은 달리 대답할 말이 없었다.

"내가 집에 가서 잊더라도 꼭 짚어줘. 트렁크, 하고."

"알았어, 형. 고마워요."

태경은 전화를 끊고 아래층으로 갔다. 미라에게 그 말을 전하려고 했는데, 어딘가로 사라지고 보이지 않았다. 그는 개수대에서 찬물로 손을 적신 뒤 낮은 창에 맞춰 허리를 약간 구부리고서 고개를 들어 창밖의 풍경을 보았다. 눈에 힘을 주고 하늘 저 멀리까지 보았다. 미라가 등뒤에서 그의 어깨에 손을 짚었다.

"뭐가 보여요?"

그녀가 물었다.

"자기가 보여요."

태경이 대답했다. 애교로 한 말은 아니었다. 그 햇빛으로부터 고개 돌려 눈을 깜박이자 눈앞에 나타났던 여자. 태경은 이 집에서 미라를 다시 보게 됐던 첫 순간을 떠올리고 있었다.

현자와 완주, 미라, 태경이 함께 집을 나섰다. 현자와 완주는 미수가 강의하는 문화센터에 찾아가는 길이었고, 미라와 태경은 다른 연인들처럼 토요일의 거리를 걸어볼 참이었다.

"거기 옥상에 정원이 있어요. 거기로 같이 가요."

완주가 제가 뭘 안다고 데이트 코스를 추천했다.

"건물 옥상에 장미정원이라고 꾸민 데가 있긴 해. 2인용 그네들 장미로 장식하고, 테이블도 장미로 장식하고 뭐 그런 거 있잖아. 나쁘진 않아."

현자는 미라에게 친절하게 설명해주었지만 '나쁘진 않아'에 약간 여운을 두었다. 좋지도 않다는 의미였다. 미라와 태경은 그저 완주의 머리칼을 한번씩 쓰다듬어주었다.

미수의 강의는 나름 인기가 있었다. 강수는 미수가 수강생들이 주로 듣고 싶어하는 말만을 들려주기 때문이라고 평가했다. 미수는 그런 평가에 과민반응하지 않았다. 그녀가 과민한 부분은 따로 있었다. 어제오늘 강수는 몇차례 미수와 통화를 시도했는데, 미수는 평소와 달리 아주 퉁명스럽게 전화를 받았다. 강수에게 완전히 앙금이 가신 게 아닌데다 지남이 또 잠수를 탔다. 이럴 때가 바로 현자가 한발 나서야 하는 경우였다.

전철역에 다다랐다. 현자와 완주는 상행선, 미라와 태경은 하행선을 타야 했으므로 반대 방향 에스컬레이터로 흩어졌다. 상행선이 도착한다는 안내방송이 흘러나오자 완주가 태경과 미라의 맞은편에서 손을 크게 흔들었다. 전철이 들어왔다.

얼마 안 있어 하행선도 들어왔다. 좌석에 여유가 별로 없어서 미라와 태경은 따로 떨어진 자리에 앉았다.

태경과 미라는 몇몇 상점을 돌아다녔다. 주머니에 얼마 있지도 않았으므로, 태경은 마음이 복잡할 게 없었다. 태경이 단순한 사내라는 것이 이 순간 미라에게도 나쁘지 않았다. 나이 든 커플은 쇼핑몰 바깥의 조악한 분수대 앞에 앉아 아름답게 웃고 있었다. 세상에는 많은 사람과 상점과 물건 들이 있지만 그들은 단둘이었다. 세상이 그들을 위해 일부러 그들에게 무심한 것처럼 생각됐으므로 그들은 거기서 입을 맞췄다. 젊은 행인들은 머뭇대거나 흘깃거리지 않고 제 갈 길을 걸어갔다. 그들보다 나이 든 외국인 커플이 그들과 좀 떨어진 곳에 앉아 입을 맞췄다.

우리에게 허락된 시간이 끝나면, 당신은 나를 떠나가나요. 솟아오르는 물줄기와 떨어져내리는 물방울들, 거기 부서지는 부신 빛을 멍하니 바라보면서, 태경은 미라에게 꼭 할 말이 있는 것처럼 느껴졌다. 방금 자기가 마음 속으로 읊조린 말이 그 '꼭 할 말'인 것 같다고 생각했지만 하지 못했다. 그 말은 그가 대역으로도 맡을 수 없었던 어떤 멜로 영화의 주인공 대사였다. 그는 그저 웃었다. 미라가 그 실없는 웃음에 태경의 등판을 찰싹 때렸다. 이제 보니 그녀는 느닷없이 그의 허벅지나 등판을 찰싹 때리는 버릇이 생긴 듯했다. 손맛이 매웠지만 얼굴이 붉어질 말을 내뱉을 뻔했던 그는 차라리 그게 시원하니 좋았다.

강수가 운영하는 까페에는 여느 주말과 달리 손님이 별로 없었다. 매니저가 오늘부터 나흘간 여름휴가를 냈기 때문에 당분간 그는 자리를 뜨기가 어려울 것이다. 생각이 많아지는 시간. 커피 한잔의 시간. 너무 많은 커피 한잔들의 시간. 오늘은 몇몇 손님이 머물다 간 시간과 자리가 다 어떤 종류의 압축된 인생 같았다. 그는 매니저가 자주 앉아 있던 자리에서 돌고래 모양의 명함꽂이를 발견했다. 명함꽂이에는 네번 접은 종이 한장이 꽂혀 있었다. 펼쳐보니 아무것도 적혀 있지 않았다. 그는 아무것도 없는 그 비어 있음을 가만히 들여다보았다.

강수는 언젠가 자기 가게를 내보고 싶다는 꿈이 있었다. 그러니까 이곳은 그의 옛 동료들의 생각대로 안타까운 추락의 지점은 아니었다. 그는 예상보다 빨리 온 시작이라는 점만을, 그로 인해 새로 바라보아야 하는 정황들만을 깊이 받아들이기로 했다. 나머지는 그 나머지가 그에게 무슨 말을 거는지 귀기울이고, 그게 어떤 지표가 되어준다면 그걸 그의 운이라고 생각하기로 했다.

　오후에 지남이 강수에게 전화를 걸었다. 미수가 까페로 찾아왔는지를 확인하는 내용이었다. 미수는 오늘 현자와 함께 완주를 데리고 그녀의 어머니를 찾아갈 게 뻔했으므로 지남이 미수와 까페에서 마주칠 가능성은 거의 없었다. 지남은 전화를 끊고 한시간 남짓 지나서 까페로 왔다. 그는 평소에 즐겨 앉던 대로 구석진 곳에 자리 잡고 에스프레쏘를 한잔 마셨다. 강수는 그를 방해하지 않았다. 두 남자는 그렇게 서로의 영역을 존중하는 동물들처럼 이따금씩만, 서로의 선의가 서로를 혹시라도 불편하게 하는 건 아닌지 살피는 선에서만 상대를 잠깐씩 바라봤다. 지남은 노트북으로 최근 재조명받고 있는 뮤지션의 삶과 그의 숨은 명반에 관한 두편의 형편없는 잡문을 썼다. 그리고 각기 다른 매체에 발송했다. 그가 아닌 누구라도 할 수 있는 말을, 그의 이름을 걸고 했다. 거절해야 마땅한 일을 거절하지 못하고 지난 몇년을 보내온 듯했다. 아마도 그 부작용으로 연인과의 관계에서 느닷없이 잠수를 타고 있는 것이 아닐까. 피곤이 몰려왔다. 묘지에 묻혀본 적 없지만, 비석을 세우고 스스로 걸어들어가는 느낌이었다. 자괴감을 덜어줄 수 있을 모던한 까페가, 그래서 더욱 필요했는지도 모른다. 그는 노트북을 덮고 팔을 괸 채 창밖의 여름을 응시했다.

　할머니 집에 도착하자마자 완주는 까닭 없이 징징대기 시작했다. 나이에 비해 눈치 빠르고 영민한 애가 이곳에만 오면 침과 콧

물을 흘리며 울었다. 현자는 그 점이 시어머니에게 종종 미안했다. 일부는 자기 잘못인 것도 같았다.

미수의 딸 세진이 완주를 데리고 밖으로 나갔다. 현자는 문밖을 나서자마자 눈물을 훔쳐내고 세진에게 살갑게 굴 완주가 눈에 보이는 것만 같았다. 상상만으로도 어쩐지 우스워서 그녀는 조금 티 나게 웃었다.

시어머니는 현자네 집에 누가 와 있다고 들었다며 알은체를 했다. 미수가 "올케는 정말 알다가도 모르겠다"며 수다를 늘어놓았다.

"집을 아주 통째로 맡기고 여행을 다 다녀왔더라고."

미수는 현자에게 의외로 허술한 데가 많다고 했다. 현자 입장에서는 이 이야기에 전적으로 호응하기가 어려웠다. 시어머니도 시누이도 괜찮은 사람들이었기에, 괜찮은 사람들에게 나무랄 수 없는 사람으로 인식될 보편적인 카드를 꺼내들기로 했다. 현자는 요새 있었던 일들을 몇가지 솔직하게 털어놓고는, 적당한 때 자기 어머니 이야기를 꺼냈다. 시집 식구들과 며느리로 가름되고 있는 이 자리가 모녀와 또다른 모녀의 자리로 확장되길 무의식적으로 바랐기 때문이었다. 죽은 어머니를 이 자리에 불러와야 한다는 게 유쾌하진 않았지만, 특별히 불쾌해하지도 않기로 했다.

현자는 자기 어머니가 살아온 길에 자기는 항상 거추장스러운 짐이었다고 말했다. 짐으로서의 길도 물론 쉬운 것은 아니라는 전제를 깔았다.

그녀의 어머니는 작은 회사의 말단 사원으로 사회생활을 시작했다. 말단으로 끝날지도 모를 인생에 대한 두려움이 유달리 커서 특허를 내면 대박이 날지 모른다는 발명품 개발에 돈을 투척하는 이상한 모험심을 불태운 적도 있지만, 어머니의 재주는 주로 요리 부문이었다. 먹는 요리도 사람 요리도 잘하는 편이었다. 고객의 니즈를 읽어낸다,는 회사의 전략보고서 내용을 다 이해하지는 못했을지라도 무엇과 무엇을 엮으면 좋을지 흘러가는 일에 감을 잘 잡았다. 말년에는 몇가지 반찬을 브랜드화 해서 이름을 알리기 시작한 중소기업에서 사외 이사로도 활동했다. 그녀 인생의 마지막 장은 전혀 다른 남의 손에 넘겨졌다. 새로 산 차를 시운전해보려는 고객 차에 올라탄 것뿐이었는데, 그게 끝이었다. 운전자는 굽은 내리막 길에서 제동을 잘못해 전신주를 들이받았다. 운전자는 살았고, 어머니는 죽었다.

현자의 어머니는 생전에 항상 자기가 죽으면 혼자 될 딸을 의식하며 살아왔기 때문에 이미 유서를 남겨놓은 상태였다. 조용하고 단출하게 장례를 치러달라는 내용과 현자를 친부와 가족으로 '엮지' 못했다는 회한이 적혀 있었다. 이런 건 비즈니스가 아니야, 엄마. 현자는 유서를 내려다보며 못 말릴 애정을 느꼈다.

현자는 어머니가 죽자, 이미 가정을 이룬 성인인데도 불구하고 고아가 된 듯한 기분이 들었다. 현자는 죽은 어머니에 관한 일화를 담담하게, 필요할 경우에는 윤색해서 가끔씩 시댁 식구들에게 꺼내놓았다. 고아가 아닌 기분으로 남은 타인의 삶을 자기편으로 끌어들이려는 그녀만의 방법이었고, 그녀 어머니한테 물려받은 진짜

유산은 그런 것일지 몰랐다.

"사람들은 모두 다르고, 저도 좀 다른 거죠."

현자가 말했다.

"혼란스러운 시기란 건 내 안다. 강수가 멀쩡히 다니던 회사를 그만둘 줄 누가 알았겠니. 아무쪼록 새 일 현명하게 잘해나가길 바랄 뿐이지."

시어머니가 말했고 미수는 그저 옆에서 고개를 끄덕였다. 결과적으로 뭔가 주고받고, 또한 그 뭔가의 뭔가는 조심스레 겸양한 자리였다. 현자는 완주를 데리고 그 집에서 나왔다. 시어머니와 시누이가 문가에 서서 손을 흔드는 모습에 웃음으로 화답하고는 뒤돌아서서 완주의 손을 잡았다. 등을 내보이는 기분이 그다지 산뜻하지 않았다.

"엄마, 울까?"

현자가 완주에게 물었다.

"코 흘리고 침 흘리면 네가 다 닦아줄 거야?"

그러자 완주가 현자의 손에다 살갑게 제 얼굴을 문질러댔다. 현자는 아이를 내려다보며 자기 볼에 바람을 넣었다 뺐다 해 보였다. 완주가 평소보다 큰 소리로 까르르 웃었다.

태경과 미라는 해질 무렵이 되어 집으로 돌아왔다. 완주와 현자가 식탁에 앉은 채로 이들을 맞았다. 태경과 미라는 식탁 의자에 잠깐 걸터앉아 몇마디 나누고는 이층으로 올라갔다. 차례로 이층의 화장실에서 씻고는 방으로 들어가 물결무늬 티셔츠로 갈아입고 마주보았다. 미라의 옷에는 초록색이, 태경의 옷에는 검은색이 물결쳤다.

"좀 웃기네요."

미라가 웃지도 않으면서 웃긴다고 말했다. 태경이 비실비실 웃으면서도 뭐가 웃기냐고 대꾸했다.

"나는 벗을래요."

미라가 미안하지만 안되겠다는 듯이 말했다. 태경은 서운해하지 않았다.

"이 옷은 현자 언니 줄까봐요."

"그럼, 난요. 이거 강수 형 줘야 하나. 미라씨가 사준 건데."

"자긴 그냥 입어요."

미라가 다른 옷을 꺼내 갈아입었다. 태경이 미라의 등뒤에서 고개를 숙이고 자기 옷의 검정 물결무늬를 내려다보았다.

"나도 줄 게 있어요."

태경이 말했다.

"그럼 지금 받을게요."

미라가 태경의 어깨를 두드리고는 손을 내밀었다. 태경이 미라 쪽으로 돌아앉더니 머뭇거렸다.

"아니, 나중에 줄게요."

태경이 뒤로 몸을 뺐다. 미라가 그 모습을 빤히 보다가 그건 아니라는 듯 고개를 좌우로 흔들었다.

"그래요. 나도 내가 맘에 안 들어요."

태경이 지레 말을 앞세우고는 그 뒤에 숨었다.

"아니, 왜 또 그래요?"

"힘들어서요."

태경은 검정 물결무늬 옷을 벗어젖히고는 한숨을 쉬었다.

"자기, 손은 이제 어때요?"

"거의 나았네요."

"그럼 다른 것도 괜찮아지겠죠."

"아니, 정말 힘들어요."

"하나 정돈 내가 받아줄게요. 어디 말해봐요."

"내가 아무 짝에도, 아무한테도 쓸모가 없는 거 같아서 돌겠어요."

"안 받을래요. 그런 건 나 혼자 못 받아요."

"그럼 나 어떡해요?"

"손 나았으면 나 팔베개해줘요."

"네, 그럴게요."

둘이서 이불을 펴고 나란히 누웠다. 태경은 미라의 호흡이 자기 팔로 전달되는 느낌을 음미했다. 미라에 대한 궁금증은 이제 꼭 답을 듣지 않아도 좋을 몇가지 질문들로만 남았다. 그나마 질문들도 희미해져서 몇몇 단어로만 그의 마음에 떠돌았다. 그러다 종래엔 단어들도 희미해졌다. 지금 곁에 있는 이 여자와 함께할 좋은 남자인가, 나는. 강한 사람인가, 나는. 나는 나로서 나를 구할 수 있나.

그 자신에 대한 질문들만이 점점 커져갔다.

* * *

사거리 오성상가 지하실. 우영이 천석 패거리 셋과 마주하고 있
었다. 셋 중 하나는 우영보다 주먹이 세고, 나머지 둘은 우영만 못
했다. 이 지하실의 주인 행세를 하던 천석은 오늘 이 자리에 나타
나지 않았다. 당분간 그는 숨어 지내게 될 것이다. 한때 의류창고로
쓰이다가 지금은 비워진 공간. 해묵은 형광색 수영복들만이 증언
해줄 수 있는 이곳에서의 시간들. 그것도 이제 끝에 와 있다.

"입어."

천석 패거리 중 하나가 옷가지를 던져줬다. 우영이 입고 있던 옷
을 벗고 그들이 던져준 옷을 입었다. 그러자 그들은 이번에는 신발
을 던졌다.

"신어."

우영이 그 신발을 신었다. 약간 큰 듯했지만 끈을 조이니 뛰다가
벗겨질 정도는 아니었다.

천석 패거리 중 가장 마른 녀석이 다가와 우영의 머리에 야구모
자를 씌웠다.

"눈, 깔아."

그가 발끝으로 우영의 무릎을 두번 건드리면서 말했다. 나머지
두명이 우영의 앞으로 다가와 주먹으로 배를 한번씩 쳤다.

"물어, 어금니."

마지막으로 우영의 배를 친 녀석이 우영의 바지 주머니에 천석의 휴대폰을 밀어넣었다.

"이따 제때 켜라."

"너희나 약속 지켜."

우영이 배를 움켜잡고 묵직한 목소리로 힘주어 말했다. 한 녀석이 바닥에 떨어진 우영의 바지를 털어 주머니에서 쏟아진 휴대폰을 낚아채 구석으로 던졌다. 우영의 휴대폰은 배터리와 분리되며 바닥으로 떨어졌다.

우영은 오늘 밤 천석으로 살 것이다. 그는 그들과 약속했다. 그들이 알려준 동선대로 움직이고 때리는 사람이 있으면 천석 대신 맞는 게 오늘밤 그에게 주어진 일이었다. 그게 칼이면 칼을, 주먹이면 주먹을 맞는다. 여러 사람 피 볼 일을 막는 길이다. 너 하나만 다치면 된다. 그는 그렇게 들었다. 넌 맞는 걸 잘하니까, 이게 니 전공이고 기회니까. 그 말은 많이 틀린 건 아니었다. 우영은 천석이 무슨 잘못을 했는지 몰랐고 묻지도 않았다. 하필이면 천석 대신이라 억울하다는 생각은 들지 않았다. 내걸 수 있는 게 별로 없으므로, 항상 전부를 걸 수밖에 없다는 생각이었다. 운 좋게 눈을 뜨면 그다음부터는 천석 패거리에게서 자유로울 수 있겠지. 숨이 끊어지지 않는다면, 살게 된 이유를 생각해볼 시간이 남아 있겠지.

천석 패거리가 더 모여들어 우영까지 합해 여섯이 됐다. 그들은 함께 밖으로 몰려나가서 오토바이를 탔다.

＊　＊　＊

강수는 자기 차를 까페 옆에 세워두고 지남의 차에 오르려 했다.

"다 챙겨왔나?"

지남이 형식적으로 물은 말을 강수는 왠지 신중하게 받아들였다. 그는 잠시 생각에 잠겼다. 뭔가 챙길 게 있었는데. 강수는 지남의 차 안으로 막 들여놓았던 한쪽 발을 도로 빼내고서 차 문 밖에서 서성였다. 그러다 트렁크 생각이 났다. 잠깐만요. 강수가 자기 차 트렁크에서 쇼핑백을 하나 꺼내왔다. 그는 그걸 안고 지남의 차 조수석에 올랐다.

"애인 선물인가?"

지남이 바로 고개를 가로저으며 자기를 탓했다.

"아이고, 이제 농담도 후지게 하네."

지남은 후진 남자가 된 기분을 떨치려고 속력을 냈다. 그렇다고 쾌활한 청년이 되는 것은 아니었지만. 강수가 옆에서 말없이 쇼핑백 안을 뒤적였다.

그는 앨범을 꺼내 무릎에 올려놓고 얇은 금장을 두른 표지를 건반 연주하듯 손가락으로 두드렸다. 지남은 속력을 줄이고 앞차와 거리를 두었다. 강수가 첫 장을 열었다. 긴 치마를 입고 하얀 단층 건물 앞 횡단보도에서 신호를 기다리는 미라의 사진이 있었다. 일층 상점의 유리벽 안쪽에서 바깥을 내다보는 남자애들 둘의 시선이 카메라를 의식한 것처럼 사진 밖을 향해 있다. 남자애 둘 중 하나의 손가락이 이편을 가리키려 올라가는 순간인 듯했다. 유리벽 안과 밖이 다른 세상처럼 보였다. 그들 사이에 가로놓인 유리 때문이 아니라 그 앞에 서 있는 미라의 옆모습 때문인 것 같았다. 아니면 미라를 보는 카메라의 시선과 유리벽 안쪽에서 카메라를 발견한 남자애들의 시선, 그 두 시선을 다 비껴간 미라의 시선이 거기 없는 다른 시간과 공간을 환기하고 있기 때문인 것도 같았다.

창밖으로 비가 후드득 쏟아지기 시작했다. 세번째 장까지 각기 다른 공간의 미라가 있었고, 다음 장은 창백한 형광등 불빛이 내려앉은 바닥이었다. 차창 밖에서 번개가 번쩍 스쳤다. 그는 앨범을 닫았다.

* * *

우영은 천석 패거리에 섞여 있다가 혼자서 술집 밖으로 나왔다. 술을 좀 마셨지만 긴장한 탓에 취하지는 않았다. 비닐우산을 펴들고 쓰레기통 옆에서 오줌을 쌌다. 뒷주머니에서 휴대폰이 두번 울렸다. 네번째로 벨이 울릴 때 그가 전화를 받았다. 여보세요. 그때 뒤쪽에서 두 사람이 우영의 목을 조르고 벽으로 밀어붙였다. 비닐우산이 바닥으로 떨어져 바람에 쓸려갔다. 비명은 빗소리와 천둥소리에 묻혔다. 상대의 칼이 우영의 배를 비껴 허공을 갈랐다. 우영이 본능적으로 두번째로 칼이 들어오는 걸 손으로 막았다. 필사적으로 싸울 계획은 없었는데, 피를 보고 나니 온몸에 맥이 뛰었다. 우영은 두 남자를 발로 찼다. 한 사람이 바닥으로 쓰러졌고 한 사람은 우영을 붙든 채 벽을 따라 돌았다. 엎치락뒤치락하는 동안 우영은 다시 상대에게 목을 졸렸고, 그때 바닥에 쓰러졌던 사람이 달려와 우영의 복부를 주먹으로 쳤다. 우영은 다리에 힘이 풀렸다. 남자가 우영을 바닥으로 동댕이치고 칼로 두번 우영의 티셔츠 위를 그었다. 빗소리만 사방에 가득했다. 우영은 소리치지 못했다. 술집 밖으로 천석 패거리가 나와서 오토바이를 타고 멀어져갔다. 그즈음에 조용히 그 자리에서 빠져나가기로 이야기가 되어 있었다는 걸, 우영은 일제히 멀어지는 그들의 모습을 보며 알아차렸다.

"양천석."

칼날이 우영의 옆구리를 쑤시고 들어왔다.

"여잘 건드릴 땐, 먼저 누구 여잔지 알아보라고."

눈이 스르르 감기면서 우영은 멀리서 사람들이 소리 지르는 걸 들었다. 우영이 땅바닥에 엎드린 채로 몸을 들썩였다. 두 사람이 칼을 버리고 도망쳤다. 우영도 옆구리에 손을 얹고 비틀대며 일어났다. 경찰에 잡히지만 않으면 천석 패거리에게서 풀려날 수 있다. 무사히 집까지만 가면. 그는 오토바이를 세워둔 곳까지 걸어가 시동을 걸었다.

Outro

 그날 밤 그 자리에 나는 없었다. 그러나 보지 못했다고는 말할
수 없다. 본 것처럼 말할 수 있다. 밤은 얼마나 캄캄한가. 불 꺼진
집, 아픈 엄마와 주인을 기다리는 개가 함께 있는 풍경은 어떠한가.
아무도 들여다보지 않는 비 오는 골목길로 한걸음을 들여놓는 소
년의 맹세는 어떠한가.

 어느 거리에서나 있을 수 있는 일이었어. 남편은 나중에 내게 그
렇게 이야기했다.

 그날 남편은 자기 차를 까페 옆에 세워두고 지남의 차를 타고 집
에 왔다. 컨디션이 좋지 않을 때는 운전을 하지 말아달라는 평소
내 부탁 때문이었다.

 지남은 처음에는 남편을 집에 데려다주고 돌아가려고 했다. 비

가 좀 지나가면 가야지, 하고 우리 집에 들어온 게 그대로 발이 묶였다. 한시간쯤 뒤에 미라가 이층에서 내려와 차를 좀 빌려야겠다고 했다. 난데없는 요구였지만 지남이 수락했다. 그는 미수와 통화 중이었는데, 전화로 싸우는 듯했다. 그로서는 다른 뭔가를 집중해 들을 만한 상황이 아니었다.

안된다고 나선 건 나였다. 예감이 날씨만큼이나 좋지 않았다.

"내가 뭘 받았는데, 선물이 아닌 건 알겠어. 다른 건 몰라. 연락이 안돼."

미라가 말했다. 태경은 미라 옆에 서 있었다. 남편이 콜택시를 불렀다.

"내가 따라가면 되지."

남편이 말했다. 그는 내 태도와 말을 못 알아들은 것처럼 굴었다. 그는 옷장을 열어 방수점퍼를 꺼내 입었다. 오래된 인사말을 건네는 것처럼, 남편이 덧붙였다.

"내가 동행하면 되지."

그리고 그는 태경을 바라봤다.

"떠날 땐 떠난다고 네가 말하고 갈 테니까."

세 사람은 콜택시를 타고 떠났다. 천둥소리에 깬 완주가 내 옆에 다가와 앉았다. 지남은 전화를 끊었다가 다시 받기를 몇차례 반복했다. 그게 아니야. 당신 너무해. 난 지금 당신 동생 집에 와 있어. 전화 바꿔주면 될 거 아냐. 지남이 그렇게 말했다. 빗소리가 그때쯤 조금 잦아들었다. 그의 목소리도 잦아들었다. 그는 정말로 전화를 내게 바꿔줄 생각은 없었겠지만, 그러더라도 나 역시 받을 마음은 없었다. 내가 만지작거리고 있던 건 다른 전화번호였다. 신욱. 그런 이름은 기억나지 않았다. 스친 기억도 깨끗이 없는 것 같았다. 나는 우리 집 수화기를 들었다. 신호가 갔다. 신호 저편에 사람이 있을 것 같지 않다는 생각이 들었다. 나는 수화기를 내려놓으려 했다.

"여보세요."

좋은 음색. 정확한 발음. 나는 수화기를 다시 귀에 댔다.

"미라를 어떻게 아세요?"

"아."

저쪽에서 잠깐 달그락거리는 소리가 났다.

"현자씨보단 잘 알죠."

그가 말했다.

나는 질문들을 했다. 그가 다 대답을 했던 건 아니다. 그는 미라를 믿지 말라고 했다. 내가 받을 상처가 클 거라고 했다. 그는 내가 언제고 그에게 전화할 수 있다고도 했다. 모든 게 생각보다 간단할 수 있다고도. 그리고 그는 나를 이해한다고 했다. 나는 전화를 끊었다.

수화기를 내려놓고 전화기의 숫자 버튼에 의미없이 시선을 두고 앉았다가, 오래전 여관방에서 눅눅한 실내 공기를 견디며 했던 놀이가 생각났다. 우리 모녀는 그때 여관 장기투숙객들의 이름을 알았다. 성실과 성찬이라는 이름의 형제. 그리고 모자를 즐겨 쓰던 나이 든 커플이 있었는데, 그들의 이름은 지금은 기억나지 않는다. 엄마와 나는 투숙객들 이름을 호명하고, 아무 숫자나 대고, 그 이름에 숫자를 더해 뭔가 만들었다. 내가 '성찬'을 호명하면 엄마가 '열둘'을 호명하고, 이어 내가 '성찬씨는 열두번째 가게 모퉁이를 돌아 가을로 간다'고 말하는 식이었다. 엄마는 고민에 빠진 자기 모습을 들키고 싶지 않아서 그런 식으로 내게 다른 골몰할 거리를 안겨주었던 것 같다. 걱정거리란 대개 이런 문제들이었을 것이다. 새 직장의 거래처에서 앞으로 얼마나 더 처녀 행세가 가능한가, 치근대는 남자를 걷어차지도 그로부터 도망치지도 않으면서 유연하게 대처하는 방법은 무엇인가, 단열과 방수에 문제가 없는 적당한 셋집을 구하는 일은 언제까지 요원할 것인가. 신욱이란 이름이 우리 모녀가 심란한 마음을 놀이의 규칙 속에서 쥐었다 펴곤 하던 그 기억의 방 근처에 들어앉아 있던 사람의 이름인가 떠올려보려 했지만 분명치 않았다. 아마 아닐 것이다.

좀 우습지만, 당시에 정기적으로 봤던 텔레비전 외화 씨리즈의 등장인물들이 그나마 나를 추억하고 있을 대상들처럼 여겨졌다. 항상 주인공이 말을 타고 새로운 고장으로 들어서며 시작해 마지막엔 말을 타고 또다른 곳으로 떠나며 끝났다. 내가 그걸 무척 좋아했는가 하면, 꼭 그렇지는 않았다. 그래도 귀담아들을 말이 한두마디 정도는 있어 우리 모녀의 별것 없는 현실을 풍요롭게 해주는 것 같은 착각이 들었다. 주인공의 독백은 이런 거였다. 좋은 것과 나쁜 것은 함께 온다. 그러므로 하나를 받아들이는 일은 실은 둘 이상을 받아들이는 것이다. 기다림이 두려움과 함께 오는 것처럼.

천국을 바라면서 지옥을 모른 체할 수 없는 것처럼.

남들이 하는 만큼 애쓰면서, 나는 그 시절로부터 달려왔다. 그래도 어떤 것들은 다른 것이 오기 전까지는 지나가지 않는다. 이제 내가 그 떠돌이를 흉내내 할 수 있는 말은 이 정도였다. 나는 내가 파악할 수 없는 두려움 속에 자신을 내려놓았다. 내 충직하고 성실한 말은 고개를 주억거리며 내 옆에 서 있다. 내가 기다리는 것이 무엇인지, 나는 모르는 채로 기다린다. 그것만이 내가 아는 것이다.

완주가 생각에 잠긴 나를 물끄러미 들여다보다가 이내 이층으로 올라가서 앨범을 가지고 내려왔다. 미라 사진과 몇몇 다른 풍경, 인물, 정물 사진들이 꽂혀 있는 앨범이었다. 지남이 방에서 나와 내게 겸연쩍은 표정을 지었다. 그는 완주 곁으로 가서 아이의 말동무가 되어줬다.

사진이 좋구나. 예쁘구나. 지남이 말했다. 내가 그려볼까요? 완주가 앨범을 넘기며 말했다. 나는 벽에 기대앉은 채로 잠깐 선잠이 들었다가 전화벨 소리에 깼다. 남편이었다.

남편은 좀전에 병원에 도착했다고 했다. 그는 사고가 좀 있었고, 다친 사람은 하나, 남자애이며, 이름이 우영이라고 했다.

"어느 거리에서나 있을 수 있는 일이었어."

남편은 짧게 한숨을 쉰 뒤, 이어 말했다.

"나한텐 이상한 일이었어."

나중에 남편과 태경, 우영은 그날 밤 일을 각자의 기억 속에서 조금씩 다르게 복원했다.

우영의 기억은 이러했다. 그는 오토바이를 타고 집을 향해 달렸다. 평소에 오가던 산책로에 다다랐을 즈음 그는 마음이 조금 놓였고, 그 찰나 빗길에 미끄러져 잠시 정신을 잃었다. 사람들이 다가와 그에게 말을 걸었다. 그는 눈을 뜨고 자리에서 일어섰다. 오토바이를 다시 세울 힘은 없었다. 그는 거기서부터 걷기 시작했다.

골목길에 이르렀을 즈음엔, 누군가 손을 잡아주면 좋겠다고 생각했다. 간신히 안쪽으로 몇걸음 들여놓았을 때 뒤에서 누군가 그의 이름을 불렀다.

"우영!"

우영이 뒤를 돌아봤을 때, 머리 위로 뭔가 떨어졌다. 그는 쓰러지면서도 상대를 올려다봤다. 천석 패거리 중 하나였다. 피와 빗물이 섞여 이마를 타고 흘러내려와 그의 눈꺼풀을 자꾸 감기게 했다. 약속한 건 꼭 지킨다고, 난. 그는 그렇게 말하려고 했는데 첫 마디도 꺼내지 못하고 정신을 잃었다.

남편의 기억은 이러했다. 택시가 골목길로 접어들기 전에 태경이 먼저 창을 내려 밖으로 소리를 질렀다. 태경은 택시 문을 열어젖히고 뛰어나갔다. 우영이 골목 바깥쪽으로 머리를 떨어뜨리며 쓰러졌다. 태경은 각목 든 사내와 싸움을 벌였다. 사내는 달음질쳐 도망갔다. 태경이 우영을 업고 휘청대며 나왔다. 남편에겐 그 두 사람이 깊은 물길을 헤치고 걸어나오는 것처럼 느껴졌다. 태경이 울면서 우영을 택시에 태우고는 자신도 올라탔다. 병원으로 가는 길에 남편은 태경이 왜 그렇게 서러워하는가 생각했다.

태경은 그날 밤의 일을 이렇게 이야기했다.

"골목에서 우영일 업고 나오는데, 빗속에서 강수 형밖에 안 보였어. 강수 형이 날 보고 울더라고. 자기가 울고 있는 것도 모르고 형이 애처럼 울잖아, 옛날처럼. 근데, 우영이, 걘 참 어이없어. 이 피투성이를 끄집어당기니까 얘가 그러잖아. 나 못 일어나요. 내가 안된다고 꼭 일어나야 한다니까 자기는 땅바닥이래. 땅바닥이 왜 일어나요, 그러잖아. 남한테 맞고 술주정은 나한테 하고 그 꼴이 참 지랄 맞잖아, 얘랑 나랑."

그렇게 미라와 태경, 소년과 그의 엄마, 개 한마리가 우리 집에 왔다.

우리 까페 맞은편에 들어선 새 까페는 오래지 않아 공사를 마쳤다. 우리 까페보다 넓고 안락한 대형 프랜차이즈 커피전문점이다. 내게 중요한 사람은 여전히 남편 강수와 아들 완주고, 난 그외에 더 값진 것을 갖기에 역량이 부족한 사람이며, 사는 일은 우리에게만 안전했던 적이 한번도 없었다. 나는 형제자매의 우애에 대해서는 그다지 잘 알지 못한다. 하루하루 더 배울 게 남아 있는 삶이 가당한가, 내게.

남편은 남은 날들이 우리에게 무슨 말을 거는지 귀기울이고, 그게 어떤 지표가 되어준다면 그걸 운이고 복이라고 생각하자고 했다. 나는 순진한 소리 하지 말라며 그를 째려보면서도, 내가 저항하는 나를 받아들였다. 나는 뒤엉킨 애정이 서로를 엮고, 끝없이 영향을 끼치는 인생을 원한다.

상상의 안식일

어느 일요일 오후, 강수와 태경이 집 앞에 작은 화단을 만들었다. 꽃들이 빨갛고 노란 종처럼 하늘을 향해 흔들거렸다. 태경이 웃으며 말했다. 이 자식은 유머가 작렬이야. 우영이 화단을 반쯤 망쳐놓은 왈리(또한 엘리)를 끌어내며 "내가 뭐가요?" 했다. 완주가 그런 그들의 모습을 그림으로 그렸다.

현자는 초록색 물결무늬 티셔츠를 입고서, 우영이 찍은 사진을 모아둔 앨범을 펼쳐든 채 등받이가 있는 간이의자에 앉았다. 미라가 저편에서 태양을 등지고 서서 현자의 모습을 바라보고 있었다. 현자는 눈을 가늘게 뜨고 속눈썹 사이로 빛을 들이며 생각했다. 내가 지금 들고 있는 이 앨범 속의 여자와 저 앞의 여자가 같은 여자인가. 이 아름다운 여자가 저 여자인가.

미라가 말없이 현자를 보고 웃었다. 부신 빛 속으로 미라의 모습이 완전히 사라졌다가 다시 나타났다가 했다.

우영의 엄마가 담벼락에 기대서 있다가 집 안으로 들어가 오디오를 틀고 창밖으로 고개를 내밀었다. 먼 곳에서부터 불어온 바람이 훅 실내로 들었다. 그녀의 머리칼이 부풀어올랐다가 가라앉았다. 엘비스 프레슬리의 노래가 첼로 연주 버전으로 퍼져나간다. 현명한 사람들은 말하죠. 어리석은 자만이.

"음악이 간지러워."

우영이 말했다.

"비웃지 마. 나름 고민했던 선물이야. 미라씨, 괜찮죠?"

태경이 미라를 돌아봤다. 빛 속에서 미라가 웃고 있는 것을, 그들 모두가 보았다.

현자는 우영을 어두운 골목에서 끌어냈던 그 밤이 아침으로 바뀌던 때, 미라에게 꿈 이야기를 들었다. 그녀는 이 집에 들어와 두번째로 꾼 꿈이 그때 마침 떠올랐다고 했다. 꿈속에서 그들은 모두 배를 타고 있었고, 해는 높이 떠올랐고, 바다는 푸르렀다. 바다는 그들의 발밑 깊숙한 곳에서 몸을 틀며 꿈틀댔다. 미라는 출렁이는 물살을 따라 흔들리는 눈앞의 잔을 입술에 댔다. 그녀에겐 대대로 내려온 전설의 반지가 하나 있었는데, 적어도 사대 이상의 소망이 담겨 있는 그걸 그 배 어딘가에 두고서 기억을 잊었다고 했다. 그녀는 말했다. 아무튼 근사한 배였다는 게 중요해.

현자는 그게 현대인의 휴가 패턴에 판타지를 입힌 패키지 여행

상품 광고 같다고 생각했다. 그녀는 미라에게 핀잔을 줬다.

"그게 우리 같은 사람들이 돈 주고 사는 상상의 안식일 같은 거라고."

그리고, 그러니까, 현자는 놀라워해야 했다. 길 잃은 소년의 삶이 이 배에 올라 먼바다를 보기까지 필요하게 된 기적에 대해서. 아름다운, 슬픈, 초라한, 아픈 순간들과, 거기 깃들었다가 사라지는 빛과 어둠에 대해서. 그녀는 앨범 마지막 장에 우영이 적어 보낸 글귀에 다시금 귀기울여보았다.

당신이 누군지 모릅니다. 당신을 기다립니다.

타자를 환대하는 침묵과 여백의 서사

백지연

1. '우연'이 이루는 기적들

기준영의 『와일드 펀치』는 우연의 만남이 이루어가는 대화와 소통에 관한 개성적인 시선을 보여준다. 한 부부의 결혼기념일에 갑자기 찾아든 손님들의 이야기로부터 소설의 고요한 서막이 시작된다. 일상의 더께 속에서 삶의 허기를 품고 살아가는 중산층 부부, 안정된 집과 가족을 갖지 못한 불안하고 고달픈 독신 남녀, 한창 아름답고 눈부신 성장기를 불우한 가족사 속에 마모시켜야 하는 소년, 불행한 결혼생활 때문에 스스로를 망가뜨리는 여성 등 소설 속에 등장하는 인물들은 현대인들이 직면한 다양한 소외와 상실의 양상들을 담아내고 있다.

『와일드 펀치』가 열어보이는 소통의 상상력이 각별하게 여겨지는 지점이 있다면, 자아의 소외와 고립이 타인과의 열린 관계를 모색하는 데 중요한 지반이 되고 있음을 세밀하게 보여준다는 점이다. 작가는 가족이나 연인 등 가장 가까운 관계로부터 상처받고 상실감을 맛본 이들이 어떤 방식으로 자기의 상처를 조심스럽게 내보이고 또다른 소통을 모색하는지를 세심하게 성찰한다.

　타자와의 우연한 만남이 이루는 이야기의 확장은 근본적인 의미에서 나와 타자의 경계를 새롭게 바라보게 되는 순간들을 보여준다. '가족 같은' 느낌을 주는 타인들이 모인 새로운 식탁 위에는 이야기의 사연들이 흘러다닌다. 혈연이나 제도의 끈끈함 없이, 각자의 고독을 존중하는 사람들이 모여서 만들어가는 다정한 친교의 세계는 현대인들이 공통적으로 꿈꾸는 공동체의 관계이기도 하다. 이 소설은 그러한 우정과 관심의 세계가 평범한 일상에 수많은 계기로 잠겨 있음을 조용히 웅변하고 있다. 최근 소설들에서 보이는 소통이나 공동체의 주제를 공유하면서도 그것을 공허한 환상으로만 그려내지 않는 작가의 시선 속에는 현대적 일상을 향한 복합적인 진단들이 담겨 있다. 간명하고도 담담한 시선 속에 포착된 서늘하고 건조한 일상의 풍경들은 자기를 넘어서 타자와 만나는 다른 세상으로 우리를 이끈다.

2. 열려 있는 고독의 세계

등장인물들의 감각적인 대사를 중심으로 전개되는 이 소설은 이야기의 분절과 시점 바꾸기라는 독특한 형식을 취하고 있다. 드라마나 영화처럼 '장면'을 중심으로 이야기들이 나누어지며 인물들이 마주보고 나누는 대사 속에 과거와 현재가 교차된다. 소설에서 'Intro'와 'Outro'를 장식하는 일인칭 내레이터는 이층집 주인인 현자다. 형식적으로 등장하긴 하지만 실제로 소설에서 내레이터의 역할은 의도적으로 축소되어 있다. 개별 이야기들의 주인공은 계속 바뀌며, 작은 이야기들이 각자의 고리를 지니고 연결된다. 그런 점에서 강수와 현자 부부가 손님들을 맞는 '주인 없는 집'의 상징은 이야기의 구성원리를 담아내는 것이기도 하다. 주인과 손님의 경계를 가르지 않는 열려 있는 이층집의 공간은 소설의 핵심적인 무대인 동시에 다성적 목소리들이 울려퍼지는 중요한 배경이 된다.

'가족'의 바깥에서 가족처럼 이루어지는 만남과 소통은 '우연'으로부터 출발한다. 그러나 자세히 들여다보면 이 우연은 이미 내장된 필연들에 가깝다고 할 수 있다. 현자는 오랜만에 미라와 재회하지만 고통스러운 유년의 한 시절을 미라와 잠시 공유했던 기억을 잊지 않고 있다. 불안한 스턴트맨 생활을 하는 태경에게 호의를 보이는 강수의 내면에는 태경과 공유했던 상처투성이의 옛 기억이 있다. 사랑하는 남자의 폭력에 시달렸던 미라의 비참한 순간을 엿

본 우영이 그녀를 마음속에 간직하게 된 것도 우연만은 아니다. 이들을 연결하는 눈에 보이지 않는 그물망은 삶의 고통과 불안에 대한 공감과 연민이라고 할 수 있다.

인물들이 갖고 있는 상처와 강박의 기원 속에는 결혼과 가족관계가 주는 고통스러운 체험이 존재한다. 이층집의 주인 부부인 강수와 현자도 각각 고된 가족사를 지니고 있다. 강수는 어린 시절 바다에서 물놀이를 하다가 친동생을 잃고 그 트라우마에서 오래도록 벗어나지 못하며 현자는 어머니가 남긴 부재와 고통의 기억으로부터 자유롭지 못하다. 결국 어머니의 사고사로 인해 현자의 내면에는 깊은 심연이 생긴다. 미라에게도 역시 남들에게 투명하게 알리지 못하는 가족사와 과거가 있으며, 태경은 사랑했던 여자들을 지키지 못하고 불안하게 떠도는 삶을 살고 있다. 아버지의 가출 이후 불안한 연애와 알코올 의존증으로 보호자 역할을 하지 못하는 어머니와 함께 사는 우영에게도 가족은 어깨를 무겁게 하는 고단한 짐이다.

가족이 남긴 상처 속에서 인물들은 자연스럽게 '나만의 공간'과 거리를 주장하는 현대인의 전형적인 자기보존 욕망을 보여준다. 인물들은 가까워지려는 사람들에게서 "두려워지는 체온"(45면)을 느끼고 늘 한두 걸음 떨어져 상대를 응시하게 된다. 자신이 겪은 고통스러운 체험을 애써 발설하지 않는 만큼 타인의 고통에 대해서도 함부로 판단하지 않는다. 작가는 쿨하고 무심한 인물에게 숨어 있는 소통과 개방의 욕망, 성숙한 관조의 시선을 세밀하게 그려간다. 그런 점에서 이 소설이 포착하는 가족은 인물들에게 상처를 입히는 기원으로 존재하는 동시에 그것을 넘어서는 가능성을 타진하게 하는 입체적인 관계들로 그려진다.

한 예로 현자와 강수 부부는 결혼생활에 올 수 있는 권태와 균열을 직시하는 사람들이다. 이들은 상대방의 가슴 밑바닥에 쓰라린 생채기가 남아 있는 것을 알지만 그것을 그 자체로 존중한다. 현자는 다니던 회사에 사표를 내고 까페를 운영하겠다는 강수의 결심을 선선히 수락하며 언젠가 "일년 정도 혼자 지낼 수 있는 시간을 상대에게 주는"(139면) 자유로운 결혼생활을 꿈꾼다. 그녀는 강수가 동생의 죽음 때문에 힘들어하는 것을 알지만 정작 강수가 "진짜 내 동생은 죽었으니까"(213면)라고 언뜻 심경을 내비칠 때 쉽게 참견하지 않는다. 단지 "이런 생각은 그가 늘 품는 것일까. 아니면 어떤 변명이 필요할 때 돌연 심각해지며 떠오르는 것일까"(같은 면)라고 갸우뚱하며 "그냥 고개를 두어번 끄덕여"(같은 면)줄 따름이다. 사랑하는 사람이라고 해서 서로를 밑바닥까지 다 안다고 생각하는 것은 환상임을 냉정하게 직시하는 것이다.

가까운 가족이라도 모든 고통을 나눌 수는 없다는 진실은 우영과 우영 모의 관계 속에서 더욱 선명하게 드러난다. 모자가 겪는 불행한 삶은 폭력적이고 무책임한 남성인물들에서 기인한다. 가출한 아버지와 이기적인 연인들 때문에 우영 모는 피폐해지며 우영은 그런 어머니를 감당해야 하는 힘겨움을 안고 있다. 우영과 우영 모에게 '집'은 위무와 안식이 되지 못하는, 고통과 혼란이 지속되는 공간이다. 『와일드 펀치』가 이채로운 지점은 이러한 가족관계의 갈등과 고통을 상당히 서늘하고 관조적인 방식으로 형상화하고 있다는 점이다. 그 예는 아침 식탁에 마주앉은 모자의 모습을 그려내는 한 장면에서 결정적으로 빛난다.

창밖에서는 겨울바람이 울었다. 어머니와 아들은 두어번 눈이 마주쳤다. 에이. 우영이 얼굴을 살짝 일그러뜨리며 입을 비죽거렸다.
"그러지 마. 그럴 때 꼭 니 애비 닮았어."
"애비는 내가 골랐나, 뭐."
우영은 다리를 건들거리다 고통이 느껴져 어금니를 꽉 깨물었다. 식탁에 올려놓은 두 팔에 고개를 처박았다. 슬프다고는 생각하지 않았는데 눈물이 한줄기 흘러내렸다. 그는 고개를 들지 않았다. 우영의 엄마는 일어나 냉장고에서 우유를 꺼내 따랐다. (97면)

자신을 괴롭히는 천석 패거리에게 끔찍하게 얻어맞고 온 우영과 마주한 식탁에서 어머니는 왜 맞았느냐고 쉽게 묻지 않는다. 어금니를 깨물며 눈물을 참는 우영에게 어머니가 해줄 수 있는 것이라고는 단지 우유를 따라주는 것뿐이다. "서툰 위로조차 없었던 아침 식탁"(같은 면)은 고통이 너무 압도적이라서 위무조차 가능하지 않은 황폐한 삶을 상징적으로 보여준다. 상처 입고 파괴된 서로를 바라보면서 건네는 묵언의 몸짓은 울음보다도 더 깊은 공명을 가져온다. 남편이 떠나고 불안한 연애를 지속하며 자신을 파괴해가는 우영 모에게도 한때는 "삶에 대한 한가지 아름다운 상상의 이미지"(61면)가 있었다. 그녀는 "비 오는 날 맨발로 걷다가 불빛이 반짝이는 어느 집에서 흘러나오는 따뜻한 음악소리를 듣는"(같은 면) 것이 꿈이었지만 현실의 고단한 삶은 그것을 쉽게 허용하지 않았다. 자식을 보호해주지 못하는 어머니, 그런 어머니를 나름의 방식으로 받아들이는 아들이 식탁 위에서 마주보는 장면을 이보다 더 함축적으로 그려낼 수 있을까.

타인과의 관계에 쉽게 희망을 품지 않으며, 고립과 소외를 감내하는 인물들의 모습은 앞에서 언급한 대로 현대인의 자기애와 방어기제에서 기인한 것이기도 하다. 한편으로 이들은 자신의 고유한 영역을 지키기를 갈망하지만, 그 고립은 '열려 있는 고독'을 전제한다. 이들은 타인의 관심을 기피하거나 두려워하지 않지만 자신의 고독 역시 과장하지 않는, 오히려 이러한 소통의 갈망을 내성화하여 축적하고 있다. 기준영 소설의 인물들이 보여주는 이러한 개방성은, 다른 소설에서 자주 만날 수 있는 감정을 탈색시킨 건조한 현대인들의 유형과는 변별되는 독특한 특징이다.

3. 타자를 환대하는 침묵과 여백의 서사

『와일드 펀치』가 지닌 빛나는 매력은 인물들이 주고받는 간명하고 감각적인 대화에서 발견된다. 짤막한 대사들과 흩어져 있는 이 야기들은 언뜻 보기에 특별한 질서를 갖고 있는 것처럼 보이지 않는다. 그 과정에서 시간의 흐름에 대한 명확한 구분이나 묘사 역시 잘 드러나지 않는다. 인물들이 주고받는 함축적인 대화는 곡진한 어투의 내성적 독백이나 전통적 묘사를 중시하는 소설들의 작법과는 변별된다. 이러한 압축된 대화들의 묘미는 등장인물들이 짝을 이루어 나타나는 장면들에서 잘 나타난다. 소설 속에서 강수-태경 현자-미라 미라-태경 우영-미라 등으로 꼬리에 꼬리를 물고 이어지는 대화의 향연은 고통의 위무와 공감 과정을 세심하게 드러내는 역할을 한다. 말과 말 사이의 침묵과 여백, 그리고 그 아래 깔려 있는 각자의 고통스러운 상황은 소설의 여러 대목에서 포착된다.

현자는 미라의 두 눈에 말을 걸듯, 시선을 맞추고 섰다. 두 여자가 한두 걸음 정도의 거리를 두고 서로를 바라봤다. 미라의 뒤에는 완주가 잠든 방의 어둠이, 앞쪽에는 거실의 조명 불빛이, 그 빛과 어둠 사이에는 두 여자의 말 없는 유대가 있었다. (82면)

현자는 미라가 그간 살아온 여정을 캐묻지 않으며 미라도 현자의 어린 시절 기억을 상세하게 되살리려고 하지 않는다. 현자는 나중에 우영의 앨범을 발견하고 나서야 우영이 찍은 미라의 사진을 보면서 그녀의 지난 시간을 추측할 수 있을 따름이다. 미라 역시 현자의 기억에 직접적으로 개입하지 않는다. 그녀는 현자가 어떤 방식으로 자기의 고통을 직시하는지 지켜볼 뿐이다. 두 여자가 말 없이 마주보는 장면은 각자 다른 삶의 무게를 짊어진 사람들끼리 나누는 유대와 공감을 담고 있다.

연인 사이가 된 태경과 미라가 이층집 창문에서 함께 바깥을 내 다보며 불안한 미래를 이야기하는 장면도 인상적인 부분이다. 태 경은 친척집을 전전했던 유년, 사랑했던 여자가 아이를 데리고 재 혼하고, 최근 사귀던 여인은 다른 사람의 아이를 가지게 된 과정들 을 힘들게 겪었다. 그는 깨끗한 길과 마당을 정갈하게 꾸며놓은 이 웃집들을 내려다보면서 "나한텐 이런 전망이 없어요"(162면)라고 고백하고 미라는 "내 손을 놓지 않는 게 중요해요"(178면)라고 대답 한다. 자신을 쫓아다니던 우영을 만나러 우동전문점에 들른 미라 는 태경과 함께 자신이 살았던 옛집에 향초와 오렌지주스를 가져 다 놓는 '의식'을 치른다. 그녀는 말없이 태경에게 자신의 과거를 보여준 것이며 그의 손을 자신이 잡았음을 조용히 알려주고 있는 것이다. "어린 친구와 개, 옛 남자와 함께 보낸 빈집"(198면)을 현재 의 연인에게 소개하는 미라의 모습은 이 소설이 현시하는 '열려 있 는 고독'을 상징적으로 압축하고 있다.

『와일드 펀치』에서 보이는 고독의 향유는 타인들이 서로를 인정 하는 과정을 거쳐 환대와 치유의 연결고리를 마련하게 만들어준 다. 그리하여 이 소설에서 가장 주목할 만한 환대와 치유의 과정은 바로 '위로하는 자'가 거꾸로 '위로받는 자'가 되는 과정에서 드러 난다. 현자와 강수는 소설에 등장하는 태경과 미라, 우영과 우영 모보다는 상대적으로 안정된 일상을 영위하는 부부처럼 보이지만 그들 일상에 존재하는 미세한 균열을 감지한다. 그들이 서로를 마주 보며 느꼈던 "빈자리" 혹은 "발밑에 난 구멍"(216면)은 새로운 타인이 스며들 수 있는 틈새이기도 하다.

뿌리박지 못한 불안한 삶을 사는 타인들을 기꺼이 자기 집으로 초대한 현자와 강수는 소설의 말미에 이르러 거꾸로 자신들이 손님들로부터 위로와 치유를 받는 감정을 경험한다. 결정적으로 현자는 자기의 마음속에 묻어두었던 유년의 고통스러운 회상과 어머니의 기억을 직시하게 된다. 강수는 어떠한가. 태경을 향한 그의 안쓰러운 마음은 자신 대신 동생을 구하러 바다에 뛰어들었던 태경에 대한 죄책감과 미안함에서 비롯된다. 골목길에서 깡패들에게 폭행을 당하고 피투성이가 된 우영을 업고 나오면서 태경과 강수는 지난 시절의 고통스러운 기억과 마주친다. 이들은 타자의 고통에 대한 공감과 애도를 통해, 자신의 내면에 숨은 고통을 상상하고 치유한다.

타자의 상실과 고통을 직시하는 순간, 인물들은 자신의 기억 속에서 유사한 부분을 떠올린다. 하지만 그것은 곧 나의 것도 아니고 상대방의 것도 아닌 새로운 영역으로 옮겨간다. 공감이라 해도 좋고 연민이라 해도 좋은 이러한 관계성의 발견은 이들이 소통하고 향유하는 새로운 이야기가 탄생될 가능성을 보여준다. 버틀러에 기대어 명명하자면 그것은 "나 자신 혹은 당신 어느 것으로도 구성되지 않는 관계성(relationality)"(주디스 버틀러 『불확실한 삶』, 양효실 옮

김, 경성대학교출판부 2008, 49면)에 대한 인식이라고 할 수 있다.

　‘초대받지 않은 손님들’이 거꾸로 강수와 현자를 환대하고 치유하는 이야기의 순환 구조는 현자가 상상한 대로 ‘기적’이라 부를 만한 것인지도 모른다. 현자가 상상하고 미라가 꾸었던 꿈처럼 다양한 인물들이 모여든 ‘식탁’과 ‘집’은 출렁거리는 바다 위에 떠가는 ‘배’로 변하여 더 넓은 세계를 향해 열리게 된다. ‘상상의 안식처’를 찾아 헤매는 이들에게 휴식과 위안을 주는 유동적인 공간으로서의 이층집은 타자를 환대하고 더불어 그것이 자기 자신을 들여다보고 치유하는 경험이 되는 귀중한 순간들을 창조한다. 그런 맥락에서 가족 역시 완성된 공동체가 아니라 수많은 틈새를 지니고 있는 불완전한, 그리하여 오히려 새로운 탐색이 가능한 열려 있는 공동체가 된다. 가장 가까운 관계 속에서 축적되는 고통의 무게를 가늠하면서 그것이 열어가는 관계성의 가능성을 타진한다는 점에서 『와일드 펀치』는 신뢰와 미덕을 보여준다. 현대인들의 소통 욕망과 관계성의 인식에 관한 심화된 성찰을 기반으로 풍요로운 서사를 일구어갈 이 작가의 다음 행보가 기다려진다.

白智延 | 문학평론가

『와일드 펀치』는 겉으로 보기에 뚜렷한 중심사건이 존재하지 않는 듯한 독특한 플롯과 분위기를 지닌 소설이다. 어느 부부의 집을 중심으로 각자의 고단하고 아픈 사연을 지닌 낯선 타인들이 서서히 모여들고, 이야기가 진행될수록 이들의 우연한 만남은 서로를 향한 교감과 소통으로 변모해간다. 이 소설에서 중산층 부부의 집이라는 공간은 타인들이 드나들어 새로운 만남과 관계를 만들어가는 열린 장소로서의 상징성을 획득한다. 집과 가족, 사랑과 결혼, 성장의 고통에 얽힌 곡진한 사연들이 사소한 대화의 축적을 통하여 섬세한 이야기의 파장을 형성해나가며, 고통을 과장하지 않는 담담하고 절제된 대화들은 행간의 여운과 여백을 남기며 독특한 이야기 구조를 만드는 데 기여한다. 사물과 상황을 장악하는 문체의 아우라에서 소설가의 개성이 축조된다고 본다면, 기준영은 매우 돋보이는 재능을 지닌 작가라고 할 수 있다. 고단한 일상의 무게를 담담하게 견뎌내는 성숙한 소설적 시선은 이 작가가 지닌 가장 큰 미덕으로 다가왔다. 인물의 개별적 사연들을 자기만의 목소리로 끝까지 조율하면서 현대인이 실감하는 관계의 소통의 문제로 서사적 울림을 확장해가는 과정에서 이 작가의 역량과 미래적 가능성이 발견된다. 아낌없는 축하와 격려를 보내며 앞으로 활발한 활동을 펼쳐나가길 기원한다.

제5회 창비장편소설상 심사위원 | 권여선 백지연 윤성희 정지아 한기욱

걸어온 시간, 만났던 사람들을 생각한다. 여태까지와 마찬가지로 나는 앞으로도 좀 변덕스럽고, 성깔도 부리고, 돌연한 질문과 느닷없는 상냥함으로 당신들을 때로 어리둥절하게 만들겠지만, 그러는 동안에도 실은 이만큼 사랑하고 있는 것이라고 남길 수 있어서, 기쁘다.

소설 속 인물들이었지만, 쓰는 동안 짐작보다 많이 정들었다. 잘 살고 있는지, 다니며 뭘 했는지, 웃었는지, 울었는지, 궁금하고 때로 그리웠다. 그들을 아직 나만 알고 있다는 생각이 들면 그 기분이 문득 이상하고 낯설었다.

심사위원 선생님들과 창비에 감사드린다. 그리고 가족과 친구들, 김홍준 선생님, 이제 새 운명을 갖게 될 등장인물들에게 마음의 약속을 보낸다. 어떤 진심은 일종의 에너지 같은 것이어서, 미지의 시간, 미지의 당신과 사고 치듯 격하게 만나지는 것이면 좋겠다. 다가올 우연과 필연, 새로운 이야기들, 함께할 풍경과 시간, 공기와 온도, 냄새와 소리 들에도 미리 인사를 전한다.

　사랑한다.

2012년 3월

기준영

와일드 펀치

초판 1쇄 발행 • 2012년 3월 26일

지은이/기준영
펴낸이/강일우
책임편집/이하나
펴낸곳/(주)창비
등록/1986년 8월 5일 제85호
주소/413-120 경기도 파주시 회동길 184
전화/031-955-3333
팩시밀리/영업 031-955-3399 · 편집 031-955-3400
홈페이지/www.changbi.com
전자우편/literat@changbi.com
인쇄/우진테크

ⓒ 기준영 2012
ISBN 978-89-364-3388-8 03810